派遣刑事

ハード・サスペンス

南 英男

廣済堂文庫

目次

第一話　邪心の誤算

1

錨《アンカー》を打つ。

パラシュート型アンカーだった。船の揺れが小さくなった。相模《さがみ》湾である。

風巻将人《かざまきまさと》は機関室から出た。

海風が心地よい。潮の香《か》をたっぷりと含んでいる。

八月上旬の朝まだきだ。まだ水平線は仄暗《ほのぐら》い。それほど暑くなかった。

真鶴《まなづる》岬沖《おき》五キロの海上である。

海原《うなばら》は墨色《すみいろ》に近い。遠くに目を放つと、底引き網漁船が数隻浮かんでいた。

三十七歳の風巻は潮灼《しおや》けしているが、漁師ではない。半年前まで警視庁捜査一課第二強行犯《きょうこうはん》捜査殺人犯捜査第三係の刑事だった。

職階は警部補である。都内の所轄署の刑事課や生活安全課を渡り歩き、四年前に本庁に配属された。以来、ずっと捜査一課勤務だった。

いま現在は、本庁刑事総務課預かりの身である。

七カ月前、風巻は職務でミスをした。逮捕した殺人犯が末期癌《がん》で入院中の母親に別れを告げたいという話を真《ま》に受けて、うっかり手錠を外してしまったのだ。

被疑者は病院を籠抜《かごぬ》けして、逃亡を図《はか》った。風巻は慌《あわ》てて追ったが、殺人者を見失ってしまった。

逃亡犯は翌日、潜伏先の愛人宅で同僚刑事に身柄を確保された。

おかげで、風巻は犯人逃亡の幇助罪《ほうじょ》には問われなかった。上層部が彼の失態《しったい》を揉《も》み消してくれたのだろう。

しかし、ミスはミスだ。風巻はペナルティーとして、刑事総務課に預けられた。

捜査一課に戻れるという保証はなかった。場合によっては、どこか所轄署に飛ばされることになるだろう。

仮に異動になっても、それはそれで仕方がない。すでに風巻は肚《はら》を括《くく》っていた。

現場捜査は好きだったが、上昇志向はなかった。本庁勤務ができなくなっても、刑事でいられれば、別に不満はない。

警察官でいる間は、身の振り方を自分で決められるわけではなかった。焦《あせ》ったところで、意味がない。風巻は半年前から刑事総務課で主に記者会見のセッティングをこなしながら、のんびりと暮らしていた。

生来の楽天家だった。富や名声には、まるで関心がなかった。仕事だけの人生は虚《むな》しく味気ない。退屈でもある。

人間は働くために生きているのではない。生きるため、労働で日々の糧《かて》を得ているわけだ。むろん、警察官である風巻はそれなりの正義感を持っていた。犯罪を憎む気持ちは人一倍強い。

だが、職務至上《しじょう》主義者ではなかった。自分の生活も大事にしていた。

命には限りがある。人生は存分に愉《たの》しまなければ、晩年に悔いることになるだろう。それでは取り返しがつかない。

他人に迷惑をかけることは慎《つつし》むべきだが、好きなように生きる。それが風巻の人生哲学だった。個人主義を重んじているが、決してエゴイストではなかった。

風巻は公休日や非番の日は必ず都内の自宅マンションから実家のある神奈川県真鶴町に戻り、船釣りをしている。持ち船は中古の沿海漁業用だった。

四人乗りだが、船体のペンキはところどころ剝《は》げ落ちている。魚群探知機も壊《こわ》れていて使えない。

二十三年前に造られたオンボロ漁船を知り合いの網元に数年前、二十万円で譲《ゆず》ってもらったのだ。風巻は三級船舶操縦の免許を有している。海洋に関する基礎知識もあった。

きょうは、それほど波は高くない。うねりが高いときは、持ち船は横揺《ローリング》れと縦揺《ピッチング》れに揉まれる。沖釣りはおろか、甲板《かんぱん》に長く立っていることさえ難しい。

風巻は左舷《さげん》に立ち、胴突《どうつ》き竿《ざお》にリールを取りつけた。

鰤《ぶり》の幼魚であるワカシが、数日前から相模湾内を回遊しているらしい。その情報を教えてくれたのは、地元の老漁師だ。

今回の狙《ねら》いは、そのワカシだった。テトロン糸にサビキを結びつけ、行灯《あんどん》ビシ籠に冷凍の沖アミを詰める。詰めたのは八分だった。ビシ籠一杯に沖アミを詰め込むと、海中で餌《えさ》がうまくばらけない。

風巻は逸《はや》る気持ちで、舷《ふなばた》から仕掛けを海に投入した。

水深四十メートルの泳層《たな》まで落とし、糸ふけを取る。風巻は竿を上下に揺さぶり、沖アミを拡散《かくさん》させた。竿をしゃくりながら、魚信《アタリ》を待つ。

一分も経《た》たないうちに、早くもヒットした。

かなり引きが強い。ラインが右に左に走りはじめた。

鯖《さば》は横走りをする。だが、もっと浅い泳層にいる。鯖ではないだろう。鰤の幼魚でもなさそうだ。

風巻はリールを回転させはじめた。

釣り糸を巻き揚げると、魚影が見えた。シイラだった。風巻は肩を落とした。シイラを取り込み、ふたたび仕掛けを海中に投げ入れる。イサキ、カワハギ、ゴマサバなどが次々に掛かった。クサフグも釣り上げた。しかし、狙ったワカシは一尾も釣れなかった。

ポイントを変えるべきか。

そう考えはじめたとき、本命のワカシが入れ喰《ぐ》い状態になった。自然に笑みが零《こぼ》れる。大型クーラーは、たちまち満杯になった。

風巻は無駄な殺生《せっしょう》はしない主義だった。釣った魚の鉤《はり》を外すときは、いつも心の中で命をありがとうと呟《つぶや》く。一種の罪滅《つみほろ》ぼしだ。

風巻は手早く竿を納《おさ》めた。

機関室に入り、アンカーを巻き揚げる。風巻はディーゼル・エンジンを始動させ、舳《へさき》を真鶴漁港に向けた。いつの間にか、東の空は斑《まだら》に明け初《そ》めていた。数十分後には、海は朝焼けに美しく染まるはずだ。

風巻はセレクターを全速前進《フルアヘッド》に入れた。

持ち船は唸《うな》りながら、波を切り裂《さ》きはじめた。水飛沫《みずしぶき》が絶《た》え間なく上がった。

二十分そこそこで、漁港に着いた。

風巻は自分の船を岸壁の端に舫《もや》い、大型クーラーをマイカーに積み込んだ。車はパーリーグレイのエルグランドだった。

生まれ育った実家は、真鶴駅の反対側にある。山側だ。姉一家が両親と住んでいた。父は七十一歳で、いまも司法書士として働いている。事務所は真鶴駅のそばにあった。六十八歳の母は専業主婦だ。

姉は、ちょうど四十歳だった。独身のころは公立中学校の体操教師として働き、数年前から湯河原にあるスポーツクラブで指導員《インストラクター》を務《つと》めている。義兄は四十一歳で、熱海市役所の職員だ。姪《めい》は中学二年生だった。

車を七、八分走らせると、生家に到着した。

二階建ての家屋《かおく》は古いが、間数《まかず》は九室だ。敷地は二百数十坪ある。庭木の種類も多かった。

風巻は大型クーラーを両手で抱え、台所に回った。

姉の響子《きょうこ》が朝食の仕度《したく》をしていた。体型は二十代のころとほとんど変わっていない。いつも運動をしているからだろう。

「お帰り！　きょうの釣果《ちょうか》は？」

「大漁だよ。ワカシを四十尾近く釣り上げたんだ。すぐに捌《さば》いてやるよ」

「もう鯵《あじ》の干物を焼いちゃったわ」

「せっかく魚の命をいただいたんだから、みんなで食べてやろうよ。そうしないと、鰤まで成長できなかったワカシたちに申し訳ないじゃないか」

「そうね。食べ切れなかった分は、いつものようにご近所に配ってもいいんでしょ？」

「ああ、そうしてくれないか」

風巻はシンクに向かって、ワカシを三枚に下《おろ》しはじめた。庖丁捌きは鮮やかだった。

まだ幼魚だから、それほど脂《あぶら》は乗っていない。それでも獲れたての魚の身は新鮮そのものだ。

風巻は大皿に六人分の刺身を盛りつけた。

隣近所に配る分を小分けにしてから、浴室に足を向ける。シャワーを浴びると、さっぱりとした。洗い髪をバスタオルで拭いながら、ダイニングルームを覗《のぞ》く。

父母と姉一家が食卓を囲んでいた。

「イナダに成長すれば、もう少し脂が乗るんだけどね」

風巻は、父の慎之介《しんのすけ》に声をかけた。

「趣味の釣りも結構だが、鰤の幼魚まで釣ってしまうのはなんだか惨《むご》いね」

「そうなんだが、人間は他の生き物の命を頂戴《ちょうだい》して生きてるわけだから、仕方がないよ。カタクチイワシの稚魚であるシラスと較《くら》べたら、ワカシはだいぶ長生きしたことになる」

「都合《つごう》のいい解釈だな」

父は苦笑しながらも、せっせとワカシの刺身を摘《つま》んでいる。母の千加《ちか》は夫と息子の顔を交互に眺《なが》め、小さく肩を竦《すく》めた。

「叔父さん、いっそプロの漁師になっちゃえば？」

姪の佳奈《かな》が言った。

「魚の数が少なくなってるから、とてもプロにはなれないよ。それに、趣味を職業にしたら、釣りが苦痛になるだろう」

「そうかもしれないね」

「将人君は、ちゃんと時代を読んでるね。景気が悪化してから、人々はスローな暮らしを求めるようになった」

義兄の緒方雅仁《おがたまさひと》が歌うように言った。

「別に流行に合わせて、マイペースで生きてるわけじゃないんですよ。富や名声を手に入れたくて、あくせくすることが性《しょう》に合わないだけです。たった一度の人生なんだから、不本意なことはしたくないんですよ」

「そう言える将人君が羨《うらや》ましいな」

「無理をした生き方は、精神衛生によくないでしょう？」

「そんな贅沢《ぜいたく》なことを言えるのは、将人が独身だからよ」

姉が口を挟《はさ》んだ。

「そうなんだろうね」

「あんた、女嫌いなの？」

「おれはゲイじゃないよ。結婚したいと思うような女性と巡《めぐ》り逢《あ》えないだけさ」

「将人は、この家の跡取り息子なのよ。少しは長男としての自覚を持ちなさい。風巻の家が途絶《とだ》えてもいいと思ってるの？」

「響子、そこまで言ってはいかんな」

父が娘を叱《しか》った。

「でも……」

「わが家は名家でも老舗《しにせ》でもないんだ。不本意な結婚なんかする必要はない。時代が変わったんだよ。跡継《つ》ぎがどうとかって世の中じゃない。だから、息子も娘もそれぞれ自由に生きていいのさ」

「わたしも、そう思うわ」

母が夫に同調した。姉が何か言いかけて、言葉を呑《の》み込んだ。

「うちの母さんの考え方は保守的ね。わたしは、将人叔父さんのライフスタイルを支持するな。誰も生きたいように生きるべきよ。世間体とか社会通念に囚《とら》われないでね」

「佳奈ったら、生意気《なまいき》なことを言ってる」

「いや、佳奈の言う通りだよ」

義兄が妻に顔を向けた。

「そうかしら？　わたしは、少し将人の考えは呑気《のんき》すぎると思うわ」

「それでもいいじゃないか。将人君はいま現在、何も背負ってないんだから。伸びやかに生きてる将人君は幸せだろうな」

「あなた、わたしと結婚したことを後悔してるの⁉」

「曲解《きょっかい》しないでくれ。響子と一緒になって、佳奈を授《さず》かったことは大きな張りになってる。家族の存在はありがたいよ。しかしね、人にはそれぞれの考え方があるんだ。他者を困らせなければ、どう生きてもいいはずだよ」

「話題を変えよう」

風巻は誰にともなく言って、食卓についた。

姉が微苦笑《びくしょう》し、椅子《いす》から腰を浮かせる。弟のご飯と味噌汁を用意するためだった。

風巻は姪と雑談を交わしながら、朝食を摂《と》りはじめた。食が進んだ。二膳半も食べてしまった。

「あっ、もうこんな時間か。わたし、学校に行かないと……」

佳奈がダイニングテーブルから離れ、洗面所に急いだ。夏休み中だったが、姪は吹奏楽部の朝練習に励んでいた。担当楽器はアルトサックスだった。

義兄も腰を上げ、出勤の準備に取りかかった。娘と夫を送り出すと、姉の響子も湯河原のスポーツジムに向かった。

「刑事総務課にずっと所属させられるようだったら、転職も考えてるのか？」

父が風巻に問いかけ、熱い緑茶を啜《すす》った。

真夏でも、めったに冷たい飲み物は口にしない。若い時分から、そうだった。父は体を冷やすことが万病の因《もと》と考えているようだ。

「先のことは何も考えてないんだ。何事もなるようにしかならないからね」

「まるで他人事《ひとごと》だな。職務に情熱を傾けられないようだったら、わたしの事務所で下働きをしてもいいぞ。安い給料しか払えんがね」

「心配ないって。どんな状況になっても、自分でちゃんと喰《く》っていくよ」

風巻は言った。

父が無言でうなずき、自分の事務所に出かけた。ダイニングルームには、もう風巻と母しか残っていない。

「いまの仕事は、張り込みも尾行もないんでしょ？」

母が確かめた。

「そうなんだ。民間会社の事務職みたいに夕方には退庁できるんだよ」

「それなら、ここから職場に通えそうね。そうすれば、夜釣りもできるでしょ？」

「おれが実家に戻ったら、義兄《にい》さんが伸び伸びと暮らせなくなるじゃないか。それにさ、独り暮らしは気ままで捨てがたいんだよ」

「そういうことなら、無理強《むりじ》いはしないわ」

「姉貴夫婦としっくりいってないのかい？」

風巻は訊《き》いた。

「ううん、そんなことないわよ。でも、響子の旦那さんは自分の息子とは違うから、やっぱり気を遣《つか》うでしょ？」

「おふくろが妙な遠慮してたら、向こうも気を遣うことになるぜ。自分の倅《せがれ》だと思って、言いたいことを言ったほうがいいな」

「ええ、そうするわ。それはそうと、庭の木の枝を少し落としてもらえない？」

母が後片《あとかた》づけをしながら、そう言った。

風巻は快諾《かいだく》し、ほどなく庭に出た。樹々《きぎ》の枝が伸び切って、葉が重なっている。見るからにうっとうしい。日陰ばかりだと、芝生や夏花が育たない。

風巻は脚立《きゃたつ》を使って、庭木の枝を次々に払いはじめた。

八月の陽射《ひざ》しは鋭かった。瞬《また》く間に全身が汗ばんだ。

風巻は剪定《せんてい》を済ませると、ふたたびシャワーを使った。

その後、母と昔話に耽《ふけ》った。そのうち、瞼《まぶた》が重くなってきた。風巻は自分の部屋に移り、正午過ぎまで惰眠《だみん》を貪《むさぼ》った。

母が作ってくれた冷麦を喉《のど》に流し込んでいると、風巻の刑事用携帯電話《ポリスモード》が鳴った。ポリスモードは五人との同時通話が可能だ。写真や動画の送受信は、本庁通信指令本部かリモートコントロール室を介して行われる。制服警官にはP《ピー》フォンが貸与されている。

発信者は刑事総務課長の葛西武直《かさいたけなお》警部だった。五十二歳だ。ノンキャリアだが、出世は早いほうだろう。いまのポストに就《つ》いたのは、六年前だと聞いている。

「オフのときに悪いね。風巻君、夕方までに登庁してもらえないか」

「えっ」

「申し訳ないが、そうしてほしいんだ」

「何か急用なんでしょうか。いま、真鶴の実家に来てるんですよ。明日じゃ、まずいんですかね？」

「有働《うどう》刑事部長がね、きみに早急《さっきゅう》に会いたがってるんだ」

「そうなんですか」

風巻は少し気が重くなった。有働彰宏《あきひろ》警視長は、本庁刑事部各課を統《す》べている警察《キャ》官僚《リア》だ。

五十三歳だが、どこか威厳《いげん》がある。幾度か短い言葉を交わしたことはあるが、それこそ雲の上の人だ。出世欲のない風巻は、できればキャリアとの接触を避けたいと考えていた。

警察庁採用の彼らの多くはエリート意識が強く、どこか鼻持ちならない。一緒に酒を酌《く》み交わしたくなるような人物はいなかった。

「有働刑事部長は、きみが捜一《そういち》で次々に手柄を立てたことをご存じなんだ」

「どの事件《ヤマ》も、まぐれで犯人を検挙できただけです。現にわたしはよく見当外れの筋《すじ》読みをして、上司や同僚に〝使えない奴〟と呆《あき》れられたり、小ばかにされてたんです。ドジな男ですよ」

「それでも、風巻君の検挙率は捜一で三本の指に入ってた。捜一には四百五十人の刑事がいる。その中でナンバースリー入りしてるんだから、たいしたもんだ」

「たまたま運がよかったんですよ。過大評価なんかされると、焦っちゃいます。実力が伴《ともな》ってるわけじゃないですんでね」

「謙虚《けんきょ》だな。刑事部長は、きみのそういう人柄も買ったんだろう」

「有働警視長は、わたしに何をさせるおつもりなんでしょう？」

「詳しいことは明かしてくれなかったが、風巻君に何か特別任務を与えたいようだったね。刑事部のトップに白羽の矢を立てられたんだから、名誉なことじゃないか」

「特別任務なんて、わたしには荷が重すぎます。葛西課長、うまく断ってくれませんか。お願いします」

「もったいないことを言うなよ。出世のチャンスじゃないか」

「わたし、偉くなりたくないんです。平凡にのんびりと暮らすことをモットーにしてますんでね」

「欲がないな。変わってるね。なぜ、出世したくないのかな？」

「それなりの要職に就いたら、上司にも部下にも気を遣う必要がありますでしょ？　そんなふうに神経をすり減らす生活は、決してハッピーじゃないはずです。平凡に生きることが最も幸せなんじゃありませんか」

「きみのモチベーションはあまり高くないようだが、決して無能じゃない。刑事部長はさすがだね、そのことをちゃんと見抜かれてる」

「まいったな」

「とにかく、遅くも午後五時ごろまでには本庁に顔を出してもらいたいんだ」

葛西が早口で言って、先に電話を切った。

風巻は溜息《ためいき》をついた。職場で妙に期待されるのは、ありがた迷惑だ。自分の時間が少なくなるし、同僚たちに妬《ねた》まれることも煩《わずら》わしい。狭い世界で他人と競《きそ》い合うことは愚《おろ》かしく思える。

たとえどんなに出世したところで、心の充足感を得られるとは限らない。富や権力を握った者はたいてい孤独で、常に猜疑心《さいぎしん》を懐《いだ》きつづけているのではないか。世間で成功者と呼ばれても、そんな人生はつまらない。

風巻は本気でそう考えている。

しかし、自分も組織の一員だ。個人的な気持ちや事情だけで、上司の命令を黙殺するわけにはいかない。

風巻は胸の中でぼやいてから、母に東京に戻らなければならなくなった理由を告げた。母は黙って聞いていただけで、何も言わなかった。

実家を後にしたのは、午後一時過ぎだった。

真鶴道路と西湘《せいしょう》バイパスをたどって、東京をめざす。品川区上大崎《かみおおさき》にある自宅マンションに帰り着いたのは、二時四十分ごろだった。

風巻は１ＬＤＫの塒《ねぐら》で一息入れてから、スーツに着替えた。ネクタイは地味な柄物を選んだ。

エルグランドで本庁舎の地下三階の車庫に潜《もぐ》り込んだのは、午後四時半過ぎだった。

風巻は低層用エレベーターで六階に上がり、刑事総務課に足を向けた。本庁舎は十八階建てで、その上にペントハウスが二階分ある。どちらも機械室だ。屋上は航空隊のヘリポートになっている。

六階には刑事総務課のほか、刑事部長室、捜査第一課、組織犯罪対策第四課がある。

風巻は刑事総務課のフロアに足を踏み入れた。

葛西課長が風巻に気づき、せかせかと歩み寄ってきた。

「ご苦労さん！　刑事部長室に行こう」

「はい」

二人は廊下に出た。

数十メートル歩き、刑事部長室の前で立ち止まった。葛西が深呼吸してから、ドアをノックした。すぐに応答があった。刑事部長自身の声だった。

風巻は葛西課長の後から入室した。

刑事部長室は広い。手前にソファセットが据《す》えられ、窓際には両袖机《りょうそで》が置かれている。

「わざわざ悪かったね」

有働警視長が風巻を犒《ねぎら》い、椅子から立ち上がった。風巻は緊張しながら、深々と一礼した。

「ま、掛けてくれないか」

有働が言って、総革張りの茶色いソファに腰かけた。

風巻たちはコーヒーテーブルを挟んで刑事部長と向かい合った。有働の正面には、風巻が坐った。葛西は右隣にいる。

銀髪の有働は商社の役員風だ。背広の趣味は悪くない。

「非公式なんだが、これからは捜査本部事件や各所轄署でてこずってる難事件の捜査に協力してもらいたい。新聞社の遊軍記者のように、必要に応じて〝助っ人〟になってほしいんだよ。早い話が派遣刑事《はけんデカ》だね」

有働が風巻に言った。

「現場捜査に携《たずさ》われることは嬉《うれ》しいのですが、わたしはそんな器《うつわ》ではありません。まぐれで凶悪犯たちを何人か検挙《あげ》てきましたが、別に特別な働きをしたわけではないんです。ですから、わたしには任務が重すぎます」

「そこまで謙遜《けんそん》することはない。きみは飄々《ひょうひょう》としてるが、辣腕《らつわん》刑事だ。早速《さっそく》なんだが、明日から高輪署に設置された捜査本部に協力してもらう。いいね？」

「ま、待ってください」

「いや、待てない。もう根回し済みなんだ。副捜査本部長を務めてる高輪署の署長、捜査主任の本庁捜一の管理官、それから捜査副主任になった高輪署刑事課長の三人には風巻君が支援要員として出張《でば》ることを伝えてある」

「ですが……」

「気が進まないようだが、きみしか適任者がいないんだよ。わたしを救《たす》けると思って、ぜひ力を貸してくれないか」

「そこまでおっしゃられたら、逃げられませんね。どこまで力になれるかわかりませんが、ご指示に従います」

風巻は譲歩した。おだてられて、気をよくしたわけではない。押し問答そのものが面倒臭くなったのだ。

「ありがとう。次の人事異動では古巣に戻れるよう上層部に働きかけるつもりだが、それまで派遣刑事《デカ》として活躍してくれないか」

「わかりました。高輪署の本部事案《じあん》は、確か看護師殺しでしたね？」

「そう。およそ一カ月前にベテラン看護師が首吊《くびつ》り自殺に見せかけて殺害されたんだが、まだ容疑者の絞り込みにも至ってない」

「そうみたいですね」

「一期の一カ月を過ぎたわけだから、捜査員を増やさなければならないんだが、兵隊の手当てがつかないんだよ」

「そうなんですか」

「きみだけが頼りなんだ。いま、捜査本部事件の資料を持ってくる」

有働がソファから立ち上がって、執務机に歩《ほ》を進めた。葛西が口を開いた。

「大役だが、これまでのように肩の力を脱《ぬ》いて捜査協力すればいいんじゃないのかな」

「わたしは脱力系ですからね」

風巻は葛西に軽口をたたいたが、責任の重さに圧《お》し潰《つぶ》されそうだった。

2

胃が重ったるい。

コーヒーも、いつになく苦かった。昨夕、特命を与えられたせいだろう。

もう午前十一時を回っている。だが、風巻はまだ自宅マンションにいた。

できれば、捜査本部が置かれた高輪署には顔を出したくない。出張《でば》っている本庁捜査一課第二強行犯捜査殺人犯捜査第三係の十五人とは、半年前まで机を並べていた。

刑事部長の密命とはいえ、自分がのこのこ捜査本部に出かけたら、拒絶反応を示すはずだ。高輪署の刑事課の面々も快《こころよ》くは迎えてくれないだろう。

罰当《ばちあ》たりだが、風巻は自分が健康そのものであることを呪《のろ》った。ひどい夏風邪でもひいていれば、特別任務は回避できる。

しかし、まさか仮病を使うわけにはいかない。リビングソファに坐った風巻は、手《て》許《もと》の捜査資料を読みはじめた。

捜査本部事件の被害者は吉岡有紀《よしおかゆき》、三十六歳だ。鑑識写真で、かなりの美人であったことがわかる。プロポーションも悪くない。

吉岡有紀の死体が発見されたのは、去る七月六日の午後八時過ぎだった。港区三田《みた》にある自宅マンションで、ぶら下がり健康器から垂《た》れていたのである。発見者は被害者の実母だった。

有紀は、白金台《しろかねだい》四丁目にある『市倉《いちくら》心療内科クリニック』に勤めていた。娘が無断欠勤したことを勤め先から教えられた母親がスペアキーで被害者宅に入り、異変を知った。

有紀の首には、正絹《しょうけん》の帯締めが二重に巻きついていた。遺体のそばには、パソコンで打たれた短い遺書もあった。

それで、地元署の署員たちは自殺と断定しかけた。

だが、被害者の頸部《けいぶ》には扼殺痕《やくさつこん》がくっきりと残っていた。司法解剖は大塚《おおつか》にある東京都監察医務院で行われた。その結果、自殺に見せかけた他殺であることが明らかになった。

そうした経緯《いきさつ》があって、高輪署に捜査本部が設置された。捜査班の地取り、敷鑑《しきかん》、遺留品捜査で、およそ一年前から交際していた男性が捜査線上に浮かんだ。

その重要参考人は、三十八歳の心理療法士である。中杉公秀《なかすぎきみひで》という名で、被害者の吉岡有紀と同じクリニックに勤めていた。彼は一年半ほど前に別の心療内科医院から、『市倉心療内科クリニック』に移ったのだ。中杉には離婚歴があった。

職場の同僚たちの証言で、被害者の有紀と中杉が交際していたことはわかった。中杉は、有紀との再婚を真剣に考えていたようだ。しかし、被害者には結婚に踏み切れない事情があったらしい。

捜査資料によると、中杉は前妻が引き取った二人の子供に毎月十五万円の養育費を払っている。中杉が遣える金は月に二十三、四万円だった。その程度の額では、再婚相手を養うことはできないだろう。被害者の有紀は中杉の経済力に不安を感じていたのか。

これまでの捜査で、事件当日の正午過ぎに中杉が被害者宅を訪れたことは間違いない。事情聴取の際《さい》、心理療法士は無断欠勤した有紀のことが気がかりで昼休みに被害者の自宅マンションに出向いたと供述している。

しかし、いくらインターフォンを鳴らしても何も応答はなかった。それで、中杉は職場に引き返したという。

被害者の死亡推定時刻は、同じ日の午前十時から同十一時半の間とされた。その時間帯、中杉は『市倉心療内科クリニック』で患者のカウンセリングをしていた。ただ、その間に二十五分ほど休憩している。

そのとき、中杉は職場近くの公園でひと休みしていたと述べた。だが、その供述は裏付けられなかった。

車を利用すれば、中杉が被害者宅で犯行に及び、職場に舞い戻ることは物理的に可能だ。そんなことで、捜査本部は中杉を容疑者と睨《にら》んだのだろう。

ただし、立件できるだけの確証はない。従って中杉は、いまも身柄は拘束《こうそく》されていなかった。

風巻は捜査資料に目を通すと、セブンスターに火を点《つ》けた。

一服し終えたとき、コーヒーテーブルの上で刑事用携帯電話《ポリスモード》が着信音を発した。風巻はポリスモードを手に取って、ディスプレイを見た。

発信者は葛西課長だった。催促の電話だろう。

風巻は長嘆息《ちょうたんそく》し、刑事用携帯電話を右耳に当てた。

「てっきり高輪署に顔を出してくれてると思ってたが、そうじゃなかったんだね。署長から問い合わせの電話があったんだよ」

「すみません」

「いま、どこにいるのかな」

「上大崎の自宅です」

「具合でも悪くなったのかい？」

葛西が言った。とっさに風巻は、話を合わせる気になった。

「ええ、ちょっと腹の調子がよくないんですよ。責任の重い密命が下《くだ》されたんで、ものすごく緊張したものですから」

「それは困ったな」

「神経性の下痢かもしれません。体調が回復するのに何日かかかりそうだな。課長、別の者を高輪署に行かせるよう有働刑事部長に進言してもらえませんかね」

「風巻君、下手な芝居はやめなさい」

「えっ⁉」

「腹を壊したというのは嘘なんだね。そうだよな？」

「嘘じゃありませんよ。数十分置きにトイレに駆け込んでるんです」

「それにしては、声が変わらないな。ふだん通りじゃないか。下痢で悩まされてるんだったら、もっと声が弱々しくなるものだ」

「嘘はつけないものですね。その通りです。特別任務のプレッシャーが大きくて、なかなか捜査本部に出向けないんですよ。こんなわたしじゃ、頼りにならないでしょ？ね、葛西課長？」

「子供みたいなことを言うなよ。きみが無欲であることはよくわかった。しかし、風巻君は警察官としての使命を忘れてるな」

「そうでしょうか」

「重い任務を背負わされるのは、確かに辛《つら》いと思う。だがね、逃げつづけても埒《らち》が明かないんだ。重い荷物は、さっさと下ろしちゃえばいいじゃないか」

葛西が言った。

風巻は目から鱗《うろこ》が落ちた気がした。まさに言われた通りだ。捜査に力を尽くして一日も早く事件を落着させれば、気が楽になる。

「風巻君、そうは思わないか」

「おっしゃる通りですね。これから、すぐ捜査本部に顔を出します」

「そうしてくれ」

通話が終わった。

風巻はソファから勢いよく立ち上がった。戸締まりをして、四〇三号室を出る。風巻はエレベーターで地下一階の駐車場に降り、エルグランドに乗り込んだ。きのう、有働刑事部長は専用の捜査車輛《しゃりょう》を用意してあると言っていた。

しかし、その覆面パトカーで高輪署に乗りつけたら、捜査員たちの反感を買うことになる。他人との揉め事はうっとうしい。

風巻はマイカーで高輪署に向かった。

二十分ほどで署に着いた。風巻は、三階の会議室に設けられた捜査本部に直行した。

どの捜査本部も庶務班、捜査班、予備班、凶器班、鑑識班などで構成されている。

捜査会議には副捜査本部長、捜査主任、捜査副主任も出席するが、捜査本部の現場を仕切るのは予備班の班長だ。

当捜査本部では、本庁捜査一課殺人犯捜査第三係の植松和貴《うえまつかずたか》がその任に就いているはずだ。植松警部は四十二歳で、猟犬タイプの刑事である。

捜査本部の予備班というと、地味なイメージがあるが、要職も要職だ。捜査主任の懐刀《ふところがたな》として、捜査経験が豊かな中高年刑事が選ばれる。通常、特定の任務には従事しない。

捜査本部に陣取り、聞き込み情報を集めて、捜査班や鑑識班などに指示を与える。重要参考人や被疑者の取り調べを担当するのも予備班のベテラン刑事だ。

風巻は捜査本部に足を踏み入れ、面喰《めんく》らった。高輪署の署長、刑事課長、本庁捜査一課の管理官の三人が出入口に並び、風巻を迎えてくれたからだ。

「お待ちしてました。本庁の有働刑事部長から直《じか》にお電話をいただきましたよ。風巻さんが捜査に加わってくれることになったわけですから、実に心強い」

署長が揉み手で言い、かたわらの刑事課長に相槌《あいづち》を求めた。刑事課長が笑顔で大きくうなずく。

「あなたが数々の手柄を立てられたことは、有働さんからうかがってます」

「まぐれだったんですよ」

風巻は署長に言った。

「そんなことはないでしょう。名刑事なんですよ、あなたは。それに、人情家でもある。七カ月前、逮捕した殺人犯を余命《よめい》いくばくもない母親にひと目会わせてやろうとなさったとか？」

「それは作り話だったんです。わたしは犯人の嘘に引っかかって、まんまと逃げられてしまったんですよ。翌日に同僚が逃亡犯を捕まえてくれたから、まだ首が繋《つな》がってますけどね」

「そうだとしても、泣かせる話です」

「いいえ、間抜けな話ですよ。その程度の男だから、あまりお力にはなれないと思います。それでも、精一杯お手伝いさせてもらうつもりです」

「ひとつよろしくお願いします」

署長が頭を下げ、刑事課長と歩み去った。

すると、本庁捜査一課の石橋喬《いしばしたかし》管理官が口を開いた。

「わたしも風巻君の活躍を期待してるよ」

「プレッシャーが大きいですね」

「きみなら、事件を解決に導《みちび》いてくれるだろう。わたしは、そう信じてる」

「そこまで期待されても、どうなるかわからないですよ。わたし、抜けてるとこが少なくありませんからね。それに点数をあげて目立ちたくないんです」

「そんなふうにおっとりとしてるから、いつも無欲の勝利を得られたんだろうな。人間、あまり欲を出しちゃ駄目だということなんだろう。きみの生き方は多くの示唆《しさ》に富んでる」

「持ち上げすぎですよ」

風巻は面映《おもはゆ》くて仕方がなかった。

「副捜査主任をやってる植松が厭味《いやみ》を言うかもしれないが、適当に聞き流してくれ。あいつはね、有働刑事部長が風巻君に特別指令を下したことが面白くないんだよ」

「植松さんの気持ち、よくわかります。立場が逆だったら、わたしも気分を害するかもしれませんからね」

「第一期が過ぎても、植松は犯人を特定できなかった。あまり優秀とは言えないな」

「しかし、植松さんは白星をだいぶ上げてますよ。わたしは、植松さんは有能だと思います」

「とにかく、植松が捜査を妨害《ぼうがい》するようなことがあっても、きみは彼の命令に従う必要はないからね」

「わかりました」

「後は頼む」

石橋管理官がそう言い、捜査本部から出ていった。

風巻は、庶務班らしい所轄署員と話し込んでいる植松警部に歩み寄った。

「きょうから、この捜査本部《チョウバ》のお手伝いをさせてもらうことになりました。よろしくお願いしますね」

「有働刑事部長の密命なんだってな」

植松の言葉は棘々《とげとげ》しかった。

「そうなんですよ。自分には荷が重すぎるんで、いったんは断ったんですがね」

「刑事部のトップには逆《さか》らえないってわけだ」

「そう受け取られても仕方ないでしょうね。上手に断れなかっただけなんですが……」

「カッコつけんなよ。風巻は無欲な振りをしてるが、その実、出世欲があるんじゃないの？　刑事部長に目をかけられれば、昇格は早い。ぼんやりしてるように見せかけ、野望を燃やしてたんだろうが？」

「植松さん、それは誤解ですよ」

「いいって、いいって。警察は階級社会なんだ。誰だって、そこそこのポストには就きたいと思ってるはずだよ。おれもそのひとりだから、風巻を非難はしない。ただな、仁義は通してくれ」

「でしゃばったことはするな。そういう忠告なんですね？」

風巻は確かめた。

「そうだ。おれたち三係と所轄の刑事が総勢三十七人で、美人看護師殺しの事件《ヤマ》を一カ月も追ってきた。まだ犯人《ホシ》の特定はできてないが、それぞれ各班は努力を重ねてきたんだよ」

「そうでしょうね」

「風巻は並の刑事《デカ》よりも、何倍も勘がいい。そのことは、おれも認めるよ。おまえが捜査情報を分析して、真っ先に吉岡有紀を殺った奴《や》を割り出すかもしれない。でもな、手柄をてめえで独り占めにするのはルール違反だぜ」

「わかってますよ。そんなことは絶対にしません」

「なら、もう何も言わない。おまえは、高輪署《ここ》の猿橋《さはし》刑事とコンビを組んで、心理療法士の中杉公秀のアリバイを洗い直してくれ」

「わかりました。植松さんは、まだ中杉という男を疑ってるようですね？」

「まあな。裏付け《ウラ》はないんだが、おれは中杉の空白の二十五分に引っかかってるんだ。事件当日、中杉はカウンセリングの合間《あいま》にクリニック近くの公園で一服してたと言ってるんだが、それを目撃した者はいないんだよ」
「わたしが受け取った捜査資料にも、目撃証言は得られなかったと記《しる》されてました
ね」
「車を使用し、『市倉心療内科クリニック』から中杉が被害者宅に行き、目的を遂《と》げ
て大急ぎで職場に戻る。それなら、二十五分以内にやれる。所轄の若い刑事に協力し
てもらって、実は検証してみたんだよ」
「そうなんですか。かなりのスピードで車を飛ばしてたら、当然、人目につきますよ
ね。そういう車を見かけた者は？」
「それがいなかったんだ。最短コースに面してる商店や民家を一軒ずつ捜査班の連中
に回ってもらったんだがな」
「そういうことなら、中杉という心理療法士はシロなんじゃないんですか」
「いや、まだわからない。中杉は何かトリックを使ったのかもしれないからな」
「事件当日の午前中、中杉は二人の患者のカウンセリングをしたようですね。最初の
カウンセリングが終わった時刻は、もっと早かったんじゃないのかな？」
「カウンセリングの開始と終了の時刻に間違いはなかったんだ。空白時間は二十五分
なんだよ」
「そうですか」

「おれは中杉が何かトリックを使って、交際相手の吉岡有紀を自殺に見せかけ、扼殺したんじゃないかと睨んでるんだ」

「そうだとしたら、動機は愛情の縺《もつ》れなんですかね」

「おそらく、そうなんだろう。聞き込み情報によると、中杉は被害者と再婚したがってたようなんだよ。しかし、吉岡有紀のほうは二の足を踏んでた。中杉は別れた女房が引き取った二人の子供に毎月十五万円の養育費を払ってたんだ」

「そうみたいですね」

「被害者は経済的な余裕のない中杉と結婚しても、ナースの仕事はやめられないと考え、いずれ交際相手とは別れるつもりだったんじゃないのかな」

植松が言った。

「理由はそれだけだったんでしょうか。つき合ってる彼氏のそうした私生活は、もっと早い時期にわかるでしょ？　二十代同士のカップルじゃないんだから、双方は結婚を前提に交際してたはずです」

「それは、そうだろう。となると、金銭的な理由で被害者が中杉との結婚をためらったわけじゃなさそうだな」

「ええ。離婚歴のある男は寂しさを酒と女で紛《まぎ》らすパターンが多いようですよ」

「だろうな。中杉には、腐れ縁の女がいたんじゃないのか。そのことを被害者の有紀に知られて、不誠実だと中杉は烈《はげ》しく罵《ののし》られた。それで、中杉は殺意を覚えて凶行に走ってしまった」

「自分に非がある場合は、ばつの悪い思いはするでしょうが、殺意は懐《いだ》かないでしょ？」

「そうか、そうだろうな。もしかしたら、逆なのかもしれないぞ。被害者は中杉以外の男ともつき合いがあったんじゃないか。で、そのことを知った中杉が逆上して、被害者の首を絞めてしまった。風巻、そうも考えられるよな？」

「ええ、まあ」

「中杉のアリバイ崩しだけじゃなく、吉岡有紀の交友関係も洗い直してくれないか」

「わかりました」

風巻は顎《あご》を引いた。

植松が大声で奥にいる五十八、九歳の細身の男を呼んだ。それが、高輪署刑事課の猿橋周平《しゅうへい》巡査部長だった。

風巻は紹介され、猿橋と名刺を交換した。

「二人でコンビを組んでほしいんですよ。詳しいことは、本庁の風巻から聞いてください」

植松が猿橋に言って、慌《あわ》ただしく捜査本部から出ていった。だいぶ前から尿意を堪《こら》えていたようだ。

「風巻さんのことは、うちの課長から聞いてます。ふだんはノンシャランとしてるが、なかなか辣腕だとか……」

「それは買い被《かぶ》りですよ。わたしは凡庸《ぼんよう》な人間です。職務よりも趣味の釣りに熱心なんですから、ちゃらんぽらんな男です」

「能ある鷹《たか》は爪《つめ》を隠すってやつですね。いいのかな、相棒がわたしなんかで。こちらは高卒の叩き上げで、これまで一度も大きな手柄なんか立てたことないんですよ。コンビニ強盗を緊急逮捕したのが最大の手柄でしたね。うだつが上がらないまま、来年の秋には定年なんです」

「最終学歴や検挙件数なんて、なんの関係もありませんよ。猿橋さんのようなベテランと組めるなんてツイてるな。いろいろ教えてくださいね」

「あなたにお教えできることなんか何もありません」

「出し惜《お》しみしないでくださいよ。早速ですが、『市倉心療内科クリニック』に行ってみましょう。植松警部は、まだ中杉公秀を怪しんでるようなんです。それだから、被害者の交友関係を洗い直せと指示されたんですよ」

「そうですか」

「行きましょう」

風巻は猿橋を促《うなが》した。

3

目の前で信号が赤に変わった。

風巻はエルグランドを停めた。高輪署を出て、まだ二百メートルも進んでいない。

「高輪署の覆面《メン》パトを使ってくだされればよかったのに」

助手席で、猿橋が言った。

「わたしは助っ人ですからね」

「そんな遠慮は無用ですよ」

「この車、乗り心地が悪いですか？ それとも、魚臭《くさ》いのかな」

「いいえ、そういうことではありません。わたしも一時、鮎《あゆ》釣りに熱中したことがあるんですよ。でも、釣り仲間が増水した川に流されて亡《な》くなってから、釣りは一切《いっさい》やめました」

「そういうことがあったんでしたら、釣りはできなくなるでしょうね」

「海釣りをなさってるんですか？」

「ええ、そうです。真鶴育ちなんですよ。子供のころから、堤防や磯から投げ釣りをしてました。いまは、もっぱら船釣りですけどね」

「それで、逞《たくま》しく陽灼《ひや》けされてるんだな」

「そうなんですよ」

風巻は車を発進させた。

「植松警部は、まだ中杉を疑ってるようですが……」

「あなたは心理療法士はシロと読んでるんですか？」

「心証ではシロですね。事情聴取のときの受け答えに不自然なものは何も感じませんでした。ですから、供述に嘘はないと直感したわけですよ」

「そうですか」

「ＤＮＡ型鑑定など科学捜査が主流になってる時代に第六感が云々《うんぬん》と言うのは時代遅れでしょうが、わたし、刑事の勘も蔑《ないがし》ろにはできないと思ってるんです」

「こちらも同感ですね。われわれは多くの犯罪者と接してますんで、相手の反応によって、ある程度のことはわかります。疚《やま》しさのある奴は平静さを装《よそお》っていても、目が落ち着かなくなります」

「ええ、そうですね。それから、むきになって犯行を否認します。大声を張り上げたりしてね」

「そう、そう！　ことさら呆れ顔を作って、失笑する奴もいるな」

「そうですね。しかし、中杉には何も作為《さくい》が感じられなかったんですよ」

「猿橋さんは、空白の二十五分のことをどう思われてるんです？」

「中杉の供述は事実でしょう。彼が勤め先の近くにある公園で一服してたとこを目撃した者は見つかりませんがね」

「植松さんは、その空白の時間に中杉が吉岡有紀を殺害したと疑ってるようだ。それで、捜査員を使って検証してみたと言ってましたよ」

「そのことは知ってます。車を飛ばせば、二十五分以内に犯行は可能だったかもしれません。しかし、中杉が車を高速で走らせてる姿を誰も見てないんです。それに、被害者の部屋から中杉の指掌紋《ししょうもん》は出ませんでしたし、毛髪も見つかってないんですよ」

　猿橋が言った。

「植松さんは、中杉が何かトリックを使ったのではないかと言ってましたが……」

「車ではなく、パラ・プレーンか何かで中杉が吉岡有紀の自宅マンションに行って、犯行に及んだとでも考えてるんでしょうか？」

「真っ昼間にパラ・プレーンで空中移動したら、かなり目立ちますよ」

「ええ、そうですね。車よりも速《はや》く被害者宅に行ける乗り物は、パラ・プレーンぐらいしか思いつかなかったんです。風巻さん、ほかに何か考えられます？」

「いいえ、思いつきません。仮に犯人が中杉だとしたら、空白の時間は二十五分ではなく、もっと長かったんでしょう」

「最初のカウンセリングは実際には数十分前に終わってて、二番目の患者のカウンセリング開始時刻はもっと遅かったんではないかってことですね？」

「ええ、そうです。クリニックの関係者が中杉に抱き込まれて、偽証したとは考えられませんか？」

風巻は車を右折させた。

「そういうことは考えられませんね。三人の看護師、心理療法士、事務局長の証言は一致してましたから。空白時間は二十五分に間違いないでしょう」

「そうですか。中杉には、被害者のほかに親密な女性がいたんでしょうかね」

「鑑取り班の調べによると、そういう女性はいなかったようですよ。多分、中杉は被害者と再婚することを望んでたんでしょう。しかし、吉岡有紀は中杉との結婚に踏み切れなかったんでしょうね」

「なぜなんだろうか。中杉が経済的に豊かじゃないんで、被害者はためらってたんですかね？」

「金銭的な理由で迷ってたんではないと思います。風巻さんがご覧になった捜査資料に記述されてたかどうかわかりませんが、吉岡有紀は生前、アフリカのマリに自分の名を冠した小学校を三校も建ててやってるんですよ」

「マリは、確かアフリカで最も貧しい小国だったな。寄贈額はどのくらいになるんです？」

「日本円にして、三校で千二百万円です。プレハブ造りの校舎なんですよ。被害者はボランティア団体を通じて寄贈したんです。本人は一度もマリに入国はしてません。テレビのルポルタージュ番組でマリの子供たちの多くが教育を受けるチャンスに恵まれてないことを知って、吉岡有紀は校舎を寄贈する気になったみたいですね」

「そうですか」

「被害者の部屋には、完成した小学校のパネル写真が飾られてました。有紀自身、群馬県の山村で育ってるんです。県立の定時制高校を卒業してから准看護師になって、ようやく正看護師の資格を得たんですよ」

「被害者は高給取りだったんですかね？」

「年収は税込みで五百七十万円ですから、さほど高収入を得てたわけではないでしょ？」

「ええ、そうですね。それなのに、千二百万円もマリにカンパしてる。被害者の住まいは賃貸マンションだったんですよね？」

「そうです。間取りは１ＬＤＫですが、家賃は管理費を入れて約十七万円でした」

「それだけの家賃を被害者が払えるものだろうか。パトロンめいた男性がいたんじゃないだろうか」

「われわれもそう思ったんで、被害者の預金通帳をチェックしてみたんですよ。しかし、パトロンと思われる人物からの振り込みはありませんでした」

「それはそうでしょ？　お手当の類《たぐい》を愛人の口座に振り込んだら、何かと危《ヤバ》いですからね。被害者にパトロンがいたとしたら、毎月、現金で貰《もら》ってたにちがいありません」

「あっ、なるほど！」

猿橋が自分の膝《ひざ》を打った。

「被害者はナースとして働きながら、リッチな男の愛人を務めてたんでしょう。預金総額は？」

「約二千六百万円でした」

「それだけの金を溜《た》めてたということは、何年も前からパトロンの世話になってたようだな」

「ええ、そうなんでしょうね。しかし、パトロンには妻子がいて、結婚できる望みはない。それで被害者はパトロンとの仲を清算して、中杉と交際しはじめたんではありませんか」

「多分、そうなんでしょう。しかし、パトロンは被害者に未練《みれん》があって、別れ話に応じてくれなかった。あるいは、逆なのかもしれないな」

「有紀のほうがパトロンに未練があって、相手に妻と離婚することを強く迫《せま》ってた。パトロンは有紀のことは単なる愛人と思ってたんで、ひどく焦った。有紀をうまくなだめようと試《こころ》みたが、それは失敗に終わってしまった。そんなことでパトロンは破滅を恐れて、やむなく被害者を始末する気になった。風巻さん、そういう筋読みもできるんじゃないですか」

「考えられると思います。これまでの聞き込みでは、有紀のパトロンと思われる男性は浮かんできてないんでしょ？」

「ええ」

「被害者の部屋を定期的に訪れてた男は？」

「マンションの居住者たちの話では、そういう男性は見かけなかったらしいんですよ」

「それなら、殺された美人看護師はパトロンとホテルで密会を重ねてたんでしょう。そうでないとしたら、パトロンは逢《あ》い引《び》き用のマンションをどこかに借りてたんだろうな」

「後者かもしれませんね。被害者の遺品の中に自宅マンションの鍵のほかに、別のキーがあったんですよ。それから、メガバンクの貸金庫の鍵も入ってました」

「当然、貸金庫の中身は検《しら》べたんでしょ？」

「ええ。残高二千万円の預金通帳が保管されてました」

「大金ですね。振込人は？」

「振り込みがあったんではなく、被害者自身が現金で預金したことは確認済みです。もしかしたら、有紀はパトロンから二千万円の手切れ金を貰ったんではないのかな」

「それ、考えられますね。しかし、それだけの金額では被害者は納得できなかった。で、パトロンにもっと金をくれと要求した。パトロンは際限《さいげん》なく無心されるかもしれないと考え、吉岡有紀を葬《ほうむ》る気になったんじゃないのかな」

「そうだったんでしょうか」

「被害者の母親が娘の部屋に入ったとき、玄関のドアは施錠《せじょう》されてたんですね？」

風巻はステアリングを操《あやつ》りながら、猿橋に確かめた。

「ええ、しっかりロックされてたそうです。しかし、加害者がパトロンならば、被害者から部屋のスペアキーを預かってたと考えられます」

「そうですね。鑑取り班の方たちは、被害者の親兄弟や友人から聞き込みをしてるはずですが、パトロンのことを知ってる人物はいなかったんですか？」

「ええ。被害者は昔風に言えば、二号さんとかお妾《めかけ》さんですよね。そのことを恥じて、パトロンのことは親しい人たちにも隠してたんでしょう」

「そうなんだと思います」

「心理療法士の中杉よりも、正体不明のパトロンのほうが臭いな」

猿橋が低く呟き、口を閉じた。

いつしか車は白金台四丁目に入っていた。風巻はスピードを落とし、左右の表札や看板に目をやった。

それから間もなく、『市倉心療内科クリニック』を探し当てた。リゾートホテルを連想させる建物だった。三階建てで、外壁はオフホワイトだ。窓枠はペパーミントグリーンだった。

風巻はエルグランドを外来用駐車場に入れた。先に猿橋が助手席から降りた。

二人は受付で身分を明かし、心理療法士の中杉との面会を求めた。

応接室に通される。待つほどもなく白衣を羽織《はお》った中杉が現われた。中肉中背で、やや細面《ほそおもて》だ。そのほか特徴はなかった。

風巻は自己紹介し、事件当日のことを詳しく訊いた。

中杉は協力的だった。すでに捜査本部の刑事たちに事情聴取されているはずだが、少しも厭な顔をしなかった。

事件当日の作業日誌も見せてくれた。午前中にカウンセリングを受けた患者の氏名と相談開始時刻は、捜査資料通りだった。

「わたし、疑われてるんですね？　それでしたら、二人の患者さんに直に確かめてもらってもかまいません」

中杉が屈託《くったく》なく言って、患者たちの連絡先を告げた。うろたえている気配は、まったくうかがえない。

「別にあなたを疑ってるわけじゃないんですよ。カウンセリングを受けた二人の患者の証言もありますんで、最初の相談が終わってから近くの公園で二十五分ほど休暇してたことも事実なんでしょう。ただですね……」

「わたしが公園でひと息入れてたとこを見た者が誰もいないんで、アリバイが完璧《かんぺき》とは言えないってことなんでしょう?」

「ええ、まあ」

風巻は曖昧《あいまい》に答えた。

「わたしが公園で休んでたのは、およそ二十五分間です。それだけの短い間に職場の吉岡有紀さんの自宅マンションを往復するのは、物理的に無理ですよ。そのことは先日、別の刑事さんに言ったんですけどね」

「捜査本部は検証してみたんですよ。車を飛ばせば、二十五分以内に犯行は可能だという結論が出ました」

「やっぱり、疑われてるのか。ここから吉岡さん宅までのルートの途中に一台ぐらいは防犯カメラが設置されてるでしょうから、どうかチェックなさってください。車を運転してるわたしがビデオに映ってるはずありませんから」

「余裕ですね」

「潔白《けっぱく》ですから、むしろ徹底的に調べていただきたい気持ちなんですよ。いつまでも疑われてるのは、やはり愉快ではないんでね」

「そうでしょう。ところで、事件のあった日、中杉さんは昼休みに被害者の自宅マンションを訪ねてますね？」

「はい。彼女、吉岡さんが無断欠勤することなんかなかったんで、気がかりになったんですよ。それでマンションに行ってみたんですが、インターフォンに応答はありませんでした。だから、わたしはここに引き返してきたわけです」

「そうですか。中杉さんは被害者と再婚することを願ってたようですね？」

「ええ、そうです。先々月、プロポーズをしました。しかし、その場で返事は貰えなかったんですよ。しばらく考える時間が欲しいと言われたんで、その件はそのままになってしまったんです」

「吉岡さんは、なんで中杉さんとの結婚に踏み切れなかったんだと思います？」

「わたしに離婚歴があることがネックになったんでしょうね。元妻が引き取った娘と息子に月々、併《あわ》せて十五万円の養育費を成人まで払いつづけなければならないことも、おそらくマイナス材料になったんだろうな」

「具体的な額は言えませんが、吉岡さんはアフリカのマリに小学校を三つも建ててやってましたし、かなり大金を預金してたんですよ」

「マリに小学校の校舎を寄贈したという話は、わたしも知ってます。でも、カンパしたのは総額で百五十万円だったんでしょ？　彼女は経済的な理由で昼間の高校に進めなかったことを悔《くや》しがってたんですよ。だから、海外旅行をしたつもりで寄附したんだと言ってました」

「カンパしたのは、総額で一千二百万円だったんですよ」

猿橋が話に加わった。

「えっ、そんなに多かったんですか!?」

「被害者はナース仲間に、そう言ってたそうです」

「どうしてわたしには、カンパの額を少なく言ったんだろうか。警戒されてたんですかね、わたしは。だとしたら、悲しいな。それにしても、吉岡さんは金持ちだったんですね。ドリームジャンボか何かで特賞を射止《いと》めたのかな？」

「そうではないでしょう。あなたには言いづらいことなんですが、吉岡有紀さんにはパトロンめいた男性がいたのかもしれません。誰か思い当たる人物は？」

「いません」

中杉が首を横に振った。

「そうですか」

「彼女、リッチな男と不倫してたんでしょうか。そういう気配は感じ取れませんでしたが、多額の寄附や預金のことを考えると、パトロンがいたんだろうな」

「多分ね」

猿橋が応じ、風巻に救いを求めるような眼差《まなざ》しを向けてきた。風巻は目顔《めがお》でうなずき、中杉に話しかけた。

「パトロンがいたという確証があるわけじゃないんですよ。何か別のことで、被害者はまとまった金を得たのかもしれません」

「慰めてくれなくても結構です。彼女にパトロンがいたとしても、わたしは騙《だま》されてたとは思いません。多分、吉岡さんはそのことで悩んでたんでしょう。だから、わたしの求婚にすぐイエスとは言えなかったんだろうな。そう思うことにします」

「もう吉岡さんは亡くなられたんですから、過去を暴《あば》くようなことはよしましょう。それはそうと、市倉一樹《かずき》院長はクリニック内にいらっしゃるのかな」

「いると思います」

「それでしたら、少し話をうかがわせてもらいたいんですがね」

「わかりました。少々、お待ちください」

中杉がソファから立ち上がり、ほどなくドアの向こうに消えた。

「わたし、余計なことを言ってしまったな。中杉さん、だいぶショックを受けたみたいでしたね」

猿橋が悔《く》やむ顔つきで言った。

「そうかもしれませんが、仕方ありませんよ。ごく平凡なナースが多額のカンパをしたり、四千万円以上の預金があったわけですから、パトロンがいるんじゃないかと考えるのは当然です」

「しかし、ストレートに訊いたりして、神経がラフでした。刑事をやってると、無意識に他人を傷つけたりしてしまう。少し言葉には慎重にならないとな」

「わたしも、そう自戒する必要がありそうです」

風巻は苦く笑った。

その直後、院長の市倉がやってきた。麻の白っぽいスーツを小粋《こいき》に着こなしている。整ったマスクで、背も高い。前髪は少し白くなっているが、五十六歳にしては若く見えた。

風巻たちは立ち上がって、それぞれ名乗った。

「掛けましょう」

市倉院長が言って、ソファに腰を沈めた。風巻と猿橋も坐った。

「吉岡さんが殺害されて、もう一カ月が経ったんですね。聞き込みのやり直しですか」

　市倉は明らかに迷惑げだった。その目は風巻に向けられていた。

「捜査の手を抜いてるわけではないんですが、まだ被疑者を絞りきれてないんですよ」

「うちのクリニックの中杉君が疑われてるようでしたが、もう嫌疑は晴れたんでしょ？　彼は人殺しなんかできる人間じゃありませんよ、根が優しいから。それに中杉君は、殺された吉岡さんと再婚したがってたんです。好きになった女性を殺したりしないでしょう？」

「個人的な見解《けんかい》ですが、わたしは中杉さんは事件には関与してないという心証を得ました」

「ええ、中杉君は絶対に無実ですよ。彼だけじゃなく、クリニックの関係者は事件には関わってないね」

「そう言い切れるのは、どうしてなんでしょう？」

「殺害された吉岡さんはスタッフの誰からも慕《した》われてたし、患者の評判もよかったんですよ」

「なるほど。吉岡さんは、中杉さんのほかに交際してる男性がいたんではありませんか？」

風巻は問いかけた。

「彼女は誠実な人柄だから、二股をかけるようなことはしてなかったと思うな。なぜ、そう思われたんです？」

「被害者は、思いのほか金持ちだったんですよ」

「ほんとですか!?」

市倉院長は驚きを隠さなかった。風巻は、多額の寄附と預金のことを伝えた。

「そういうことなら、パトロンめいた男がいたのかもしれないな。いや、相手が男だったとは限らない。二年前にここに入院されてた資産家の老婦人が自分の子供や孫よりも担当ナースがかわいいと言って、全財産をその彼女に相続させたいと弁護士をここに呼びつけたことがあるんですよ。準禁治産者《じゅんきんちさんしゃ》なんで、公正証書の作成までには至りませんでしたがね」

「そうですか。被害者のパトロンに心当たりはありませんか？」

「知りませんよ、そんなことは。吉岡さんは、このクリニックの看護師のひとりにすぎません。だから、私生活まではよく知らなかったんだっ」

市倉が急に語気を強めた。

風巻は、そのことを少し訝《いぶか》しく感じた。何もむきになることではない。院長は被害者と過去に何かあったのだろうか。

「開業医の中には、ナースに手を出す奴もいるんですよ。だから、妙な疑いを持たれちゃいけないと思って、つい……」

「そうでしたか」

「早く犯人を捕まえてくださいよ。そうじゃないと、有紀、いや、吉岡さんも成仏《じょうぶつ》できないだろうからね」

「力を尽くします。どうもお邪魔しました」

風巻は猿橋に目配せし、先に立ち上がった。

4

男の怒声《どせい》が聞こえた。

風巻は視線を延ばした。待合室の外れで、二つの人影が揉み合っている。

片方は職人風で、四十代の半《なか》ばだった。もうひとりは五十三、四歳だろう。茶系の背広姿だ。

「背広を着てるほうは、このクリニックの事務局長です。名前は砂田賢次《すなだけんじ》だったと思います」

猿橋が小声で言った。

「怒ってる男は、ここの患者なんだろうか。最近は、医者や看護師に難癖をつける奴が多くなってるようですからね」

「患者にしては威勢《いせい》がいいな。このクリニックは心療内科ですから、塞《ふさ》ぎ込んだ様子の患者が多いんですよ。おそらく患者の身内か知り合いなんでしょう」

「そうなのかな」

風巻は短く応じた。

その直後、職人風の四十男が不意に事務局長の顔面に右のショートフックを浴びせた。砂田事務局長がよろけた。

「医療ミスがあったんだろっ。おい、正直に言えよ。おれの弟は人一倍、心臓が強かったんだ。急性心不全で死ぬわけない!」

角刈りの男が大声で喚《わめ》いた。待合室には患者の姿はなかった。

「見過ごすわけにはいきませんね」

猿橋が、言い争っている二人に近づいた。風巻は猿橋の後を追った。

砂田事務局長が猿橋に気づいた。

「あっ、刑事さん!」

「どうされたんです?」

「六月下旬に入院患者の寺内等《てらうちひとし》さんが急死されたんですが、お兄さんが何か医療ミスがあって、弟さんを死なせたんではないかと言いがかりをつけてるんですよ」

「言いがかりじゃねえ。おれの弟はうつ病で入退院を繰り返してたが、臓器は丈夫だったんだ。そんな等が急に心不全で死ぬなんておかしいだろうがっ。弟は、まだ四十一だったんだ」

「そうおっしゃられても、市倉院長が弟さんのご臨終に立ち合って、死亡診断書を書いたんです。死因に間違いはありませんよ」

「おまえじゃ話にならない。いいから、院長の市倉に会わせろ！」

　職人風の男が言い募った。

「わたし、高輪署刑事課の猿橋といいます。おたくは寺内さんなんだね？」

「そうだ。寺内清《きよし》、四十五歳。職業はタイル工だよ。弟は医療ミスで命を落としたんだ。絶対にそうだよ」

「寺内さん、医療ミスがあったと勝手に決めつけないでください。迷惑です。信用問題になりますからね」

「事務局長だからって、偉そうなことを言うんじゃねえ。おまえ、ドクターかよっ。医者でもねえ奴が医療ミスはなかったなんて言い切れるのか！」

「寺内さん、少し冷静になろうよ」

　猿橋がなだめた。

「おれは院長に直談判《じかだんぱん》したいんだ。なのに、事務局長は取り次《つ》ごうとしなかった。だから、頭にきたんだよ」

「医療ミスがあったと言える根拠はあるのかな」

「弟は心臓には何も欠陥はなかったし、メタボでもなかった。くどいようだが、等はまだ四十一だったんだ。急性心不全で死ぬなんて、不自然すぎる」

「そういうケースもあるんじゃないのかね？」

「ええ、その通りです。二十代でも急性心不全で亡くなられた例もあるんです」

事務局長が会話に割り込んだ。

「医者みたいなことを言いやがって」

「寺内さん、聞いてくださいよ。弟さんは亡くなられる数日前、狭心症の発作を起こされたんです。お兄さんが考えてるほど弟さんの心臓は頑強《がんきょう》だったわけじゃないんですよ。ストレスに弱い方でしたから、少しずつ心臓が弱ってしまったんでしょう」

「もう一発、殴られてえのかっ」

「寺内さん、穏《おだ》やかに話し合いましょうよ」

「とにかく、院長に会わせろ！」

「弟さんのご遺体と身内の方たちが対面されたとき、院長の市倉がちゃんと死因を説明したはずでしょ？」

「あのときは気が動転してたんで、黙って聞いてたんだよ。けどな、後になって、なんか納得できねえと思ったんだ。だから、院長にもう一度説明してもらいてえんだよ」

「あなたは何か医療ミスがあったと最初から疑ってらっしゃる。だから、院長に取り次ぐことはできないと判断したわけです」

「もっともらしいことを言ってるが、病院側に疚しさがあるんで、おれを院長に会わせたくねえんだろうが！」

「そうじゃありませんっ。おとなしく引き取る気がないんだったら、あなたがわたしを殴ったことを事件にしてもらいますよ。こちらがその気になれば、寺内さんは暴行罪か傷害罪で現行犯逮捕される」

「くそーっ」

寺内が砂田を睨みつけた。風巻は事務局長に語りかけた。

「そこまでやらずに事を穏便《おんびん》に済ませたほうがいいんじゃないかな」

「あなたも高輪署の方なんですか？」

「いいえ。警視庁の風巻といいます。パンチを見舞われたことは腹立たしいでしょうが、被害届を出すと、事情聴取なんかで面倒な思いをされますよ。それでもかまわないんでしたら、事件にしますがね」

「殴られたことは忘れましょう。その代わり、寺内さんを引き取らせてくださいよ」

砂田事務局長が言った。すると、寺内が床《フロア》に坐り込んだ。

「院長と会わせてくれるまで、おれは絶対に帰らねえぞ」

「立ってください」

「いや、立たねえっ」

「まるで子供だな」

砂田が口の端を歪《ゆが》めた。寺内の目が尖《とが》った。

「押し問答してても仕方ないでしょ？　市倉院長に打診《だしん》してみたら？」

猿橋が砂田に提案した。

「しかし……」

「院長があくまでも面会を拒《こば》んだら、かえって話が拗《こじ》れると思うんですよ」

「わかりました。院長に寺内等さんのお兄さんが来てることを話してみます」

砂田が足早に遠ざかっていった。

「弟さんが亡くなったときのことを教えてもらえます？」

風巻は寺内に頼んだ。

「弟が死んだと電話をかけてきたのは、当直の看護師だったんだ」

「その方の名前は？」

「吉岡有紀だよ。その看護師は、一カ月ほど前に自宅マンションで殺されてる。おたくたちも、その事件を知ってるんじゃないの？」

「知ってるも何もわれわれは、その事件の捜査をしてるんですよ」

「そうなのか。弟が急死したと聞いて、おれは女房と妹夫婦と一緒にここに駆けつけた。そしたらさ、病室に市倉と吉岡って看護師がいたんだ。院長は一時間半ほど前に等が心肺停止状態に陥《おちい》ったんで、カンフル剤を注射して電気ショックを与えたと言ってた。でも、心拍数はゼロのままだったと……」

「弟さんの死顔は苦しそうでした？」

「いや、眠ってるようだったな。おれは気づかなかったんだが、妹が等の左腕の注射痕にかすかに血がにじんでるのに気づいたんだ」

「カンフル剤を注射されたとき、少し出血したんでしょう」

「そうかな。当直の看護師はベテランだったんだぜ。静脈注射は射ち馴《うな》れてるはずだろ？」

「心肺停止してたんで、当直のナースは焦ってたんでしょう。それで、注射針がうまく血管に入らなかったんじゃないのかな」

「そうなのかね。妹はさ、等が呼吸困難になったとき、看護師が慌てちまって、注射液を間違えて使ったんじゃないかと言いだしたんだ。それに途中で気がついて、当直の看護師は急いで注射針を引っこ抜いた。だから、血がかなり出たんじゃないかと……」

「そうなんだろうか」

「妹の話を聞いてさ、おれは医療ミスがあったんじゃないかと疑いはじめたんだよ。そうだったとしたら、看護師は強心剤のアンプルと思い込んで、筋弛緩剤《きんしかん》か何かを使っちまったんじゃないか」

「ベテランのナースがそのような初歩的なミスはしないでしょ？」

「いや、ベテランだからこそ、そうしたミスも犯すんじゃねえのか。手馴れたことなんで、つい気が緩《ゆる》んじゃったとかさ」

「そういうミスはなかったと思いますが、当直だった吉岡有紀が自殺に見せかけられて扼殺されたことがなんか引っかかりますね」

「そうなんだよな。当直の看護師が殺害されたんで、おれは医療ミスがあったと確信を深めたんだ。おそらく市倉は医療ミスが表沙汰になることを恐れて、吉岡ってナースを殺《や》っちまったんだろう」

「院長は看護師殺しの犯人ではないよ」

猿橋が寺内に言った。

「市倉にはアリバイがあるのか？」

「そうなんだ。事件当日、市倉院長は京都のホテルで開かれた学会に午前九時から正午まで出席してるんですよ。吉岡有紀の死亡推定時刻は午前十時から同十一時半の間とされた。院長自身が犯行に及ぶことは不可能なわけです」

「第三者を使って吉岡という看護師を殺《や》らせたのかもしれないぜ」

「そういう可能性もあることはあるね。しかし、医療ミスがあったと立証できない限り、むやみに院長を怪しむことはできない」

「そうなんだろうが……」

「亡くなる前に弟さんの言動に何か変わったことはなかったかな」

「そういえば、死ぬ十日ぐらい前に等が妙なことを言ってたな。自分の入院費は出世払いにしてもらったから、おれたち兄弟《きょうだい》には迷惑をかけないなんて洩《も》らしたんだ」

「それは、どういうことなんだろうか」

「弟は八年以上も前から『市倉心療内科クリニック』に入退院を繰り返してたから、ここの医者や看護師たちとかなり親しくなってたんだ。退院して派遣のバイトをやってるときは、広尾の院長の自宅にも遊びに行ってたんだよ。そんなことで、市倉は入院費は出世払いでもいいと言ったんじゃねえかな。院長は代々医者の家に生まれたから、金には不自由してないんだろう」

寺内が言った。

猿橋が無言で風巻を振り返った。何か手がかりを得たときの刑事特有の目をしていた。

風巻も寺内の話を聞いて、解決の緒《いとぐち》を摑んだような気がした。急性心不全で亡くなったという寺内等は何か市倉院長の弱みを握ったのではないか。

院長には愛人がいるのかもしれない。それとも、市倉は医療機器メーカーや製薬会社からキックバックを貰っていたのか。あるいは、寺内は過去の医療事故の証拠を押さえたのだろうか。

いずれにしても、市倉院長は入院患者の寺内等に何か都合の悪いことを知られてしまったにちがいない。それだから、寺内の入院費は出世払いにせざるを得なくなったのだろう。

しかし、口止め料としては安すぎる。寺内は院長から金を脅し取っていたのではないか。

「弟さんの遺品の中に札束《さつたば》はありませんでした？」

風巻は寺内清に訊いた。

「現金は七、八万しかなかったよ。弟は退院すると、派遣のバイトをしてたんだが、たいした稼ぎにならなかったみたいなんだ」

「そうですか」

「でも、弟の葬式代は負担しないで済んだよ。等は新薬の治験《ちけん》を受けてたようで、『イースト製薬』から三百万ほど貰ってたんだ。それは、そっくり銀行の預金通帳に残ってた」

寺内が言った。

『イースト製薬』は準大手で、テレビのCFでも知られていた。しかし、何か新薬の開発に成功したというニュースは耳に入っていない。

寺内等は『イースト製薬』が『市倉心療内科クリニック』にキックバックを渡している証拠を押さえ、三百万円の口止め料をせしめたのではないか。

「弟さんは『イースト製薬』から、数十回に分けて金を貰ってたんですね？」

「いや、そうじゃないんだ。五月中旬に三百万が入金されてたんだよ」

「そうなんですか」

「弟は入院中だったんで、治験か何かの謝礼はまとめて払ってくれればいいと言ったんだろう。クリニックにいれば、三度の飯は喰えるし、衣料品や交通費もかからないからな」

「ま、そうですね」

「『イースト製薬』は、このクリニックに鎮静剤《ちんせいざい》のアンプルを納入してるんだ。弟は担当販売促進員《プロパー》と顔馴染《かおなじ》みになってたんで、新薬の治験の話を持ちかけられたんだろうな」

「その方のお名前は？」

「確か江口《えぐち》、江口博信《ひろのぶ》だよ。三十二、三だね。一度、休憩ロビーで顔を合わせたことがあるんだ」

「そうですか」

風巻は口を結んだ。

そのとき、砂田事務局長が戻ってきた。ひとりだった。寺内が立ち上がるなり、声を荒らげた。

「市倉はどうしたんだよっ。医療ミスがバレるかもしれないと警戒して、おれと会おうとしないんだな。ふざけやがって」

「院長は、あなたと会う気はないと言ってます。医療ミスがあったとお疑いなら、告訴でも何でもしてくれと……」

「市倉の奴、開き直りやがったな。あいつは院長室にいるんだろ？　よし、取っちめてやる」

「寺内さん、もうお帰りください」

砂田が詰め寄った。

「茶坊主が偉そうなことを言うんじゃねえ」

「とにかく、お引き取り願います」

「うるせえ！」

寺内が吼《ほ》え、事務局長の胸倉《むなぐら》を摑んだ。猿橋が二人の間に割って入り、寺内を表に連れ出す。

「お騒がせして申し訳ありません」

砂田が詫《わ》びた。

「『イースト製薬』の江口というプロパーが、寺内等に新薬の治験を受けてみないかと誘ったことはありました？」

「そういうことはなかったはずですよ。なぜ、そのようなことを……」

「寺内清さんの話によると、亡くなった弟さんは五月中旬に『イースト製薬』から三百万円を貰ってるらしいんですよ。で、お兄さんは弟が新薬の治験者になってたんじゃないかと言ってたもんですから、ちょっと確かめさせてもらったわけです」

「寺内さんは、何か恐喝《きょうかつ》めいたことをしてたんではないかな？」

「思い当たることがあるんですか？」

「特にありませんが、彼は悪党っぽいとこがありましたからね」

「そうですか。医薬品は、主に『イースト製薬』に納入させてるんですね？」

「いいえ、『イースト製薬』から買ってるのは鎮静剤と筋弛緩剤のアンプルだけです。

ほかの薬品は大手の『友和《ゆうわ》製薬』に納入してもらってます。やはり、大手製薬会社の医療品のほうが安心できますからね」

「準大手の『イースト製薬』は大幅に値引きしてくれるのかな？」

「大幅ではありませんが、大手よりも値引きしてくれることは確かです。それにアンプルをナースが破損《はそん》したときなんかは、一本でも二本でも担当のプロパーがすぐに届けてくれるんですよ。そういうことで、重宝してるんです」

「なるほど。最近、アンプルを破損したことはありました？」

「六月上旬だったと思いますが、亡くなった吉岡さんがうっかり手を滑《すべ》らせたとかで、筋弛緩剤のアンプルを一本割ってしまったんですよ。ベテランの彼女がそんなミスをすることはなかったんですが、何か考えごとをしてたんでしょう」

「砂田さんは、破損したアンプルをご覧になりました？」

「いいえ、わたしは見てません。『イースト製薬』の江口君に電話をして、その日のうちに新しいアンプルを届けてもらいましたけどね」

「そうですか。ということは、殺害された吉岡有紀さんが実際に筋弛緩剤のアンプルを割ってしまったかどうかはわからないわけだな」

「そうですが、真面目《まじめ》な吉岡さんが虚偽の申告をするなんてことは考えられません」

「深い意味はなかったんですよ」

風巻は笑ってごまかした。深く追及するのは得策ではないと判断したからだ。

「アンプルを破損したと嘘をついて一本くすねたとしても、筋弛緩剤では使い途《みち》がないでしょ？　吉岡さんが誰かを殺したいと考えてたんだったら、話は別ですけど。アンプルの溶液を静脈注射したら、どんな強健な人間もわずかな時間で死んでしまいますからね。しかも解剖しない限り、薬殺されたことは発覚しません」

「吉岡さんは寺内等が急死した晩、当直だったんでしょう？」

「そうですが、刑事さんは何を考えてるんです？　まさか吉岡さんが寺内等さんに何か恨《うら》みがあって、筋弛緩剤で薬殺したとでも……」

「個人的な恨みはなかったんでしょうね。しかし、吉岡さんが誰かに寺内を薬殺してくれと頼まれた可能性はあります」

「そ、そんな!?」

「吉岡さんは自宅で何者かに扼殺されました。寺内を亡《な》き者にしたがってた人物が手を汚した彼女を始末したのかもしれません、保身のために」

「刑事さんの言う通りだとしたら、寺内等はクリニック関係者の弱みを握って脅迫してたんでしょうか」

「ええ、おそらくね」

「彼女は心理療法士の中杉君と交際してました。中杉君は寺内に何かスキャンダルの証拠を握られて、強請《ゆす》られてたんだろうか。そして、彼は吉岡さんに相談した。で、彼女が寺内等を薬殺してしまった。そうなんですかね？」

砂田事務局長が探《さぐ》るような目を向けてきた。

「それはわかりません」

「吉岡さんが最も親しくしてたのは、中杉君です」

「中杉さんのほかにも交際してる男性がいたのかもしれませんよ」

「それは誰なんです？」

「さあ、誰なんですかね。失礼します」

風巻は市倉院長の顔を思い浮かべながら、砂田に背を向けた。

外に出ると、猿橋が立っていた。

「寺内はもう戻ってこないでしょう」

「猿橋さん、事務局長から新しい証言を得られましたよ」

風巻は吉岡有紀が筋弛緩剤のアンプルを破損したと申告し、砂田に『イースト製薬』に追加注文を頼んだ事実を伝えた。それから、急死した寺内等が『イースト製薬』から三百万円をせしめていることも教えた。

「寺内は『イースト製薬』の不正の事実を摑んで、三百万を脅し取ったのかもしれませんね。その不正は『市倉心療内科クリニック』絡《がら》みだったんでしょう。それで院長は、吉岡有紀に寺内を薬殺させたんじゃないんだろうか。彼女の預金は併せて約四千六百万円もあった。その金は、殺しの成功報酬だったんでしょう」

「有紀が市倉のために手を汚したんだとしたら、二人は他人じゃないな」

「ええ、わたしもそう思いました。風巻さん、市倉院長をマークしてみましょうよ」

「その前に、『イースト製薬』のプロパーの江口の動きを探ってみませんか。寺内等の恐喝材料が何だったのか、それを知りたいんですよ」

「わかりました。『イースト製薬』の本社は中央区日本橋一丁目にあるはずです」

「行ってみましょう」

二人はエルグランドに足を向けた。

5

午後六時を過ぎた。

風巻たち二人は、『イースト製薬』の本社近くで張り込み中だった。

プロパーの江口博信は数十分前に営業先から戻り、いまは社内にいる。風巻は偽電話で江口を本社ビル前に呼び出し、江口の顔を確認したのだ。

「知り合いが製薬業界紙の記者をしてるんですよ。『イースト製薬』が新薬の治験をしてるかどうか確かめてみますね」

猿橋がそう言って、携帯電話の数字キーを押した。

電話は、じきに繋《つな》がった。猿橋は短い遣《や》り取りをして、終了キーを押した。

「どうでした？」

風巻は、助手席の所轄署刑事に声をかけた。

「『イースト製薬』は、ここ数年、新薬の治験はしてないそうです」

「やっぱり、そうか。となると、寺内等は『イースト製薬』と『市倉心療内科クリニック』が何か危《ヤバ》いことをしてる証拠を握ったようだな」

「そうなんでしょうね」

「寺内が遺《のこ》した三百万円は口止め料と考えてもいいでしょう」

風巻は言った。

そのとき、捜査本部の植松警部から電話がかかってきた。

「中杉の空白の二十五分の謎が解《と》けたかい？」

「植松さん、中杉はシロですよ。実は、新たな手がかりを得たんです」

風巻は経過を伝えた。

「殺された吉岡有紀が筋弛緩剤のアンプルを破損して、事務局長に追加注文してたのか」

「ええ、そうです。わたしは有紀が市倉院長に頼まれて、寺内を薬殺したんではないかと推測したんですよ。筋の読み方、間違ってますかね」

「いや、間違ってはいないだろう。殺された美人看護師は約四千六百万円の預金をしてたんだからな。その金は、殺しの報酬だったんだろう。ただ、金額が多すぎる気もするんだよ」

「そうですね」

「でも、市倉と有紀が不倫の間柄だったとしたら、手切れ金も含まれてたんだろう」

「植松さん、ちょっと待ってください。有紀が院長をパトロンにしてて別れる気でいたんだったら、寺内を薬殺はしないでしょ？　市倉から手切れ金を貰って、さっさとクリニックを辞めるんじゃないですか？」

「そうだな。吉岡有紀は中杉とつき合ってたが、パトロンに未練があった。だから、窮地《きゅうち》に追い込まれた市倉を救いたくて、筋弛緩剤で脅迫者を始末したんだろう。風巻、そうにちがいないよ。寺内は院長と有紀が不倫関係にある証拠を握って、途方もない額の口止め料を要求してたんだろう。だから、薬殺されることになったのさ」

「そうなのかもしれませんが、院長が有紀のパトロンだったという裏付けはないんでしょ？」

「ないわけじゃないんだ。吉岡有紀の遺品の中にどこの鍵かわからないのが一本あったんだよ」

「市倉院長が密会用のマンションをどこかに借りてたんですかね？」

「多分、そうなんだろうな。捜査班の者にそれを調べさせるよ」

「お願いします。ついでに、寺内等の犯歴照会もしてください。真っ当に生きてきた人間が恐喝《カツアゲ》をする気にはならないでしょう？」

「そうだな。寺内のA号照会もしてみよう。話を元に戻すが、『イースト製薬』は何を種《ネタ》にされて寺内に三百万も払ったのか」

「そのことなんですが、最初は『イースト製薬』が『市倉心療内科クリニック』にキックバックをしてることを恐喝材料にされたんではないかと推測したんですよ。しかし、そうではないのかもしれません」

「どういうことなんだ？」

植松が早口で問いかけてきた。

「『イースト製薬』は市倉院長に泣きつかれて、名義を貸しただけなのかもしれませんよ。つまり、院長が『イースト製薬』経由で寺内に三百万の口止め料を払ったのではないかということです」

「そういうことか。市倉がクリニック名か個人名で寺内の銀行口座に三百万を振り込んだら、何かと都合が悪いわけだ。そうだな？」

「ええ」

「しかし、三百万ぐらいなら、現金で手渡ししてもよさそうだがな」

「おそらく市倉院長は寺内に強請られた時点で、いずれ脅迫者を亡き者にする気でいたんでしょう。だから、寺内に脅迫されてるのが自分ではないという工作をする必要があったんだと思います」

「そうか！　でもさ、市倉が自分のクリニックの看護師を長いこと愛人にしてたとしても、それは致命的なスキャンダルじゃないよな？」

「ええ、そうですね。おそらく市倉院長は、自分の女性関係以外にも何か寺内に弱みを握られてたんでしょう」

「それだから、愛人だったと思われる吉岡有紀を使って、脅迫者の寺内等を殺すほかなかった？」

「そう思ってもいいでしょうね」

「そして、市倉は寺内を薬殺してくれた吉岡有紀を誰かに始末させたってわけか」

「大筋は間違ってないと思います」

「風巻がそこまで言うんだったら、その通りなんだろう。何かわかったら、すぐ教えるよ」

「お願いします」

風巻は電話を切った。すると、猿橋が待っていたように口を開いた。

「電話内容は察《さっ》しがつきました。風巻さんの筋読み、正しいと思います。ずっとご一緒してたのに、わたしはそこまで筋を読めませんでした。推理力の差なんでしょうね」

「単なる勘なんですよ。特に推理を働かせたわけじゃありません」

風巻は、フロントガラス越しに『イースト製薬』本社の表玄関に目を注《そそ》いだ。

植松から電話連絡があったのは、およそ五十分後だった。

「やっぱり、市倉は密会用のマンションを東麻布に借りてた。賃貸の１ＬＤＫなんだが、七年前から院長は吉岡有紀と週に一度そこで密《ひそ》かに会ってたんだ。居住者の証言も得られたんだが、マンションの防犯カメラに二人の姿が映ってたんだよ。別々に部屋に入って、いつも市倉が先に帰ってたようだな」

「そうですか」

「それからな、寺内等には前科《マエ》があったよ。二十六歳のとき、短大生をレイプして、二年数カ月服役してる。ひょっとしたら、寺内は院長と吉岡有紀の関係を知って、美人看護師の体を弄《もてあそ》んでたんじゃねえのか。え？」

「そうなんだろうか。植松さん、院長に娘はいます？」

「いるよ、ひとり娘がな。瑞恵《みずえ》という名で、二十五歳だ」

「研修医なんですか？」

「いや、そうじゃない。瑞恵はミッション系の女子大の文学部を出て、花嫁修業中なんだ。いずれ父親は優秀な精神科医を娘の婿《むこ》にして、クリニックを継がせる気でいるんだろう」

「兄貴も弟もいないんですね、市倉瑞恵には？」

「そう。院長夫婦は、ひとりしか子宝に恵まれなかったんだ」

「そうなんですか。寺内は広尾の院長宅にもよく出入りしてたようだから、当然、瑞恵とも面識があったんでしょうね？」

「読めたぜ。風巻は、寺内が市倉瑞恵を犯したのかもしれないと思ってるんだな。当たりだろ？」

「ええ、まあ。ただ、院長宅で寺内と令嬢が二人だけになる機会があるとは思えないんですよ」

「そうだろうな。瑞恵が自分ひとりのときに家の中に寺内を招き入れるなんてことは考えられない。寺内は瑞恵がひとりになるのを見計って、院長宅に忍び込んだのかもしれないぞ。そしてナイフか何かをちらつかせて、瑞恵の体を奪った。それで、保険をかけるつもりで瑞恵の全裸姿をデジカメか携帯のカメラで撮ったんじゃないのか？」

「そうだとしたら、市倉院長は寺内に強請られてたにちがいありません」

「ああ、そうだろうな。で、市倉はクリニックに出入りしてる『イースト製薬』のプロパーの江口に口止め料の三百万を手渡して、寺内の銀行口座に振り込んでもらったんじゃないのか」

「そう考えれば、話の辻褄《つじつま》は合いますね。寺内等は、実兄に自分の入院費は出世払いにしてもらえると話してたらしい。寺内が院長を何かで脅してたことは間違いないと思いますが、恐喝材料は愛人の件と娘のレイプの事実なんだろうか」

「ほかに市倉には何か弱みがあるんじゃないかって考えてるようだな。図星だろう？」

「ええ、まあ。市倉は過去に手に負えない入院患者を愛人の美人ナースに薬殺させたことがあるのかもしれない。『市倉心療内科クリニック』に入退院を繰り返してた寺内等はそのことに気づいて、長いこと院長に無心しつづけたんじゃないのかな」

「風巻、婦女暴行の前科のある寺内は院長に一度ひとり娘を抱かせろと迫ったんじゃないか。市倉院長は脅しに屈して、瑞恵を寺内に差し出した。そうは考えられないかね？」

「実の父親がそんなひどいことはしないでしょ、いくら弱みを押さえられたからってね」

「そうだな。院長は金で片をつけるだろうからね。瑞恵が寺内に身を穢《けが》されたんだとしたら、行きがけの駄賃だったのか」

「だと思います」

「どっちにしろ、捜査班の連中に寺内等の遺品をチェックさせたほうがいいな。デジカメか、携帯のカメラに瑞恵の裸の画像が映ってるかもしれないからな」

「そうですね」

風巻は通話を切り上げた。

それから間もなく、江口が勤務先から姿を見せた。涼しげなサンドベージュの背広を着て、きちんとネクタイを締めている。江口は会社の前で、タクシーの空車を拾った。

「尾行します」

風巻はエルグランドを走らせはじめた。

江口を乗せたタクシーは最短コースを選んで、広尾の閑静な住宅街まで走った。

車を降りたのは豪邸の前だった。

風巻は表札を見た。市倉と記されている。『市倉心療内科クリニック』の院長宅だろう。

江口は馴れた足取りで、市倉邸の中に入っていった。風巻は車を市倉宅の隣家の生《いけ》垣《がき》に寄せ、ヘッドライトを消した。

「院長は『イースト製薬』の江口を手なずけ、自分に協力させてるようですね」

猿橋が言った。

「ええ、そうなんでしょう。江口は市倉に托《たく》された三百万円を寺内の口座に振り込んだんでしょうね」

「個人名を使わなかったのは、後日、自分が不利になることを避けたかったからなんだろうな」

「そうなんだと思います。しかし、それが綻《ほころ》びになったんでしょう。製薬会社が心療内科医院に入院中の寺内に三百万円を一度に振り込むなんて、どう考えても不自然ですから」

「そうですね」

「しばらく張り込んでみましょう」

「風巻さん、腹が空いたでしょう？　わたし、表通りに出て、コンビニかどこかで食べ物と飲み物を買ってきますよ」

「刑事の大先輩にそんなことはさせられません。猿橋さんは車の中で待っててください」

風巻は素早くマイカーを降り、急ぎ足で表通りに向かった。

夜気《やき》は蒸《む》れたまま、澱《よど》み果てている。少し歩くと、全身がうっすらと汗ばんできた。

風巻は上着を脱いで、腕に抱えた。

表通りに出て、地下鉄広尾駅方向に進む。

地下鉄駅の近くにコンビニエンスストアがあった。その店で二人分の弁当とペット入りの日本茶を買い、すぐさま来た道を引き返した。エルグランドのドアを開ける。

「いくらでした？」

猿橋が問いかけてきた。

「たいした額じゃありませんから、どうぞ食べてください」

「それはいけません。風巻さんは客分なんですから、わたしが払いますよ」

「それじゃ、割り勘にしましょう」

風巻は運転席に腰を沈め、猿橋に和風弁当とペットボトルを渡した。

猿橋が自分の代金を差し出す。風巻は素直に受け取った。

「わたしが刑事になりたてのころは、張り込み中に弁当を食べるなんてことはめったになかったな。菓子パンやサンドイッチを缶コーヒーで流し込んでたんですよ」

「昔は、そうだったみたいですね。こちらが新米刑事のころは、もっぱらコンビニのおにぎりでした。いまは弁当の種類が多くなって、ハンバーガーもいろいろありますから、便利になりました。安直に使えるカイロもあるんで、真冬に戸外で張り込みをしても、さほど苦になりません」

「そうだね。昔は鼻水を垂らしながら、犯人を張り込んだもんです。真夏も辛かったなあ」

二人は取り留《と》めのない話をしながら、弁当を平らげた。

市倉邸のガレージから真紅のポルシェが走り出てきたのは、午後十時過ぎだった。

運転席には二十四、五歳の女性が坐っている。

市倉瑞恵だろう。江口は助手席に乗り込んでいた。

風巻は充分に車間距離を取ってから、高級ドイツ車を追尾《ついび》しはじめた。

ポルシェは十分ほど走り、西麻布の外れにあるダイニングバーの駐車場に入った。

カップルは車を降り、店内に消えた。

「ちょっと様子を見てきます、まだ面が割れてないんで」

風巻はマイカーから出て、ダイニングバーに足を踏み入れた。テーブル席とカウンター席がある。

江口たち二人は、右手奥のカウンターに並んで腰かけていた。風巻は人待ち顔を作って、江口のそばのスツールに坐った。

江口は一つ置いた席にいる。院長の娘らしい女性は江口の向こう側にいた。

風巻はノンアルコール・ビールをオーダーし、煙草《たばこ》に火を点けた。紫煙《しえん》をくゆらせながら、聞き耳を立てる。

「瑞恵さんと婚約できたなんて、なんか夢を見てるようだな」

江口が嬉しそうに言った。やはり、連れは市倉院長の娘だった。

瑞恵は生返事をしたきりだ。表情が暗い。

「ぼくはドクターじゃないけど、『市倉心療内科クリニック』をもっと発展させる自信があるんだ。もちろん結婚したら、愛妻家になるよ」

「そう」

「ソフトドリンクじゃなく、カクテルを注文しなよ」

「車だから……」

「一杯ぐらいだったら、どうってことないさ」

「それでも、飲酒運転になるわ」

「真面目なんだな、瑞恵さんは。それとも、ぼくは嫌われてるのかな」

「そんなことはないわ」

二人の会話が途切《とぎ》れた。

市倉家は祖父の代から医業に従事しているらしい。院長は、なぜ瑞恵の婚約者に精神科医を選ばなかったのか。ひとり娘の意思を尊重したとは思えない。そうできない理由があったのだろう。

「ぼくは、きみの過去にはちっとも拘《こだわ》ってないからね」

江口が言って、ウイスキーの水割りを口に含んだ。

「そういう話はしないで」

「きみは、運悪く狂犬に咬《か》まれたようなものじゃないか。それほど悩むことじゃないさ」

「やめてってお願いしたはずよ」

瑞恵が整った顔をしかめた。

「ごめん、ごめん！　結婚式はヨーロッパの教会で挙げようか？」

「少し考えさせて」

「いいけど」

江口が鼻白んだ顔で言い、指先でカウンターを叩きはじめた。

風巻の前にノンアルコールのビールが置かれた。江口たち二人は気まずく黙り込んでいた。

「それにしても、寺内は悪党だね。あの男が生きてたら、市倉家の財産はそっくりぶんどられただろうな。きみの親父さんの決断は正しかったと思うよ」

「………」

「自己防衛しなかったら、市倉一家は破滅だからな」

「そうして父やわたしを嬲《なぶ》りつづける気なんでしょ、この先も」

「そこまで悪党じゃないよ、ぼくはね。手に入れたかったものを得られそうだから、もう欲張らないさ」

「どう努力しても、あなたを好きになれそうもないわ」

瑞恵が憮然《ぶぜん》と言った。

江口は妙な笑い方をしたが、何も言い返さなかった。

二人の間に、またもや沈黙が横たわった。

風巻はソフトドリンクを半分ほど喉に流し込み、スツールから滑り降りた。店のBGMは、皮肉なことに軽快なボサノバだった。

6

手招きされた。

捜査本部に足を踏み入れた直後だ。

風巻は、植松警部の席に歩を運んだ。江口を尾行した翌朝である。十時を回っていた。

「これは、寺内等の遺品の中にあったデジカメだよ。やっぱり、薬殺された寺内は市倉瑞恵を辱《はずかし》めてたよ」

植松がデジタルカメラを差し出した。風巻はデジタルカメラを受け取って、再生画像を観《み》た。

瑞恵が放心状態でカーペットの上に横たわっていた。一糸もまとっていない。床《ゆか》には衣服やランジェリーが散乱している。瑞恵の頬は濡れて光っていた。涙の痕だろう。

「多分、撮影場所は市倉院長の自宅だろうな。寺内は院長の娘をレイプしてから、そのデジカメで撮影したにちがいない。恐喝材料を増やすためにな。寺内は、院長の弱みをいろいろ摑んでたんだよ」

「市倉院長は吉岡有紀を愛人にして、『イースト製薬』からキックバックを貰ってたほかに何か弱点があったんですね？」

「そうなんだ。捜査班の連中が『市倉心療内科クリニック』を一年ほど前に辞めた元看護師から新たな証言を得たんだよ」

「どんな証言だったんです？」

「寺内と同じように急性心不全で死んだ入院患者がいるんだよ。その男は貸ビルを十棟も持ってる資産家だったらしいんだが、奥さんに毎日のように暴力を振るってたそうだ。いわゆるドメスティック・バイオレンスってやつさ」

「そんなことで、身内に市倉のクリニックに入院させられたんですね？」

「ああ、そうなんだ。DVに泣かされてた若い後妻が市倉に大金を積んで、そのDV男を薬殺させた疑いが出てきたんだよ。多分、院長自身が筋弛緩剤か何かで暴力亭主を薬殺して、もっともらしい死亡診断書を用意したんだろうな」

「その若い未亡人は、亡夫の遺産を相続して優雅に暮らしてるんでしょう？」

「そうらしい。ハワイとカナダのバンクーバーにある別荘で半年近く暮らして、残りは東京でリッチな生活をしてるという話だ。複数のボーイフレンドがいるそうだよ」

「そうなんですか」

「寺内等は市倉が暴力亭主を薬殺したことに勘づいて、院長を脅しはじめた。市倉はいろいろ弱みがあったんで、寺内の要求を突っ撥《ぱ》ねられなかったんだろうな。それで、娘の瑞恵が自宅にひとりでいる時間帯を寺内に教えてやったんだろう。だから、寺内は院長の娘を弄《もてあそ》ぶことができたんだと思うよ」

「植松さん、市倉はそこまで腐り切ってないでしょう？　保身のためとはいえ、そんなことをしたら、人間ではありません」

「われわれの感覚だと、そうだよな。しかし、成功者は異常なほど防衛本能が強い。昔の殿様は権力を保《たも》つためだったら、平気で血縁者も殺してるじゃないか」

「そうですが、瑞恵はひとり娘なんですよ。いくらなんでも、脅迫者の寺内に瑞恵を差し出すなんてことは……」

「おれは、ありうると思うね」

　植松が言った。風巻は強く反論できなくなった。

　市倉は、娘を『イースト製薬』の江口と婚約させている。江口に秘密を握られてしまったからだろう。愛人やキックバックのことは、致命的な弱みとは言えない。

だが、暴力亭主と寺内等の薬殺は命取りになる。

江口は寺内と親しかった。寺内が瑞恵を犯したことも聞いていたと考えられる。

淫らな再生画像を観せてもらった可能性さえある。

市倉院長は江口の野望を無視できなくなった。それで不本意ながらも、ひとり娘を江口と婚約させたのだろう。

瑞恵自身にも拒絶できない理由があった。江口の求愛に応じなければ、寺内に辱められたことを表沙汰にされてしまう。

「植松さん、『イースト製薬』の江口博信を捜査班の方たちにマークさせてください。江口が吉岡有紀を扼殺したのかもしれないんですよ、市倉瑞恵と結婚したくてね」

「なんだって⁉ そんなことは考えられないだろうが？」

植松が声を裏返らせた。

風巻は前夜のことをつぶさに語った。

「市倉院長が娘と江口の婚約を認めたのは、消しようのない弱みがあったからなんだろう。優秀な精神科医と娘を結婚させて、自分のクリニックの跡継ぎにさせたいと考えるのが普通だからな」

「ええ。江口は、市倉の弱みをすべて知ってたんじゃないですかね。院長が有紀と不倫関係にあったことだけじゃなく、暴力亭主を薬殺したことも。そのことで市倉を脅迫してた寺内等を有紀に始末させた事実も知ってたんでしょう。ベテランの看護師が筋弛緩剤のアンプルを破損させることなんか考えられないと不審に感じて、江口はクリニック関係者に探りを入れたんだと思います」

「その結果、吉岡有紀がパトロンの市倉に頼まれて、寺内を薬殺したと確信を深めたってわけか」

「そうなんでしょうね」

「市倉は、どうして共犯者の有紀まで邪魔になったんだい？」

「これは想像ですが、手を汚した吉岡有紀は院長に夫人と別れて、自分と結婚してくれと強く迫ったんでしょう」

「しかし、市倉はまともに取り合ってくれなかった。だから、有紀は脅迫者に豹変《ひょうへん》したってことか」

「多分、そうなんでしょう。有紀は、総額で約四千六百万円の預金を遺してました。その前には、アフリカのマリに一千二百万円をカンパしてる。自分の名を冠した小学校を三校も寄贈したのは、そう遠くない日に市倉の後添《のちぞ》いになれると思ってたからなんではないかな」

「しかし、その夢は潰《つい》えた。で、吉岡有紀は市倉から搾《しぼ》れるだけ搾ろうと考え、億単位の金を院長からせしめようとした？」

「大筋は、そうなんでしょう。困り果てた市倉は、江口に吉岡有紀のことを洩らした。江口は『市倉心療内科クリニック』の跡継ぎになれるチャンスと打算を働かせ、院長の代理人とでも嘘をついて、有紀の自宅に上がり込んで犯行に及んだんじゃないのかな」

「市倉は大きな借りを作ったんで、ひとり娘を江口と結婚させざるを得なくなった。そうなんだろうが、瑞恵はよく市倉の説得にうなずいたな」

「父親から、江口は寺内が瑞恵を犯したことを知ってると告げられたんでしょう。それで彼女は渋々、江口と婚約したんだと思います」

「よし、すぐに江口を任意同行で呼ぼう」

植松が意を決した。

そのすぐ後、卓上の警察電話が鳴った。植松が反射的に受話器を取った。ほとんど同時に、驚きの声を洩らした。意外な展開になったのだろう。

「本庁の石橋管理官からの電話だったんだが、今朝《けさ》六時前に江口博信がジョギング中に自宅マンション近くで車で轢《ひ》き殺されたらしいんだよ。目黒署管内の事件だ。目撃証言で、逃走車輌は中杉公秀のプリウスSと判明したそうだ」

植松が電話を切るなり、一息に喋《しゃべ》った。

「で、中杉は犯行を認めたんですか？」

「目黒署の取り調べを受けたらしいんだが、プリウスSは一昨日《おととい》の夜に盗まれたと供述して、犯行は全面的に否認してるそうだよ。盗難届がちゃんと出されてたそうだから、中杉はシロなんだろう」

「市倉院長が中杉の車をかっぱらって、江口を轢き殺したのかもしれないな」

「そうなんだろう。風巻、猿橋の旦那と一緒に『市倉心療内科クリニック』に行って、院長に探りを入れてみてくれないか」

「わかりました」

風巻はベテラン刑事に声をかけ、ほどなく捜査本部を出た。エルグランドで、目的の医院に向かう。

『市倉心療内科クリニック』のエントランスロビーに入ると、どこからか砂田事務局長が現われた。

「悪いことはできませんわ。お察しの通り、わたしが中杉君の車を盗んで、今朝早く『イースト製薬』の江口を轢き殺しました」

「えっ!?」

「どうぞ手錠を掛けてください」

「砂田さんは、市倉院長を庇《かば》ってるんですね？」

「いいえ、わたしが本当に中杉君の黒いプリウスSで江口を撥《は》ねて死なせたんですよ。あの男はわたしがクリニックのお金を百数十万円着服したことを突きとめて、追加注文した筋弛緩剤の件をしつこく追及したんです」

「あなたは、院長の指示で吉岡有紀が寺内等を薬殺したことを知ってたんですね？」

「確証を得たわけじゃないんです。しかし、そういう気配は感じ取ってたんですよ。吉岡さんは、破損したというアンプルを見せてくれませんでしたからね。それに経験豊富なナースがそうしたミスをするはずないと思ったんですよ。それから、院長が寺内の扱いに困ってる気配もうかがえましたんでね」

「加害車輌はどうしたんです？」

「晴海埠頭《はるみふとう》の岸壁下に沈んでます」

「あなたは市倉院長に頼まれて、江口を轢き殺したんでしょ？　それとも、身替り犯を買って出たのかな」

「わたしが自分の意思で、江口を殺したんです。あいつは、このクリニックを乗っ取る気でいたにちがいありません。江口が院長のお嬢さんと結婚したら、わたしは真っ先に解雇されるでしょう。この年齢《とし》でリストラされたら、なかなか再就職はできない。わたしは、自分の生活を護《まも》り抜きたかったんですよ。それから、院長一家が汚名に塗れることも耐えられなかったんです」

「あなたは何かを隠してるな」

風巻は言った。

「そんなことはありません。江口を轢き殺したのは、このわたしなんです。犯行に中杉君の車を使ってしまったことは済まないと思ってます」

「市倉さんは院長室にいるんですね？」

「そんなことより、早く手錠を打ってください」

砂田が両腕を前に差し出した。風巻は無言で砂田事務局長の両手を押し下げた。そのとき、背後で足音が響いた。

風巻は振り向いた。すぐ近くに白衣をまとった市倉院長が立っていた。

「事務局長、もういいんだ」

「院長……」

砂田がうなだれた。風巻は体を反転させた。猿橋刑事も向き直った。

「中杉君のプリウスSを事務局長に盗ませたのは、このわたしです。江口博信を轢き殺したのもね」

「動機を教えてください」

「いいでしょう」

市倉が猿橋に顔を向けた。猿橋の表情が引き締まった。

「江口は、入院してた寺内と仲がよかったんですよ。それで、あの男は寺内から以前わたしがドメスティック・バイオレンスで若い後妻を苦しめてた資産家の入院患者を薬殺してやったことを聞かされたんです」

「あなたは、資産家の後妻に同情したわけですか」

「ええ、そうです。その彼女は肋骨《ろっこつ》や腕を骨折させられ、全身、痣《あざ》だらけだったんです」

「同情だけで、人殺しはできないでしょ？　市倉さん、正直に話してください。報酬にも魅力があったんじゃないですか？」

「鋭いな。ええ、謝礼の二億円に引きずられたと言ったほうが正確かもしれない。寺内はわたしの殺人行為を嗅《か》ぎつけて、吉岡有紀と不倫関係にあることや『イースト製薬』からキックバックを貰ってる事実もちらつかせて、三百万円の口止め料を要求してきたんですよ」

「あなたは江口に現金を渡して、『イースト製薬』の名で寺内の口座に振り込ませたんですね？」

風巻は口を挟んだ。

「そうです。寺内は自分の入院費はチャラにしろと言い、さらにとんでもないことを要求してきました」

「お嬢さんを抱かせろと言ったんではありませんか？」

「そこまでわかってらっしゃったのか⁉　ええ、その通りです。わたしは鬼です。自分の犯罪が発覚することを恐れて、家内が友人と旅行に出かける日を寺内に教えてしまったんです。寺内はわたしの自宅に忍び込んで、娘の瑞恵の体を奪って、デジカメで恥ずかしい姿を撮りました。そして、今度は有紀を抱きたがったんです」

「追い詰められて、あなたは吉岡有紀と共謀して、筋弛緩剤で寺内を薬殺した。その後、思いがけない誤算があった。不倫相手の有紀が妻の座を望んだんでしょ？」

「その通りです。わたしは有紀のことは嫌いではありませんでしたが、家内と別れて彼女と再婚したいとは考えてなかったんですよ。はっきりと断ると、吉岡有紀はわたしを脅迫するようになりました」

「自分を後妻にしてくれないんだったら、あなたの指示で寺内を薬殺したことをバラすと脅されたんですね？」

「そうです。有紀は本気だったようでしたね」

「あなたはお嬢さんとの結婚を餌にして、江口に吉岡有紀を始末させた。そうですね？」

「ええ、そうです。江口なんかを生かしておいたら、わたしたち一家は不幸になるだけでしょう。そう思い詰めて、事務局長が盗んでくれた中杉君の車で……」

「そうですか。あなたがプリウスSで江口を撥ねたとき、被害者はどんな恰好《かっこう》をしてました」

「えーと、灰色のTシャツに下は黒のジャージでしたね」

市倉は目を泳がせてから、そう言った。風巻は猿橋に目配せした。目黒署に電話で確認してほしいというサインだ。

猿橋が黙ってうなずき、クリニックの外に出た。

「気が動転してたんで、Tシャツの色は違うかもしれません」

「砂田さんは加害車輛は晴海埠頭の岸壁近くの海に沈んでると言ってましたが、それは間違いないんですね？」

「ええ。江口を轢き殺した後、わたしは中杉君の車を海に落としたんです」

「江口を殺す気があったら、いくらでもチャンスはあったんじゃないのかな。あなたは誰かを庇ってるんではありませんか」

「誰かって？」

「いま考えられるのは、お嬢さんですね。あなたは自分の犯罪が露見することを恐れて、瑞恵さんと江口の婚約を認めてしまった。しかし、江口は娘の婿にはふさわしくないと思い直した。そして瑞恵さんに償《つぐな》いたいという気持ちもあって、彼女の罪を被る気になったんではありませんか。親なら、そういう気持ちになるはずです」

「瑞恵が江口を轢き殺したというのか!? 違う、それは違うよ。わたしが江口を殺したんだ」

「あなたが言ったことが事実かどうか、じきにわかるでしょう」

風巻は穏やかに言った。市倉が明らかに狼狽しはじめた。

猿橋が戻ってきた。

「どうでした？」

「江口は白いTシャツに紺色のジョギングパンツを穿《は》いてたそうですよ」

「やっぱり、そうでしたか」

「それから少し前に市倉瑞恵が目黒署に出頭したそうですよ、江口を車で撥ねたのは自分だと言ってね。娘さんは家の前に見馴《みな》れないプリウスSが駐《と》めてあるんで、父親が盗難車で江口を轢き殺す気でいると直感したらしいんです」

「それで娘さんは、先に江口を自分の手で始末しようと決意したんだな」

風巻は言った。

「そうみたいですね。瑞恵さんには好きな男性がいて、江口とは絶対に結婚したくなかったんだと供述したそうです」

「遣り切れない事件だな」

「そうですね」

猿橋が市倉を睨《ね》めつけた。

市倉が何か呟き、その場に頽《くずお》れた。水を吸った泥人形のような崩れ方だった。

砂田事務局長が天井を仰《あお》いだ。

「猿橋さん、後のことはよろしく！」

「えっ!?」

「美人看護師を扼殺したのは江口に間違いないでしょう。市倉は暴力亭主を薬殺し、愛人に寺内を始末させ、江口に吉岡有紀を片づけさせてるんだから、手錠掛《ワッパ》けといたほうがいいですよ。わたしは、ここで手を引かせてもらいます」

「何を言ってるんですか!? 事件を解決に導いたのは風巻さんです。最後までつき合ってくださいよ」

「わたしは、ほんの少し猿橋さんのお手伝いをしただけです。これから真鶴の実家に戻って、夜釣りの準備をしたいんですよ。植松さんによろしくお伝えください。機会があったら、また会いましょう」

風巻は表に走り出て、マイカーに乗り込んだ。猿橋に警視総監賞が与えられることを願いながら、勢いよくイグニッションキーを回す。

エンジンがかかった。

風巻はギアをD《ドライブ》レンジに入れ、アクセルを踏み込んだ。

第二話　複雑な罠

1

グラスを触《ふ》れ合わせた。

風巻将人は軽く頭を下げ、芋焼酎《いもじょうちゅう》のロックを傾けた。

ＪＲ品川駅の近くにある小料理屋の小上《こあ》がりだ。午後八時過ぎだった。

風巻は、高輪署の猿橋刑事と坐卓を挟《はさ》んで向かい合っていた。

美人看護師殺人事件が解決したのは、ちょうど一週間前だ。市倉一樹は殺人及び殺人教唆《きょうさ》ですでに東京地検に送致され、娘の瑞恵は車で江口博信を轢《ひ》き殺した容疑で起訴されていた。

「風巻さんに花を持たせてもらったんで、わたしも定年前にちょっと点数を稼がせてもらいました。お礼を申し上げます」

「やめてくださいよ、猿橋さん。あなたのお手柄だったんです。それなのに、わざわざ一席設けてもらって、こちらのほうこそ恐縮してます」

「高級割烹《かっぽう》にご招待すべきなんでしょうが、あいにくそうした店を知りませんので、ここで勘弁してください」

「落ち着けて、いい店じゃないですか。馴染《なじ》みのお店なんでしょ？」

「ええ、まあ。遠慮なく召《め》し上がってください」

猿橋が促《うなが》した。卓上には、刺身の盛り合わせが並んでいた。

店内には大きな水槽が置かれ、鰺《あじ》やカワハギが泳いでいる。水槽の底には鰈《かれい》がへばりついていた。伊勢海老も見える。

「どれも活《い》き造りなんですよ」

「そうみたいですね。いただきます」

風巻は箸《はし》を取って、鮃《ひらめ》の刺身を口に運んだ。

活けじめにしたばかりらしく、身がやや固い。甘みはあまりなかった。

白身魚は死んでから十二時間ほど経《た》ったころが最もうまい。一般的には何でも活けじめをありがたがるが、それは間違いだ。舌の肥《こ》えている者は決して白身魚を活けじめでは食《しょく》さない。

だが、風巻はいかにもおいしそうに鮃を嚙《か》みしだいた。もてなされた側の礼儀だからだ。

「味はどうでしょう？」

「最高です」

「よかった。どんどん食べてください」

猿橋が言った。

風巻は笑顔を返した。せっかく酒席を設けてもらったわけだから、猿橋を落胆させるわけにはいかない。

風巻は六種の刺身を次々に口に運んだ。うまいと感じたのは、冷凍の黒鮪《くろまぐろ》の中トロだけだった。

「このメバルの煮付けも割にうまいんですよ。どうです？」

「刺身だけで充分です」

「そうおっしゃらずに食べてみてください」

猿橋が勝手に板前に追加注文し、ハイライトに火を点《つ》けた。風巻は釣られる形で煙草《たばこ》をくわえた。

「うちの署長は上機嫌でしたよ。捜査本部事件は本庁の方たちがたいてい真犯人《ホンボシ》を検挙《アゲ》てますからね」

「捜一《そういち》の植松警部の反応はどうでした？」

「ちょっと複雑そうな表情を見せましたが、わたしを犒《ねぎら》ってくれました。あなたが手柄を譲《ゆず》ってくれたんだと植松さんに言ったんですが、風巻さんは正規の捜査員ではないんだから、妙な気遣《きづか》いは必要ないとおっしゃったんですよ。それで、わたし、あなたの厚意に甘えることにしたんです。他人の手柄を横奪《よこど》りするような真似《まね》はしたくなかったんですが、女房や子供たちに少しは見直してもらいたい気持ちもあったんでね」

「そのお気持ち、よくわかりますよ」

「冴《さ》えない刑事のままでリタイアするんじゃ、なんか哀《かな》しいでしょ？」

「そんなふうに考えないで、もっと胸を張ってほしいな。わたしひとりでは、とても事件の真相に迫《せま》れなかったんですから」

「風巻さんは人間のスケールが大きいんだな」

猿橋が感心した口ぶりで言った。

「わたしは、気ままにマイペースで生きたいだけですよ。もちろん俸給分の職務はこなしたいと思ってますが、あまり目立ちたくないんです。なまじ点数を稼いだりすると、重要な任務を与えられちゃいますでしょ？」

「ええ」

「そういうのは、ノーサンキューなんです。無責任男と思われるでしょうが、肩肘張《かたひじ》らずに漂《ただよ》うように生きていきたいんですよ。背伸びをした生き方は疲れますから」

「そうですね」

「人間は身の丈《たけ》に合った生き方をしてれば、さほどストレスは感じないはずです。だから、できるだけ自然体で暮らしたいんですよ」

「風巻さんはまだお若いのに、すでに人生を達観《たっかん》してらっしゃる。たいしたもんです」

「ただのわがまま男ですよ、わたしは。怠《なま》け者でもあるな」

「そうおっしゃるが、本庁の有働刑事部長に見込まれたから、特命を下《くだ》されたわけでしょ？」

「刑事部長は、わたしのことを過大評価してるんですよ。はっきり言って、ありがた迷惑ですね」

「もったいないことをおっしゃるな。でも、風巻さんはユニークな存在ですよ。警察官の多くは昇格することを大きな目標にしてます、階級社会ですんでね。出世を諦《あきら》めた連中は後輩たちをいじめて、憂《う》さを晴らしてます」

「ええ、そうですね。しかし、他人《ひと》に八つ当たりなんかしたって、虚《むな》しいだけでしょ？　それよりも心楽しく生きるべきだと思うな。ちょっと生意気《なまいき》でしたね」

風巻は短くなったセブンスターの火を揉《も》み消し、焼酎のロックを呷《あお》った。

そのとき、五十年配の仲居《なかい》がメバルの煮付けを運んできた。猿橋に勧められて、煮魚を食べる。こってりとした味付けで、とてもうまい。

「いけますでしょ？」

「ええ」

風巻は瞬《また》く間に平らげた。猿橋も喫《す》いさしのハイライトの火を灰皿の中で消し、メバルの煮付けを食べはじめた。

二人はグラスを重ねながら、雑談を交わした。

やがて、十時になった。風巻は猿橋に礼を言って、先に店を出た。ほんの少しだけ暑さは和《やわ》らいでいた。

風巻はJR品川駅に向かった。

百メートルほど歩くと、誰かに尾行されている気配を感じた。職業柄、事件関係者に逆恨《さかうら》みされることがある。背後から刺されたりしたら、それこそ最悪だ。死んだら、釣りができない。

風巻は足を速《はや》め、少し先の脇道に入った。素早く暗がりに身を潜《ひそ》める。風巻は息を詰め、身構えた。

待つほどもなく人影が視界に入った。

意外にも尾行者は女性だった。三十三、四歳だろうか。地味な印象を与える。

「何か用なのかな」

風巻は路《みち》の中央に進み出た。

相手が立ち竦《すく》んだ。女の顔には見覚えがあった。しかし、とっさには思い出せなかった。

「警視庁の風巻さんでしょう？」

「ええ。あなたは？」

「柿崎諒一《かきざきりょういち》の妻の真弓《まゆみ》です」

「奥さんだったのか、柿崎の」

風巻は警戒心を緩《ゆる》めた。三十六歳の柿崎とは六年前、渋谷署刑事課で一緒に働いていた。

そのころ、風巻は結婚したばかりの柿崎の新居を一度訪れた。そのとき、妻の真弓と顔を合わせている。柿崎は一年前に新宿署生活安全課を依願退職し、フリーの人捜し専門の調査員をやっているという噂だった。

「柿崎が新宿署に異動になってから、ずっと会ってないんですよ。たまに電話では近況を報告し合ってたんですが、もう三年ぐらい会ってないな。柿崎、元気ですか？」

「夫は行方不明なんです、三週間ほど前から」

「えっ、どうして!?　いったい何があったんです？」

「経緯《いきさつ》を話しますんで、柿崎を捜していただけないでしょうか。夫は、いつも風巻さんのことを瓢々《ひょうひょう》としてるけど、名刑事なんだと言ってたんです。どうか力になってください。お願いです」

柿崎真弓が頭を垂《た》れた。

「とにかく、話を聞かせてください」

「はい」

「こんな所で立ち話もなんですから、どこかコーヒーショップにでも入りましょう」

風巻は真弓と表通りに出て、駅ビルの中にあるティー＆レストランに落ち着いた。

どちらもアイスコーヒーを注文した。

ウェイターが下がると、真弓が口を開いた。

「夫が警察を辞めてから自宅をオフィスにして、ひとりで人捜し屋をやってたことはご存じですか？」

「その話は、元の同僚から聞いてます。調査中に柿崎は失踪《しっそう》したんですか？」

「そうなんですよ」

「どんな調査をしてたんです？」

「依頼人は七十三歳の不動産会社の社長で、箕輪修造《みのわしゅうぞう》という方です。箕輪さんは新宿歌舞伎町の高級クラブ『雅《みやび》』のナンバーワン・ホステスの伏見香澄《ふしみかすみ》さんにご自分のロールスロイスを貸してあげたらしいんですよ。箕輪さんは、二十五歳の香澄さんを自分の孫のようにかわいがってたみたいなんです」

「だから、超高級車をクラブホステスに貸してあげたんだな」

「そうなんでしょうね。伏見香澄さんは借りたロールスロイス・ファントムを運転中に当たり屋グループに車をぶつけられて、そのまま高級外車ごと連れ去られたみたいなんです」

「柿崎は、箕輪という依頼人に拉致《らち》されたと思われるクラブホステスを見つけてくれと頼まれたんですね」

「ええ、そうです。成功報酬は五百万円だということで、夫は二つ返事で依頼を引き受けたんですよ。そんな好条件な調査は、めったにありませんからね。しかも、ロールスロイスは取り戻さなくてもいいって話だったんです。香澄という女性を捜し出して、無事に保護してくれればいいということだったんですよ」

「確かに条件は悪くないな。で、そのクラブホステスはどこで当たり屋グループに狙《ねら》われたんです？」

風巻は訊《き》いた。

「南青山四丁目の裏通りです。香澄さんの住んでるマンションの近くらしいんです」

「その接触事故の目撃者はいたんだろうか」

「夫の調査によると、ピザの配達人が事故を目撃してたそうです。当たり屋グループと思われる二人組は、オフブラックのクラウンに乗ってたそうです。双方のバンパーが接触した程度の事故だったらしいんですが、クラウンの助手席の男がロールスロイスに乗り込んで香澄さんに車を発進させたというんですよ。その男はナイフを握ってたそうです」

「ピザの配達人は、クラウンのナンバーを見たんでしょ？」

「ナンバープレートの数字は、黒いビニールテープで隠されてたようです」

「そうですか。その配達人が働いてるピザ屋の店名は？」

「南青山二丁目にある『ミラノ』というオリジナルピザの店で、配達のアルバイトの方は千本木《せんぼんぎ》豊《ゆたか》という大学生です」

「その彼は一一〇番通報したのかな」

「しなかったそうです。クラウンの二人組がやくざっぽかったんで、事件に巻き込まれたくなかったんでしょう。夫は、そう言ってました」

「そうですか。で、柿崎はロールスロイスごと伏見香澄を連れ去った犯人グループを突きとめたのかな」

「調査三日目に当たり屋グループのアジトがわかったと夫は嬉《うれ》しそうに電話をかけてきたんです。それで、わたしが欲しがってた五十インチのテレビを買ってもいいなんて言ってたんですよ。だけど……」

「その後《あと》、消息がわからなくなったんですね？」

「ええ。柿崎の携帯は電源が切られてて、まったく連絡が取れなくなったんです。夫は当たり屋グループに取り押さえられて、すでに殺されてしまったのかもしれません。行方がわからなくなって、もう三週間が過ぎてますんでね」

真弓が伏し目になって、下唇を噛んだ。

「柿崎は、そんなやわな男じゃない。きっと生きてますよ。おそらく当たり屋グループに監禁されてるんでしょ、伏見香澄と一緒に」

「そうでしょうか。ナンバーワン・ホステスは営利誘拐の人質にするだけの価値はあるでしょうが、柿崎はしがない人捜し屋です。犯人グループが夫を生かしておく理由はないでしょ？」

「柿崎は何か切札を持ってるんじゃないのかな。それだから、犯人グループは迂闊《うかつ》には彼を始末できない。そういうことなんじゃないだろうか」

「夫がまだ生きてくれてることを切《せつ》に願いたい気持ちです」

「所轄の世田谷署に柿崎の捜査願は出しました？」

風巻は確かめた。柿崎夫婦は世田谷区三宿《みしゅく》の民間マンションで暮らしている。まだ子供はいない。

「ええ、もちろん。それから、夫が依願退職するまで所属してた新宿署生活安全課にも捜索をお願いしたんです。でも、どちらからも何も連絡をいただけないんで、風巻さんにも力を貸してもらおうと思って、本庁舎の近くで退庁されるのを待ってたんですよ」

「そうだったのか。なぜすぐに声をかけてくれなかったんです？」

「図々しいお願いなんで、ずっとためらってたんです。夫は風巻さんのことを頼りにしてたようですけど、個人的なつき合いは深いとは言えなかったんで……」

「柿崎は、かつての同僚刑事だったんです。それに一度、お宅に遊びに行ったこともあります。もっと早く柿崎が行方不明だってことを教えてほしかったな」

「それでは、風巻さんも協力してくれるんですね」

真弓の表情が明るんだ。

「昔の同僚が失踪中だと聞いたら、じっとなんかしてられませんよ。といっても、いまは刑事総務課預かりの身なんです。捜一にいるわけじゃないから、たいしたことはできないと思うけどね」

「詳しいことは知りませんが、柿崎から風巻さんが一時的に刑事総務課に異動になったと聞きました」

「そう。それはそうと、奥さんは二時間も小料理屋の前で待ってたのか。気軽に声をかけてくれればよかったのに」

「やっぱり、厚かましいような気がして、なかなか声をかけられなかったの」

「それにしても、奥さんに尾《つ》けられてることにまるで気づかなかった。刑事としては、ちょっとまずいな」

「わたし、夫から尾行のコツを教えてもらったことがあるんですよ」

「だから、尾行されてることを覚《さと》れなかったんだな。ルーチンワークを片づけながらだけど、明日から早速《さっそく》動いてみます。調査の依頼人の連絡先を教えてくれないか」

風巻は上着の内ポケットから手帳を取り出し、アイスコーヒーを啜《すす》った。

真弓が象牙色《ぞうげいろ》のバッグから、小型の手帳を摑み出した。風巻は箕輪修造の連絡先を書き留《と》めた。

「たいしたお礼はできませんけど、柿崎を見つけていただけたら、それなりの謝意を示すつもりでいます」

「奥さん、そういう気遣いは無用です」

「でも……」

「損得で動くわけじゃないんだから、謝礼なんかいりません」

「わたし、パートで衣料スーパーで働いてるんですよ。夫の収入が不安定なもんですから、少しは稼ぎませんとね」

「柿崎は何も依願退職することはなかったんだ。彼が緊急逮捕しようとした被疑者は急に逃げて、歩道橋の階段を駆け上がったんだからね。柿崎は犯人の身柄を確保しようとしただけで、何も相手を階段から突き落としたわけじゃない」

「そうなんですけど、犯人は転げ落ちてステップの角で脊髄《せきずい》を傷《いた》め、下半身の自由が利かなくなってしまったんです。職務上の落ち度はなかったわけですが、柿崎は相手を身体障害者にしてしまったことで悩んで、自《みずか》ら辞表を書く気になったんですよ」

「柿崎は責任感が強いからな」

「ええ、そうですね。それが夫の長所だと思います」

真弓が言って、ストローでアイスコーヒーを吸い上げた。風巻たちは携帯番号を教え合った。

それから間もなく、二人は店を出た。

風巻は同じ電車に乗り込み、先に目黒駅で下車した。借りているマンションは、駅から七百メートルほど離れた場所にある。

夜道を歩いていると、懐《ふところ》で刑事用携帯電話が鳴った。なんと発信者は有働刑事部長だった。

「また密命でしょうか」

風巻は先に口を開いた。

「ああ、そうだ」

「申し訳ありませんが、その特命は別の方にお願いしてもらえませんか。昔の同僚だった人捜し屋が、もう三週間以上も行方がわからないらしいんですよ」

「そうか」

「少し前に失踪者の奥さんに捜索に協力すると約束してしまったんです。ですから、今回は指示に従えません」

「行方のわからないという元刑事は柿崎諒一、三十六歳だね？」

「そうです。よくご存じですね⁉　驚きました」

「種明《たねあ》かしをしよう。さっき新宿署の署長から、支援要請の電話があったんだよ」

有働が笑いを含んだ声で言った。

「そういうことだったんですか」

「失踪した人間が元刑事なんで、新宿署の刑事課と生活安全課は首都圏で暗躍してる当たり屋グループと高級車窃盗団を洗い出して、内偵捜査をつづけてきたらしいんだ。しかし、ロールスロイス・ファントムごと連れ去られたクラブホステスと人捜し屋は、どのアジトにも監禁されてる様子はうかがえなかったというんだよ。もしかしたら、その二人はもう殺害されて山の中か海に遺棄《いき》されてるのかもしれない」

「山林の奥に遺体が埋められてたら、すぐにはわからないでしょうね。しかし、海に投げ込まれたんだとしたら、死体はもう見つかってると思います」

「だろうね」

「単なる勘ですが、安否《あんぴ》のわからない柿崎は生きてるような気がするんですよ。多分、伏見香澄という売れっ子ホステスもね」

「そうだといいがな。新宿署の署長はこのままでは大きな進展はなさそうなんで、誰か強力な支援要員を送り込んでもらえないかと言ってきたんだよ。それで、風巻君を派遣する気になったんだ」

「ぜひ、助っ人にならせてください。柿崎は、かつて身内だったんです。なんとか彼を見つけ出してやりたいんでね」

「それなら、明日の午後一時に新宿署の署長を訪ねてくれ」

「了解しました」

風巻は電話を切り、塒《ねぐら》に急いだ。

2

一般受付を素通りする。

風巻は奥に向かった。新宿署である。

都内で最も大きな所轄署だ。約六百五十人の署員のほか本庁機動捜査隊の捜査員たちも三百五十人ほど常駐している。署の建物は大きい。

管内には、日本一の歓楽街と超高層ビジネス街がある。ＪＲと私鉄新宿駅の乗降客は併《あわ》せて一日三百七、八十万人にのぼる。

滞留人口は日中で四十万人、夜間はおよそ六十万人だ。雑多な階層の人々が入れ替わり立ち替わり新宿を通過したり、訪れているわけである。

それだけに、事故や事件の発生件数は多い。歌舞伎町には夥《おびただ》しい数の防犯カメラが設置されているが、相変わらず犯罪は多発している。

署長室は一階の奥まった場所にあった。その手前に副署長室がある。

あと数分で、午後一時になる。風巻は署長室の前で数分を遣《や》り過ごしてから、ドアをノックした。

ややあって、牧登《まきのぼる》署長本人が応対に現われた。五十三歳の警視正だ。

「本庁の風巻将人です」

「待ってたよ。入ってくれ」

「はい」

風巻は入室した。

ほぼ正面の窓際に執務机が見える。左手前に四人掛けのソファセットが置かれ、机のそばにはパーティションで仕切られた応接コーナーがあった。優《ゆう》に十五人は坐れそうだ。

風巻は応接コーナーに導《みちび》かれた。そこには、四十八、九歳の男がいた。

「刑事課長の久米豪健《くめごうけん》君だ」

牧署長が紹介した。風巻は名乗った。

久米が立ち上がって、型通りの挨拶《あいさつ》をした。表情が硬い。本庁の警察官に敵愾心《てきがいしん》を持っているのか。

「坐ってくれ」

牧が言って、久米課長のかたわらに腰かけた。風巻は署長と向き合う位置に坐った。

「身内だから、茶は出さんよ」

「ええ、結構です」

「きみの噂はわたしの耳にも入ってたが、イメージとはだいぶかけ離れてたよ。狐狼《ころう》を連想させるようなシャープな容貌を想像してたんだが、どこにでもいそうな平凡、おっと、失礼！」

「気にしないでください。事実、わたしは平凡な人間ですから」

「有働さんは、きみを高く評価してる。あの方が認めてるんだから、風巻君は優秀なんだろう」

署長が言い終わらないうちに、久米刑事課長が咳払《せきばら》いをした。早く本題に入れといいう催促だろう。

「柿崎諒一が一年前まで新宿署の生安課《うち》にいた関係で最初の一週間は、かつての同僚たちが失踪者の行方を追ってたんだよ。しかし、柿崎を見つけることはできなかった」

「それで、われわれ刑事課も動きだしたんだ」

久米が署長の言葉を引き取った。

「有働刑事部長からも、そう聞いてます」

「無駄な会話は省《はぶ》こうってわけか」

「久米君、そういう棘《とげ》のある言い方はまずいな。風巻君は本庁から送られた支援捜査員なんだからね」

牧が刑事課長を窘《たしな》めた。

「別に突っかかったわけじゃありませんよ」

「そうかね。ま、いいさ。そんなわけなんだが、いまも捜査に進展がないんだよ。柿崎捜しにばかり関わってるわけにはいかないんで、本庁に助け船を求めたんだ」

「柿崎とは以前、渋谷署の刑事課で一緒だったんですよ。ですから、わたしは個人的に捜索に乗り出す気でいたんです。そんなとき、有働刑事部長から柿崎の行方を追えという密命が下《くだ》ったわけですよ」

風巻は署長に言った。

「そうだったのか。何か運命的なものを感じるね。行方のわからない柿崎が風巻君に救いを求めたのかもしれんな」

「そうなんでしょうか」

「新宿署《うち》の連中の聞き込みで、クラブホステスの伏見香澄が南青山四丁目で客のロールスロイスごと連れ去られたことは間違いない」

久米課長が言った。

「それで、首都圏で暗躍してる当たり屋グループと高級車窃盗団を割り出してくれたんですね？」

「そう。しかし、どのアジトにも香澄は監禁されてなかった。それから、柿崎もね。だが、どう考えても柿崎は犯人グループに取っ捕まったとしか思えない。香澄を救い出そうとして、失敗してしまったんだろう」

「おそらく、そうなんでしょうね。洗い出した当たり屋グループや高級車窃盗団のリストをお借りできますか」

風巻は久米に言った。

久米がうなずき、捜査資料の束《たば》を差し出した。風巻は捜査資料を受け取り、ざっと目を通した。

当たり屋グループや高級車窃盗団のアジトの所在地だけではなく、伏見香澄に関する情報も揃《そろ》えられていた。クラブの上客の氏名や連絡先も記《しる》されている。香澄にロールスロイス・ファントムを貸した箕輪修造の個人情報も集められていた。むろん、高級クラブ『雅』の所在地や経営者のことも綴《つづ》られている。

「その捜査資料を参考にして、クラブホステス失踪事件を洗い直してほしいんだ。そうすれば、柿崎諒一の居所、いや、安否もわかるだろう」

牧署長が風巻に言った。

「ええ、そうですね」

「誰か助手がいたほうがいいんではないか」

「非公式捜査ですから、独歩行《どっぽこう》でもかまいません」

「風巻君任せってわけにはいかないよ。誰か若手を付けよう」

「そうですか」

風巻はあえて固辞《こじ》はしなかったが、単独捜査を望む気持ちが強かった。気心の知れない相棒だと、何かと気を遣わなければならない。そのため、気ままに行動できなくなってしまう。

「久米課長、まだルーキーもルーキーだが、藤波陽平《ふじなみようへい》なんかどうかね。風巻君に仕込んでもらえば、彼も頼もしい刑事に成長すると思うんだ」

「何も外部の人間に藤波の指導係を委《ゆだ》ねることはないでしょ？」

久米は不服そうだった。

「そうなんだが、ほかの戦力を持ってかれると、何かと不都合《ふつごう》じゃないか」

「ええ、それはね」

「藤波をすぐ署長室《ここ》に来させてくれないか」

牧が久米に言った。久米が渋面《じゅうめん》でうなずき、ソファから立ち上がった。刑事課長がドアの向こうに消えると、署長が口を開いた。

「久米課長は本庁の人間を毛嫌いしてるんだ。だから、風巻君にも少し挑発的な態度を見せたんだよ。気を悪くしないでくれ」

「何か桜田門の人間と揉めたことでもあるんですか？」

「表立ってトラブルを起こしたことはないはずだよ。しかし、捜査本部《チョウバ》が立つたびに所轄の刑事課長は捜査副主任の任に就《つ》くが、現場で指揮を執《と》るのは本庁捜一のベテラン刑事だ」

「そうですね」

「所轄署が本庁に捜査本部の開設を要請する形を取ってるわけだから、本庁に主導権を預けるのは仕方ないことなんだが、どうしても譲歩を強《し》いられるからね」

「副捜査本部長は各所轄の署長が務《つと》めるケースが大半なんですから、何も本庁の捜一に遠慮することはないんですよ。捜査費は所轄署が負担してるんですから、言いたいことははっきりと言うべきです」

「そうなんだがね」

「本店も支店もありません。刑事は刑事ですよ。職階に上下はあっても、同じ捜査員であることに変わりはないんですから」

風巻は言葉に力を込めた。

警察は縦社会である。指揮系統が確立していないと、足並が乱れてしまう。だからといって、立場の強い者に自分の意見を自由に言えないようでは、組織は次第に腐りはじめる。

風巻は警察官でありながら、体育会系の体質を嫌っていた。妙な身内意識が強まると、物事をフェアに見ることができなくなる。そこから堕落《だらく》がはじまると言っても、決して過言ではない。堕落は腐敗を招く。

「きみは大胆なことを平気で言うね。まるで開き直ってるみたいだな。まさか人生を棄《す》てたわけじゃないだろう？」

「もちろん、棄ててなんかいませんよ。だからこそ、不本意な生き方はしたくないんです。他人を騙《だま》したり傷つけるのは慎《つつし》むべきですが、言いたいことは堂々と口にすべきですし、理不尽なことには憤《いきどお》りませんとね」

「正論だと思うよ。しかし、そんなふうにまっすぐ生きてる人間は多くないんじゃないのかな」

「そうでしょうね。わたしもつい偉そうなことを口走ってしまいましたが、実際はいい加減な生き方をしてるんです。だから、時々、恥ずかしくなるような正論を言っちゃうんでしょう」

「きみは面白い男だね。気に入ったよ」

牧署長が表情を和《なご》ませた。

そのとき、ノックが響いた。牧が大声で応答した。

「刑事課の藤波だな？」

「はい」

「入ってくれ」

「失礼します」

ドアが開けられた。二十五、六歳の若い男が入室してきた。

「藤波巡査だよ」

牧が言った。

風巻は上体を捻《ひね》って、自己紹介した。藤波が緊張した面持《おもも》ちで名乗り、折り目正しく腰を折った。

「話のアウトラインは久米課長から聞いてるね？」

署長が藤波に問いかけた。

「はい」

「きょうから、風巻君の助手を務めてくれ。相棒じゃないぞ。きみは、まだ見習い刑事なんだからな。くれぐれも出すぎたことはしないように」

「肝《きも》に銘じます」

藤波が敬礼した。署長が黙ってうなずいた。

風巻は捜査資料を手に取ると、すぐにソファから立ち上がった。牧に一礼して、署長室を出る。

「まだ大学生といっても通用しそうだな」

「どちらかというと、自分、童顔ですから」

「そうだな」

「自分、風巻さんの大学の後輩なんですよ」

「そうか。でも、そういうことはあまり言わないほうがいいな。おれは学校の後輩だというだけで、えこひいきする気はないいんだ」

「あっ、曲解《きょっかい》しないでください。自分、風巻さんに取り入《と》ろうとしたわけじゃないんです。共通の話題があれば、早く打ち解けられるのではないかと考えただけなんですよ」

「そうだったのか。悪かった。不器用そうだな」

「自分ではよくわかりません」

「要領のいい若い奴じゃなくてよかったよ。まず箕輪修造に会いに行こう」

「行方のわからない伏見香澄に五千万円近いロールスロイス・ファントムを貸した不動産会社の社長ですね？」

「そうだ」

「自分、捜査車輛《しゃりょう》を玄関前に回しますんで、少しお待ちください」

「いや、おれの車で行こう。公式の捜査じゃないからな」

風巻は、一般用駐車場に足を向けた。藤波がすぐに肩を並べた。百七十六センチの風巻よりも少し上背がある。細身だった。

風巻はルーキー刑事をエルグランドの助手席に坐らせ、高田馬場に向かった。

目的の不動産会社は早稲田通りに面していた。九階建ての自社ビルだった。

風巻たちは地下駐車場から一階ロビーに上がった。受付で身分を告げ、箕輪社長との面会を求める。

受付嬢が快《こころよ》く取り次《つ》いでくれた。風巻と藤波はエレベーターで最上階に上がり、社長室を訪ねた。

箕輪は小柄な七十男だった。どこか内臓が悪いのか、肌がどす黒い。艶《つや》もなかった。脂《あぶら》が抜け切った感じだ。

「ま、掛けてください」

「はい」

風巻は、箕輪の正面に坐った。その右横に藤波が腰かける。

「香澄は、もう生きてはいないんだろうか」

箕輪が不安顔で言った。

「まだ生きてると信じましょうよ」

「しかし、もうじき連れ去られて一カ月になる。香澄が生きてる可能性は……」

「伏見さんを大事にされてたようですね？」

「香澄は生きる支《ささ》えになってたんですよ」

「そこまで想われてたんなら、愛人としても満足だったんでしょう」

風巻は言った。すると、箕輪が困惑顔になった。

「刑事さんも誤解しましたね。調査員の柿崎さんも、わたしが香澄を愛人にしてると勘違いしてた」

「そうじゃないんですか⁉」

「わたしと香澄は、そんな腥《なまぐさ》い関係じゃありません。あの娘《こ》の保護者みたいなものなんですよ、わたしはね」

「そうだったんですか」

「まだ信じられないような顔をされてるな。しかし、事実です。わたしは重い糖尿病を患《わずら》ってて、もう性的には不能者なんだ。肝機能も悪くなってるから、酒も駄目なんです。それでも、せっせと『雅』に通いつづけてました。香澄の顔を見たくなるんですよ、二日も会わないとね」

「若いころに亡《な》くなったお嬢さんか誰かと伏見さんがよく似てるんですか？」

「わたしに娘はいません。息子が二人いるだけです。三年前の春、『雅』で初めて香澄を見たとき、父性愛をくすぐられたんですよ。美貌に恵まれてるのに、どこかとても寂しげだったんです。薄倖《はっこう》の少女というイメージでした」

「それで、箕輪さんは彼女を優しく見守ってあげたくなったんですね？」

「偽善者と思われるでしょうが、実際、そうだったんですよ。香澄を抱きたいとか愛人にしたいなんて、ただの一遍《いっぺん》も思ったことはありません。ビジネスでそれなりに成功したんで、五十代の後半までは女道楽もしました。愛人を幾人か囲った時期もありましたよ。しかし、香澄に邪《よこし》まな欲望を覚えたことは皆無《かいむ》です」

「プラトニック・ラブだったんですね」

「恋愛感情じゃなく、一種の隣人愛でしょうか。知り合いの娘が何か理由《わけ》があって、酔った男たちに懸命に愛嬌《あいきょう》を振り撒《ま》いてる。しかし、その笑顔は見るからに不自然で、どこか痛々しい。そう感じたんです。保護本能をくすぐられたんで、香澄の〝足長おじさん〟を志願したわけですよ」

「伏見さんに警戒されませんでした？」

「されました、されました。きれいごとを言っても、本心では愛人にしたいと考えてるにちがいないとストレートに言われましたよ。しかし、香澄は少しずつわたしの気持ちを理解してくれるようになったんです。仕事の悩みを打ち明けてくれるようにもなりました。香澄を指名する客が多かったんで、先輩のホステスたちにさまざまな厭《いや》がらせをされてたんですよ」

「どんな世界でも頭角を現わすと、やっかまれたりしますからね」

藤波が分別臭げに言った。

風巻はおかしかった。自分も二十代のころは、よく背伸びをした物言《ものい》いをしたものだ。

「そうなんですよ。わたしは香澄の愚痴《ぐち》を聞いてやって、他人に妬《ねた》まれるのはそれだけ魅力があるんだと力づけて、小者は相手にするなとアドバイスしてやりました。すると、香澄はいつもの元気を取り戻すんですよ」

「いい話ですよね？」

藤波が風巻に相槌《あいづち》を求めてきた。風巻は小さくうなずき、箕輪に顔を向けた。

「あなたと香澄さんの関係はよくわかりました。彼女を宝物のように慈《いつく》しんでいたから、五千万円近い超高級車を無造作に貸し与えたんですね？」

「ええ、そうです。香澄が一度ロールスロイスを運転してみたいと言ったんで、事件当日、秘書に彼女の自宅マンションに車を届けさせたんですよ」

「そうですか」

「ロールスロイスのことなんか、どうでもいいんです。香澄さえ無事でいてくれれば、それでいいんですよ。しかし、こんなに時間が経ってしまったから……」

「伏見さん捜しを引き受けた元刑事の柿崎とは、前々から知り合いだったんでしょうか？」

「いいえ。たまたまネットの掲示板に人捜し屋のことが出てたんで、柿崎さんに連絡したんです」

「そうなんですか。それで、成功報酬五百万円で調査の依頼をしたわけですね？」

「ええ、そうです。柿崎さんは当たり屋グループの動きを探《さぐ》ってると中間報告をしてくれたんですが、それっきり連絡がつかなくなってしまったんですよ。おそらく彼は犯人グループを突きとめて、香澄を救出してくれようとしたんでしょう。しかし、途中で犯人側に気づかれて、柿崎さんも軟禁状態にされてしまったんではないのかな」

箕輪がうなだれた。

「ロールスロイスは値の張る車です。しかし、超高級車だから、かえって換金しにくいと思うんですよ」

「そうでしょうね。二人組の狙いは車ではなかったのではないか。刑事さんは、そうおっしゃりたいんだな」

「何か根拠があるわけではないんですが、そんな気がしてきたんです。そうだったとしたら、二人組の目的は伏見さんを拉致することだったんでしょう」

「営利目的の誘拐だったら、香澄を人質に取った犯人たちがわたしに身代金《みのしろきん》を要求してくるでしょう？」

「そうですね、常識的には。しかし、犯人たちは伏見さんの美しさに魅《み》せられて、身代金をせしめる前に……」

「あっ、そうか！　香澄をセックスペットか何かにする気になっても、不思議じゃないな。あの娘《こ》は美人だし、肢体《したい》も肉感的だからね。犯人どもは香澄を飽《あ》きるまで弄《もてあそ》んでから、わたしに身代金を要求するつもりなんだろうか。そうならば、わたしが身代金を運んで、そいつらを殺してやる！」

「箕輪さん、気を鎮《しず》めてください。伏見さんは店の客と何かで揉めてませんでした？」

風巻は訊いた。

「揉め事を起こしたことはないと思います。ただ、香澄を目当てに『雅』に通ってたIT関連企業の社長がしつこく迫ってたようです。毎月二百万円前後を店に落としてやってるんだから、一度、ホテルにつき合えとか、一泊で箱根に行こうと言ってたというんですよ」

「その客の名前、わかります？」

「確か陶山誠吾《すやませいご》という名で、四十一歳だったと思います。経営してる会社は、西新宿のSKビルの中にあるとかって話でしたね」

「そうですか」

「その陶山が柄の悪い二人組に香澄をわたしの車ごと連れ去らせて、どこかに監禁してるんでしょうかね。そして、香澄を玩具《おもちゃ》にしてるんだろうか」

「ちょっと調べてみますよ」

「お願いします」

「ところで、伏見さんが借りてる部屋はまだそのままの状態になってるんですね？」

「ええ。わたしは部屋の暗証番号を教えてもらってたんで、二度ばかり入室して、室内を検《しら》べてみました。しかし、失踪に結びつくようなものは何もありませんでしたね」

　箕輪が口を結んだ。

それを汐《しお》に風巻たちは辞去した。エルグランドに乗り込み、今度は南青山四丁目に回る。事件現場周辺で聞き込みをしてみたが、徒労に終わった。

風巻は、藤波と『ミラノ』というピザ専門店にも行ってみた。アルバイト配達人の千本木豊からも事情聴取した。だが、新たな証言は得られなかった。

「陶山って男の存在が気になるな。新宿に戻って、ＳＫビルに行ってみよう」

風巻は藤波に言い、路上に駐《と》めてある自分の車に歩み寄った。

3

エレベーターが上昇しはじめた。

西新宿のＳＫビルだ。風巻たち二人は函《ケージ》の中にいた。

陶山誠吾が代表取締役社長を務めているＩＴ広告会社『アドバンス』は、二十六階にあるはずだ。テナントプレートで確かめたのである。

耳に圧迫感を覚え、風巻は唾《つば》を飲み下《くだ》した。

そのすぐ後、エレベーターが停まった。二十六階だった。

風巻は藤波とともに函を出た。『アドバンス』は、エレベーターホールの左手にあった。

『アドバンス』の前には、四人の男が固まっていた。いずれもスーツ姿で、ビジネス鞄《かばん》を提《さ》げている。揃って憮然《ぶぜん》とした表情だ。

「陶山の会社はロックされてるようですね」

藤波が言った。

「そうみたいだな」

「ひょっとしたら、『アドバンス』は倒産したのかもしれませんよ」

「だとしたら、彼らは債権者なんだろう」

風巻は大股で進んだ。藤波が従《つ》いてくる。

「おたくたちも債権者なんでしょ？　陶山社長もひどいよね。三年も前から赤字だったのに、粉飾決算で黒字を装《よそお》ってたんだからさ」

四十代半《なか》ばの男が風巻に話しかけてきた。

「『アドバンス』は倒産したんですか」

「おたくたち、債権者じゃなかったのか。陶山は今朝《けさ》、顧問弁護士に自己破産の手続きをさせたんですよ。おそらく計画倒産なんでしょう」

「失礼ですが、あなたはどういった会社の方なんです？」

「ベンチャー企業に投資してる会社の者ですよ。ほかの三人も、それぞれ投資顧問会社の人間なんんだ。おたくたちは？」

「調査関係の仕事をしてるんですよ、われわれは」

風巻は言い繕《つくろ》った。公式な捜査ではなかったからだ。

「どこか金融機関が『アドバンス』の資産調査をさせたようだな」

「ええ、まあ」

「陶山誠吾はとんでもない奴ですよ。もっともらしい新事業プランを熱っぽく語って、われわれに三十億円も投資させ、自己破産したんだからね。詐欺だよ、これは」

「負債額はそれだけじゃないんでしょ？」

「トータルで五十億円にはなるだろうね。前々から妙な噂はあったんだ」

「どんな噂なんです？」

「陶山社長が運転資金として、やくざマネーを調達してるって噂だよ」

「暴力団の企業舎弟のブラックマネーを借りてたのか」

「借りてるという確証を得たわけじゃないんだが、そういう噂は耳に入ってたね。陶山は野心家だったが、やくざマネーを頼るほどのばかじゃないと思ってた。しかし、噂は事実だったんだろうな。経済やくざは担保物件の乏《とぼ》しいベンチャー企業や新興企業に無担保で事業資金を融資してるが、絶対に自分たちは損しないように手を打ってる。やくざマネーを頼ったりしたら、必ず経営権を乗っ取られたり、潰《つぶ》されてしまうんだ。陶山は関東桜仁会《おうじんかい》の企業舎弟《フロント》に骨までしゃぶられてから、見放されたんだろう。

甘いんだよ、考えがさ」

相手が吐き捨てるように言った。

関東桜仁会は、首都圏で五番目にランクされている広域暴力団だ。構成員は約六千人で、本部は新宿区内にある。傘下の企業舎弟は四十社近い。ありとあらゆる業種に手を伸ばしている。

「『アドバンス』の社員たちは、会社が危ないと感じてたんですかね？」

「役員連中は倒産するかもしれないと思ってただろう。でも、百数十人の一般社員は予想もしてなかったんじゃないかな。陶山は羽振りがよさそうに振る舞ってたからね。もともとカーマニアだったんだが、三週間ほど前にはロールスロイスも手に入れてた」

「ロールスロイスですか」

風巻は藤波と顔を見合わせた。

「そう。新車じゃないと思うけど、それでも三千万円以下じゃ買えないはずだよ。陶山はランボルギーニ、フェラーリといった超高級外車を七台も所有してたんだ。当然、債権者たちにどの車も押さえられてしまうだろうがね、管財人が動き出す前にさ」

「でしょうね。それで、陶山誠吾の所在は？」

「残念ながら、所在はわからないんだ。成城五丁目の自宅にはいないんだよ。妻子と一緒に雲隠れしてるんだろうな」

「別荘も持ってるんでしょ？」

「ああ、伊豆高原にね。しかし、そこにもいないらしい。うちの会社の者が今朝早く伊豆に行ったんだが、誰もいなかったというんだよ」

「一家で偽名を使って、ホテルかどこかに身を潜めてるんじゃないのかな」

「そうなんだろうね」

「管財人になった弁護士の名を教えてもらえます？」

「ああ、いいよ。管財人は虎ノ門に事務所を構えてる亀岡順次《かめおかじゅんじ》って弁護士なんだ。四十九か、五十だよ」

男が言って、自分の腕時計に目をやった。

風巻は謝意を表し、藤波とエレベーターホールに戻った。ＳＫビルを出ると、二人は陶山の自宅に向かった。

目的地に着いたのは二十数分後だった。陶山の自宅は邸宅街の一画にあった。洋風住宅で、敷地は二百坪前後だった。

広いガレージには、フェラーリなど八台の高級外車が並んでいる。そのうちの一台は黒色のロールスロイス・ファントムだった。

風巻は捜査資料でナンバーを確認した。箕輪のロールスロイスに間違いない。

「伏見香澄を柄の悪い二人組に車ごと連れ去らせたのは、陶山誠吾と考えてもよさそうですね」

藤波が言った。

「そうだとしたら、陶山はあまりにも無防備だと思わないか。わざわざ自宅のガレージにロールスロイスを置いといたら、クラブホステス失踪事件に陶山が関わってると教えてるようなものだからな」

「そうか、そうですね。誰かが陶山に罪をなすりつけようと企《たくら》んだんでしょうか」

「ああ、多分ね。そうじゃなければ、陶山は何者かに箕輪のロールスロイスをしばらく自宅の車庫に置くよう強要されたんだろう」

「ええ、それも考えられますね」

「債権者が高級外車を押さえに来る前に、八台とも別の場所に移されるかもしれない。少し張り込んでみよう」

風巻はエルグランドの運転席に入った。藤波も助手席に坐った。

陶山邸の前に真珠色《しんじゅいろ》のアルファードが停まったのは、午後七時過ぎだった。夕闇はだいぶ濃くなっていた。

八人乗りの2WDには、二人の男が乗り込んでいた。助手席の男が車を降り、リモート・コントローラーで陶山邸の車庫の門を開けた。陶山に車の移動を頼まれたのだろうか。

アルファードが十数メートル前進した。

リモート・コントローラーを握った三十前後の男がロールスロイスの運転席に入り、エンジンを始動させた。

「車を移動させる気みたいですね。奴を尾行すれば、陶山の居所がわかるんじゃありませんか」

「そこまで期待はできないかもしれないが、とにかく尾行してみよう」

風巻は藤波に言い、ロールスロイスに目を向けた。

ロールスロイスが車庫から滑《すべ》り出てきた。ガレージの門が閉められた。アルファードが発進する。ロールスロイス・ファントムはアルファードに従った。

風巻は二台の車を追いはじめた。

アルファードとロールスロイスは邸宅街を抜けると、調布《ちょうふ》市、三鷹《みたか》市、武蔵野《むさしの》市を通過し、新青梅《しんおうめ》街道に入った。道なりに進み、やがて青梅市に達した。

風巻は慎重に二台の車を尾行しつづけた。

マークした車は青梅線に沿って走り、二股尾《ふたまたお》駅の先を左折し、丘陵地を登りはじめた。奥に進むにつれ、民家は疎《まば》らになった。風巻はヘッドライトを下向きにして、二台の車を追尾《ついび》した。

アルファードとロールスロイスは、格納庫《かくのうこ》に似た巨大な倉庫の中に吸い込まれた。

風巻たちは静かにエルグランドを降り、怪しい建造物に接近した。金網越しに覗《のぞ》き込む。

巨大倉庫の中には、数十台の超高級車が納《おさ》められている。外車だけではなく、レクサスやセルシオもあった。国産のRV車も収容されていた。

「どうやら自動車窃盗団のアジトらしいな。多分、庫内に事務室と仮眠室があるんだろう」

風巻は低く言った。

「陶山が巨大倉庫の中にいるとしたら、自動車窃盗団グループのボスなんでしょう。正業が思わしくないんで、カーマニアの陶山誠吾は高級車をかっぱらって、ロシアかパキスタンのブローカーに売ってたんでしょうね」

「予断は禁物だな。先入観や通念に引きずられると、筋《すじ》の読み方を誤ることが多いんだ」

「わかりました。少し気をつけます。それはそうと、どうします？　家宅捜査令状があるわけじゃないから、踏み込むわけにはいきませんよね」

「そうだな」

「誰かに見咎《みとが》められる心配はなさそうですから、こっそり不法侵入しちゃいます？」

「そう焦《あせ》るなって。何かうまい方法で、巨大倉庫の中にいる連中を外に誘《おび》き出そう」

「何かいい手がありますか？」

「反則技を使うか。きみはここにいてくれ」

「何をするんですか？」

藤波が問いかけた。風巻はにやつきながら、門まで走った。扉はあるが、開け放たれたままだった。

風巻は敷地内に足を踏み入れ、巨大な倉庫に近づいた。いつの間にか、シャッターが下《お》りていた。潜《くぐ》り戸を拳《こぶし》で幾度か叩《たた》くと、男の声が誰何《すいか》した。

「誰だい？」

「警察の者です」

「えっ!?」

「少し前に署に犯行予告の電話があったんですよ、この倉庫に時限爆破装置を仕掛けたというね」

「嘘だろ!?」

「いたずら電話ではないでしょう。建物の中にいる方は全員、外に出たほうがいいと思います」

「爆破予告時刻は？」

「五分後です。早く退避《たいひ》してください。急いで、急いで！」

風巻はことさら切迫《せっぱく》した声で急《せ》かし、建造物の脇に回り込んだ。

数分経つと、潜り戸から四人の男が飛び出してきた。二、三十代ばかりで、四十年配の男の姿は見当たらない。庫内に陶山誠吾はいないのか。

四人は相前後して、建物から遠ざかった。シャッターの潜り戸は半開きだった。

風巻は外壁に沿って歩き、巨大倉庫の中に忍び込んだ。

高級外車の間を縫《ぬ》って、奥に進む。一隅に仮眠室があったが、無人だった。

箕輪のロールスロイスのフロントバンパーには、擦《こす》られた痕がある。伏見香澄が運転していた車にちがいない。

「おい、そこで何をしてるんだっ」
三十一、二歳の男が、潜り戸の前で咎《とが》めた。
風巻は何も言わなかった。

「さっきシャッターの向こうで警察の者と名乗ったのは、あんたなんじゃないのか？」

「そうだよ」

「偽警官だなっ」

男が振り返って、仲間たちを呼んだ。ほかの三人が次々に庫内に躍《おど》り込んできた。

全員、殺気立っている。

「四人とも物騒《ぶっそう》な物は持ってないよな？　所持してたら、緊急逮捕することになるぞ」

風巻は警察手帳を四人に見せた。

男たちが動揺し、逃げる素振りを見せた。そのとき、特殊警棒を握った藤波が倉庫の中に入ってきた。

「あなたのことが心配になったんで、自分、こっちに来ちゃいました」

「おれがルーキーみたいだな」

「そんなつもりじゃなかったんですが……」

「わかってるって」

風巻は藤波に笑いかけ、四人の男の前まで歩いた。男たちは無言で一カ所に固まった。

「令状《オフダ》があるわけじゃないから、職務質問させてもらう。超高級車がたくさん並んでるが、どこで調達したのかな？」

風巻は誰にともなく訊いた。と、最初に倉庫に戻ってきた男が口を開いた。

「ここは中古車販売会社の倉庫なんだよ。どの車もオークションで落札した車さ」

「身分証明書を見せてほしいな」

「小さな有限会社だから、特に社員証はないんだ」

「ま、いいさ。ここにあるロールスロイスは、ある事件に絡《から》んでるんだよ。外のアルファードの助手席に坐ってた奴が成城の陶山誠吾の自宅から、ロールスロイスをここまで転がしてきたことも見てる。どの車も盗《ギ》ったか、強奪したもんだよな?」

「あんた、おれたちを泥棒扱いする気かよ!」

「違うのか?」

「ふざけるなっ」

「ロールスロイスの持ち主は箕輪という不動産会社の社長だということは、もう調べがついてる。社長の知り合いのクラブホステスが箕輪さんの車を運転中に一カ月近く前に南青山四丁目の路上でクラウンに故意にぶつけられ、ロールスロイスごとどこかに連れ去られた。その彼女は伏見香澄という名で、歌舞伎町の「雅」という高級クラブのナンバーワン・ホステスだ」

「あんた、なんの話をしてるんだよ? さっぱりわからないね」

「もう少し聞いてくれ。陶山は香澄を口説《くど》きたがってたが、まったく相手にされなかった。そのことに腹を立て、おたくたちにロールスロイス・ファントムごと香澄を拉致させたんじゃないのか?」

「陶山なんて男には会ったこともない」

「そっちの後ろにいる奴は陶山宅の車庫の門扉《もんぴ》をリモート・コントローラーで開けて、

ロールスロイスの鍵《キー》も持ってた」

風巻は、アルファードの助手席に乗っていた眉《まゆ》の太い男を見据《みす》えた。相手が視線を外した。

「おたくの名前は？」

「老川《おいかわ》だよ」

「下の名は？」

「卓《すぐる》……」

「で、どうなんだ？　陶山に頼まれて、箕輪さんのロールスロイスをここに運んだんだろ？」

「うん、まあ」

「陶山はどこに潜伏してるんだ？　それから、連れ去った伏見香澄はどうしたんだっ。どこかに監禁されてるのか？　それとも、もう殺してしまったのかっ。香澄の行方を追ってた柿崎諒一のことも教えてくれ」

「おれは陶山さんにロールスロイスをここに運んでくれと車のキーをＪＲ渋谷駅構内で渡されただけで、何も知らないんだ。嘘じゃないよ」

「おまえらは高級車窃盗グループなんだなっ」

「それは……」

「なんだよ、いきなりパンチを繰り出して」

風巻は大仰《おおぎょう》に痛みを訴え、藤波に目で合図した。

「おれ、おたくを殴ってなんかないぜ。何を言ってるんだ⁉　おかしなことを言うなっ」

「観念しろって。おれの相棒がちゃんと見てたんだ、こっちがパンチを喰《く》らったとこをさ。だから、言い逃《のが》れはできないんだよ」

「そ、そんな⁉」

「しっかりこの目で見てたよ」

藤波が老川に言った。老川が仲間たちに縋るような目を向けた。

「現職警官を殴ったんだ。れっきとした公務執行妨害《ぼうがい》だな」

「き、汚《きたね》えな」

「両手を出してもらおうか」

「本気で手錠《ワッパ》打つ気なのかよ⁉」

「もちろんだ」

「勘弁してくれよ」

「高級車窃盗団であることを白状したら、公務執行妨害罪には目をつぶってやってもいいよ。さて、どうする？」

「そう言われてもなあ」

「場合によっては、余罪を見逃してやってもいいよ。どうだい？」

「そういうことなら、喋《しゃべ》っちまうか。おれたちは確かに首都圏で高級車をかっぱらって、パキスタン人の中古車ブローカーに売ってる」

「リーダーは陶山誠吾なのか？」

「そうじゃない。ボスは傷害罪で服役中なんだ。陶山さんは、ボスの知り合いなんだよ。そんなことで、ロールスロイスの売却を頼まれたわけさ。経営してたＩＴ広告会社を倒産させたとかで、少しでも金が必要らしいんだ」

「ボスの名は？」

「香取伸広《かとりのぶひろ》だよ」

「堅気《かたぎ》じゃないんだろ？」

「昔、関東桜仁会羽根木《はねき》組にいたみたいだね」

「関東桜仁会か」

ＳＫビルで会った債権者の話によると、陶山は関東桜仁会の企業舎弟から事業の運転資金を借りていたという噂があったらしい。

そのときの恩義があって、『アドバンス』を倒産させた男は伏見香澄の拉致に加担したのだろうか。そうではなく、最初の推測通り陶山はクラブホステスに個人的な恨みがあって、たまたまロールスロイスごと香澄を正体不明の二人組に拉致させただけなのか。

「ここにある車は、すべて持ち主に返す。だから、おれたちを検挙《アゲ》ないでくれ」

「悪党にしては、擦《す》れてないな」

「おれを騙したのかよ!?」

老川が目を剝《む》いた。

「場合によっては、余罪を見逃してやってもいいと言ったはずだ」

「急に考えが変わったんだよ。悪いな」

「くそったれが！」

「青梅署に連絡してくれないか」

風巻は藤波に言って、上着のポケットから煙草とライターを摑み出した。

4

眠い。

寝不足だった。頭も重かった。

風巻は目を擦りながら、エルグランドから降りた。新宿署の駐車場だ。

前夜、老川たち四人は青梅署の刑事たちに窃盗容疑で緊急逮捕された。彼らが盗んだ高級車は押収された。

風巻たちコンビは四人の被疑者と一緒に青梅署に行った。捜査に全面的に協力し、取り調べにも立ち会わせてもらった。

老川たち四人の供述は一致していた。高級車窃盗団の首謀者《しゅぼうしゃ》が府中刑務所で服役中の香取伸広であることも確認できた。

被疑者たちは、黒いロールスロイスは自分たちが盗んだものではないと口を揃えた。

昨晩、老川が言っていたことは事実と思われる。

陶山が謎の二人組に香澄をロールスロイスごと連れ去らせたと考えてもいいだろう。

姿をくらました『アドバンス』の元社長に迫れば、香澄と柿崎の安否はわかるはずだ。

一刻も早く陶山を見つけ出さなければならない。

ふだんは万事にスローモーな風巻も、さすがに焦りを覚えはじめていた。署内に入ると、三階の刑事課に直行した。

藤波が目敏《めざと》く風巻を見つけ、足早に近づいてきた。

「きのうは中野の独身寮まで送ってくれて、ありがとうございました」

「なあに。眠いだろ?」

「ええ、ちょっとね。ベッドに潜《もぐ》り込んだのは午前三時半過ぎでしたから。風巻さんがご自宅に戻られたのは、四時前後なんでしょう？」

「そうだったな。瞼《まぶた》がくっつきそうだよ。それはそうと、きょうは亀岡法律事務所に張りついてみよう。管財人の亀岡弁護士がどこかで陶山誠吾と接触すると睨《にら》んだんだ。すぐに虎ノ門の亀岡の事務所に行ってみよう」

「そうしたいんですが……」

「都合が悪くなったのか？」

「は、はい。課長の久米は、いま署長室に行ってるんですよ。先輩の刑事たちが自分を非公式捜査に協力させるのは変だと言いだしたんで、久米課長は牧署長のとこに行ったわけなんです」

「そうか。先輩たちの言い分、わかるよ」

「自分としては風巻さんのお手伝いをしたいですよ、最後までね。ですが、上司の意向を無視するわけにはいかないでしょ？」

「それはそうだな。そういうことなら、きょうから独歩行で捜査をするよ」

「風巻さん、あと十分だけ待ってもらえませんか。もうじき課長が署長室から戻ってくると思うんです」

「きみは本来の職務をこなしてくれ。世話になったな。ありがとう」

風巻は踵《きびす》を返した。

そのとき、久米課長が刑事部屋に戻ってきた。

「ああ、ちょうどよかった。実は……」

「話は藤波君から聞きました。これからは単独で動きます」

「悪いね。部下たちの言い分もわかるんで、署長に相談してみたんですよ。署長は本庁の有働刑事部長のお顔を潰したくないと最初は渋ったんですが、刑事課のみんなの気持ちを汲《く》んでくれました」

「そうですか。わかりました」

「刑事課《うち》から人間は出せませんが、あなたの捜査には協力しますよ。そういうことになったんで、あしからず！」

「どうかお気になさらないでください。では、失礼します」

風巻は刑事課を出て、自分の車に戻った。

肩透《かたす》かしを喰ったような心持ちになったが、単独のほうが行動しやすい。風巻はエルグランドを走らせはじめた。午前十一時を七分ほど回っていた。

虎ノ門をめざす。亀岡法律事務所を探し当てたのは、およそ三十分後だった。

亀岡弁護士のオフィスは、雑居ビルの七階にあった。

風巻は亀岡法律事務所のドアに耳を押し当てた。所長はオフィスにいた。

それを確認してから、風巻はエレベーターホールの端にたたずんだ。

陶山誠吾の顔は、すでに確認済みだった。新宿署に出向く前に本庁交通部運転免許本部からポリスモードに写真を送信してもらったのである。運転免許証用の顔写真はやや不鮮明だったが、見間違えることはなさそうだ。ついでに亀岡弁護士の顔写真もメールで送ってもらっていた。

そのうち、陶山が管財人の事務所を訪ねるかもしれない。

風巻は張り込みを開始した。

十五分ほど流れたころ、懐で刑事用携帯電話が鳴った。電話をかけてきたのは、本庁の有働刑事部長だった。

「少し前に新宿署の牧署長から詫びの電話があったよ」

「そうですか」

「署員たちをうまくコントロールできないようじゃ、牧君もたいしたことないな。がっかりだよ」

「牧署長は板挟みになって、かなり悩まれたんだと思います。ですから、あまり署長を責《せ》めないでやってください」

「きみは大人《たいじん》だね」

「からかわないでください」

「真面目《まじめ》な話だよ。それはそうと、藤波とかいう助手がいなくなったわけだが、捜査に支障はないのかな？」

「別に問題はありません」

「そうか。それなら、大変だろうが、よろしく頼むよ。それで、捜査は進んでるのかね？」

「ええ、少し」

風巻はこれまでの経過を伝え、通話を切り上げた。ポリスモードを二つに折り畳んだとき、着信ランプが瞬いた。

今度の発信者は柿崎の妻だった。

「その後、いかがでしょうか？」

「少し手がかりを得ましたよ」

風巻は真弓に中間報告をした。

「それじゃ、陶山誠吾という男がやくざっぽい二人組を使って、伏見香澄さんをロールスロイスごと連れ去ったんですね？」

「その疑いは濃いと思う。柿崎は伏見さんの監禁場所を突きとめ、救出に失敗したんでしょう。陶山を追い込めば、二人の安否はわかるだろう」

「早く結果を知りたいわ。わたし、明け方、とても厭な夢を見たんです」

「どんな夢を見たんです？」

「夫の切断された手脚《てあし》がどこかの浜辺に打ち上げられ、生首が宙《ちゅう》に浮かんでたの。両眼は見開かれて、恨めしげに虚空《こくう》を睨んでました」

「奥さん、柿崎はきっと生きてますよ。彼はやすやすと殺されたりしません」

「そう思いたいけど、昨夜《ゆうべ》十時ごろに気持ちの悪い電話が自宅にかかってきたんです。男の声で、唐突《とうとつ》に『お宅には墓があるのかい？』なんて訊かれたんですよ。それで、まだないんだったら、買っておけと言われたんです」

「電話、ナンバーディスプレイ付きでしたっけ？」

「ええ、そうです。ディスプレイには、公衆電話と表示されてました。それから、声がくぐもってたわ」

「ボイス・チェンジャーを使ってたんでしょう。あるいは、ヘリウムガスを吸ってから電話をかけたのかもしれないな」

「気持ち悪い電話をかけてきたのは、陶山という男なんでしょうか。それとも、手下の者なのかしら？」

「どちらかわかりませんが、その電話で柿崎がまだ殺されてはいないと判断してもいいでしょう」

「あっ、そうよね」

「奥さん、もう少し時間をください」

「はい。よろしくお願いしますね」

　真弓が電話を切った。

　風巻は刑事用携帯電話を上着の内ポケットに戻し、張り込みに専念した。午後一時まで粘《ねば》ってみたが、陶山は現われなかった。亀岡弁護士も出かける様子がない。

　同じ場所で何時間も張り込んでいたら、どうしても人目についてしまう。風巻はエレベーターで一階に降り、ごく自然に雑居ビルを出た。

　エルグランドは、雑居ビルの斜め前に駐めてあった。風巻は運転席に坐り、雑居ビルの出入口に目を向けた。

　陶山がタクシーで雑居ビルに乗りつけたのは、午後四時過ぎだった。タクシーを捨てると、雑居ビルの中に消えた。亀岡法律事務所を訪ねるのだろう。

　風巻は車を降りなかった。

　煙草を喫いながら、陶山が雑居ビルから出てくるのを待つ。風巻は七階に駆け上がり、すぐにも陶山を締め上げたい衝動を抑《おさ》えるのに苦労した。

　陶山が姿を見せたのは、五時数分過ぎだった。

　残照で外は明るかった。陶山はサマージャケットを脱《ぬ》ぎ、路肩《ろかた》に立った。タクシーを拾う気らしい。

　風巻はステアリングを両腕で抱き込んで、眠気と闘っている振りをした。数分待ってから陶山が空車に乗り込んだ。

風巻は、陶山を乗せたタクシーを追尾しはじめた。タクシーは新宿方向に走っている。潜伏先は副都心なのか。

犯罪者の多くは、盛り場に潜り込む。人がたくさんいる場所に隠れるほうが見つかりにくいからだ。人里離れた所に身を潜めたら、たちまち怪しまれることになる。

陶山は新宿のシティホテルに偽名を使って、妻や高校生の娘と泊まっているのだろうか。そうだとしたら、伏見香澄と柿崎はマンスリーマンションに監禁されているのではないか。

その部屋で陶山は香澄を弄び、柿崎をサディスティックに痛めつけているのではないのだろうか。そして、歪《ゆが》んだ遊戯に飽きたら、誰かに二人を葬《ほうむ》らせるつもりなのかもしれない。

タクシーが停止したのは、新宿区役所通りと花道《はなみち》通りがクロスする交差点の近くだった。

陶山はタクシーを降りると、区役所通りに面した中華料理店に入った。大衆向けの店だった。道路側は嵌《は》め殺しのガラス窓になっていた。店の中は丸見えだ。

風巻はエルグランドをガードレールに寄せ、車の中から店内を覗き込んだ。

陶山は出入口のそばのテーブル席に向かい、ビールを飲んでいた。誰かと落ち合うことになっているようだ。
五、六分が過ぎたとき、ひと目で組員とわかる二十八、九歳の男が中華料理店に入っていった。
白ずくめで、右手首にゴールドのブレスレットを光らせている。坊主頭だった。筋者《すじもの》と思われる男は無言で陶山の席に歩み寄った。立ち止まるなり、陶山に角封筒を渡した。中身は札束ではなさそうだ。

陶山は、受け取った角封筒をサマージャケットのポケットに収めた。白ずくめの男とはまったく言葉を交わさなかった。

角封筒の中に入っているのは、覚醒剤のパケなのかもしれない。風巻は、そう見当をつけた。

組員風の男が店から出てきた。

風巻は急いで車を降り、男の行く手に立ちはだかった。

「てめえ、なんの真似《まね》でえ！　おれに喧嘩《ゴロ》まいてんのか。上等じゃねえかっ」

「警察だよ。どこに足《ゲン》つけてるのかな？」

「どこだっていいじゃねえか。どいてくれねえか。目障《めざわ》りなんだよ」

「まだチンピラだな。幹部連中は、そんな凄《すご》み方はしない」

「てめえ、警察手帳《チョウメン》見せろ！」

相手が息巻《いきま》いた。風巻は言われた通りにして、男を見据えた。

「陶山に渡した角封筒の中身は、覚醒剤《シャブ》のパケだよなっ」

「なんのことでえ？」

「空とぼけても無駄だよ。こっちは一部始終、見てたんだ」

「えっ!?」

「関東桜仁会の者なんじゃないのか？」

「外れだ。おれは警官《マッポ》だよ。えへへ」

「逮捕《パク》られたいみたいだな」

「好きにしろや」

男が虚勢を張った。風巻は上着の裾《すそ》に右手を突っ込んだ。

「わざと拳銃を暴発させるかな。チンピラでも、最近は中国製トカレフのノーリンコ54ぐらい持ち歩いてる。おれはそっちに銃口を向けられたんで、焦って撃鉄を起こした。そのとき、うっかり引き金《トリガー》を絞ってしまった。そういうことにしてもいいな」

「冗談じゃねえ。おれは丸腰なんだ。刃物《ヤッパ》も拳銃《チャカ》も持っちゃいねえ。だから、撃つなよ」

「どこの組員なんだ？」

「羽根木《はねき》組だよ、関東桜仁会の下部組織《エダ》のな」

「名前は？」

「友部《ともべ》、友部大輔《だいすけ》ってんだ」

「角封筒の中身は？」

「おれは知らねえんだ。封がされてたし、兄貴に中身を見るんじゃねえと言われてたんでな。でも、感触で万札や手紙じゃないことはわかったけどさ」

「兄貴分の名は？」

「勘弁してくれよ。君塚《きみづか》の兄貴に迷惑かけたくねえんだ。おっと、いけねえ！」

友部と名乗った組員が口に手を当てた。

「君塚の下の名は？」

「くそっ、聡《さとし》だよ」

「羽根木組の幹部なのか？」

「舎弟頭だが、表向きはもう足を洗ったことになってる。会直営の企業舎弟《フロント》の役員なんでな」

「そのフロントの名は？」

「『フェニックス・コーポレーション』だよ」

「オフィスはどこにあるんだ？」

「さくら通りの丸信ビルの八階だよ」

「陶山とそっちの兄貴分とは、かなり親しいのか?」

「君塚の兄貴は、陶山さんの会社に投資してたんだよ」

「『アドバンス』から甘い汁を吸うだけ吸って、『フェニックス・コーポレーション』は陶山の会社を倒産に追い込んだんだろう?」

「知らねえよ、そんなことまで。ちょっと一服させてくれや」

「いいだろう」

風巻は許可を与えた。

友部が懐に片手を差し入れた。次の瞬間、背を見せた。友部は、あっという間に逃げ去った。

風巻は追わなかった。車の中に戻り、ふたたび中華料理店を張る。

十分ほど過ぎると、陶山が店から出てきた。交差点を渡り、角にあるリッキーホテルの中に入っていった。高級ビジネスホテルということになっているが、不倫カップルの情事に使われることが多い。

暴力団関係者たちも出入りしている。過去に麻薬の取引場所にされたことがあるはずだ。

風巻はエルグランドを発進させ、リッキーホテルの地下駐車場に潜った。一階のフロントに回り、警察手帳をホテルマンに呈示《ていじ》した。

「何かの内偵捜査なんですね」

初老のフロントマンが声を潜めた。

「ええ、まあ。少し前に水色のサマージャケットを着た泊まり客が戻ってきましたよね？」

「はい。九〇五号室の須山忠氏《すやまただし》です」

「それは偽名ですが、捜査対象者だと思います。いつから宿泊してるんです？」

「三日前の夕方、チェックインされました。一週間分の保証金をお預かりしております」

「部屋はツインなんでしょ？」

「いいえ、シングルルームです。須山さんは、おひとりで投宿されてますので」

「そうですか。彼を訪ねてくる者はいました？」

「そういう方はいらっしゃいませんね。須山さんは食事を摂《と》りに外出されるほかは、お部屋にいらっしゃいます」

「そう。マスターキーを貸してもらえないだろうか。九〇五号室にいる男は、ある事件の被疑者なんですよ」

「裁判所から逮捕令状は下りているのでしょうか？」

「いいえ、それはまだなんですよ」

「そういうことでしたら、申し訳ありませんが、マスターキーをお貸しするわけにはいきません」

フロントマンが済まなそうに言った。

「そうでしょうね。そういうことなら、穏やかな方法で九〇五号室のドアを開けてもらうことにしましょう」

「そうしていただけると、大変助かります」

「ホテルにご迷惑はかけませんから、ご安心ください」

風巻はフロントから離れ、エレベーターに乗り込んだ。九階で降り、九〇五号室のドアをノックする。

ややあって、ドア越しに男の声がした。

「どなた？」

「ホテルの者です。お部屋に設置されてるスプリンクラーを点検させてもらいたいのですが、よろしいでしょうか」

風巻は、もっともらしく告げた。

「後にしてくれないか。いま、ちょっと都合が悪いんだ」

「身勝手な言い分ですが、消防署の方も立ち会われる点検なんですよ。ほんの数分で済むと思いますので、どうか協力いただけませんか」

「仕方ないな。いま、行くよ」

相手の声が途絶《とだ》えた。

風巻はドアの横に移動した。ドアが開けられた。風巻はドアの隙間《すきま》に片足を突っ込み、素早く九〇五号室に躍り込んだ。

「おたく、ホテルマンじゃないな？　そうなんだろっ」

陶山が顔をしかめた。風巻は謝罪し、刑事であることを明かした。

「警察に目をつけられるような悪さをした覚えはないぞ」

「陶山誠吾さんですね？」

「なんで名前まで知ってるんだ⁉」

「中華料理店内で、羽根木組の友部から角封筒を受け取りましたね？　中に入ってたのは、覚醒剤のパケなんでしょ？」

「ばかなことを言うな。中身は、ただのサプリメントだよ」

「角封筒はどこにあるんです？」

「そこまで訊く権利があるのかっ」

陶山が喚《わめ》いて、後ずさった。

風巻は前に踏み出し、陶山の右腕を摑んだ。注射だこが幾つも盛り上がっていた。

「だいぶ前から覚醒剤を体に入れてますね」

「わたしは糖尿病なんで、しょっちゅう採血してるんだ。だから、注射だこができてしまったんだよ」

「往生際が悪いな。試薬を使って検査すれば、薬物常用者であることはすぐにわかるんですよ。友部から渡された角封筒の中身は覚醒剤のパケなんでしょ？」

「そうだよ」

陶山が開き直った。

「友部の兄貴分の君塚から、定期的にパケを手に入れてたんですね？」

「ああ、十日ごとにな」

「いつから麻薬を？」

「二年以上になるな。君塚の会社から運転資金を回してもらった直後に興味半分に覚醒剤に手を出して、いつしか中毒になってしまったんだ。何度も薬物と縁を切ろうとしたんだよ。けど、絶てなかった」

「注射器とパケは、どこに隠してある？」

「セカンドバッグの中だ」

「覚醒剤の虜《とりこ》になったんで、関東桜仁会の企業舎弟とも手を切れなかったわけだ。それで『フェニックス・コーポレーション』に骨までしゃぶられて、自己破産に追い込まれたんでしょ？」

「わたしが愚《おろ》かだったんだ。やくざマネーなんか借りなきゃよかった。そうすれば、起業したIT広告会社を潰さずに済んだだろう」

「後の祭りですね。ところで、クラブ『雅』のナンバーワン・ホステスの伏見香澄にはご執心《しゅうしん》だったみたいだな。しかし、おたくは相手にされなかった。それで頭にきて、柄の悪い二人組に香澄をロールスロイスごと拉致させたんでしょ？　成城の自宅の車庫にあったロールスロイスは香澄が運転してた車だった」

「そのロールスロイスは『フェニックス・コーポレーション』の君塚がわたしにくれたんだよ。わたしは、香澄を誰にも拉致なんかさせてない」

「とっさに思いついた言い逃れか？」

風巻は、せせら笑った。と、陶山は真顔《まがお》で怒りはじめた。

「わたしは、香澄にぞっこんだったんだぞ。惚《ほ》れてる女を苦しめるようなことをするわけないじゃないかっ」

「香澄をどこかに監禁してるなんてことはないね？」

「当たり前じゃないか」

「香澄の行方を捜してた柿崎って調査員もどこかに閉じ込めてないのかっ」

「柿崎？　そんな名に聞き覚えはないな」

「君塚は、ロールスロイスをどこで手に入れたと言ってた？」

「借金の形《かた》に取ったと言ってたが、それは嘘だったのか？」

「ああ、おそらくな。君塚が正体不明の二人組を使って、香澄をロールスロイスごと連れ去らせたんだろう」

「だとしたら、君塚はわたしに濡衣を着せることを画策《かくさく》し、あのロールスロイスを譲ってくれたんだな？」

「そういうことになりますね。あなたは服役中の香取伸広を知ってるのかな？」

「香取のことはよく知ってるよ。あいつが高級車窃盗団のボスをやってたから、彼の手下に君塚がくれたロールスロイスを売っ払ってもらうつもりだったんだ」

「香取の手下四人は昨夜、青梅署に検挙《アゲ》られたよ」

「それで、老川たちの携帯は電源が切られてたんだな」

「君塚って経済やくざは、『雅』の香澄に興味を持ってたのか？」

風巻は問いかけた。

「彼は一度も『雅』には行ってないはずだよ。君塚は白人ホステスだけを揃えてるクラブにしか行かないんだ。金髪《ブロンド》美人が好きなんだよ」

「そうか。関東桜仁会関係の男で、香澄に関心を寄せてた奴はいるのかな？」

「やくざ者じゃないけど、『フェニックス・コーポレーション』の顧問弁護士をやってる亀岡先生をだいぶ前に『雅』に連れて行ったことがあるよ。先生、かなり香澄を気に入ったようだったね。その後、先生はひとりでこっそりと香澄の店に通ってるという噂を小耳に挟んだことがあるな」

「亀岡弁護士は、自己破産したおたくの管財人もやってるね？」

「ああ。先生は悪徳弁護士だから、金になる依頼はなんでも引き受けてる。金の力で香澄を口説いたんだろうか」

「口説けなかったんだろう。それで弁護士の亀岡は君塚に頼んで、香澄をロールスロイスごと拉致させたのかもしれない」

「そうだとしたら、亀岡先生は香澄を好きなだけ抱いてるんだな。くそーっ、なんか赦《ゆる》せない。おれは香澄とキスもしてないんだ」

「そんなことよりも、別のことで憤れよ。亀岡は君塚と共謀して、おたくを香澄拉致事件の犯人に仕立てようとしたんだぜ」

「ロールスロイスを譲ってくれた裏には、そういうからくりがあったわけか。あの二人をぶっ殺してやる！」

「残念ながら、それはできない。間もなく、おたくは警察車輛に乗せられる。新宿署の連中は十分以内には駆けつけるだろう」

「なんてことなんだ」

陶山がへなへなと床《ゆか》に坐り込んだ。

風巻は懐のポリスモードを摑んだ。

5

さくら通りに足を踏み入れる。

リッキーホテルから百数十メートルしか離れていない。風巻は陶山誠吾を新宿署員に引き渡すと、ホテルを後にした。

数分で丸信ビルを探し当てた。さくら通りの中ほどにあった。

テナントビルだ。一階はアダルトグッズの店だった。風巻は丸信ビルに入り、八階に上がった。

『フェニックス・コーポレーション』は、エレベーターホールの斜め前にあった。

風巻は軽くノックして、ドアを開けた。事務フロアには五人の社員がいた。男たちはサマースーツに身を包んでいるが、どことなく荒《すさ》んで見える。関東桜仁会の構成員なのだろう。

「どちらさまでしょうか?」

男のひとりが声をかけてきた。髪型はオールバックだった。二十八、九歳だろうか。

「警視庁の者です。君塚さんにお目にかかりたいんですがね」

「何かの手入れなんですか？」

「いや、ただの事情聴取です」

「少々、お待ちください」

「よろしく！」

風巻はにこやかに言った。しかし、警戒心は緩めなかった。企業舎弟である。どこかに銃器が隠されているかもしれない。

風巻は数分待たされたが、奥の役員室に向かった。

オールバックの男が役員室から出ていった。君塚はパターの練習中だった。オールバックの男が役員室に通された。

風巻は顔写真入りの警察手帳を見せ、姓だけを名乗った。

「それで、ご用件は？」

君塚はクラブを握ったままだった。一見堅気風だが、眼光は鋭かった。

「顧問弁護士の亀岡さんに何か頼まれませんでした？」

「ああ、箕輪のロールスロイスのことだね。亀岡先生は箕輪の法律相談に乗ってやってたのに、まったく相談料を貰えなかったらしいんだよ。だからさ、おれが義俠心《ぎきょうしん》から知り合いの男たちに相談料の代わりに箕輪のロールスロイスを押さえさせたんだ。箕輪が亀岡弁護士にちゃんと相談料を払えば、いつでも返してやるよ」

「それは無理だね」

「どうして？」

「香取伸広の手下四人は昨夜《ゆうべ》、窃盗容疑で逮捕されたんだよ。盗んだ高級車もすべて押収された。そのことを知らなかったようだな」

陶山の自宅からロールスロイスを青梅まで運んだのは香取の手下で、君塚の舎弟ではなかった。また、それは陶山の依頼であり、君塚は関わっていない。

「そうだったのか」

「ついでに教えてやろう。数十分前に陶山もリッキーホテルの部屋で逮捕されたよ。おたくが回してやったパケも押収された」

「きょうは厄日《やくび》だな」

「当たり屋を装って箕輪さんのロールスロイスを強奪した二人のことを教えてくれ」

「有村《ありむら》と鏑木《かぶらぎ》って奴だ。どっちも、羽根木組の準構成員だよ」

「その二人が、ロールスロイスを運転してた伏見香澄を拉致したんだなっ。おたくは、亀岡弁護士にそうしてくれって頼まれたんだろう？　しかし、亀岡に疑惑の目が向けられるのはまずい。それで、香澄に熱を上げてた陶山が黒幕であるように見せかけた。だから、二人組が強奪したロールスロイスを陶山にあげたんだよな？」

「そこまで知られてんだったら、シラを切っても意味ないな。そうだよ、その通りだ。

亀岡先生は香澄にのぼせてしまって、独り占めしたくなったんだよ。おれは先生に貸しを作っておいて損はないと考えたんで、望みを叶《かな》えてやったわけさ。有村たちが拉致した香澄を亀岡先生に引き渡してやったんだ」

「亀岡は、香澄をどこかに監禁してるんだな？」

「だと思うよ。しかし、おれは監禁場所までは知らない」

「そんなはずないだろうが！」

風巻は声を張った。

「知らないんだよ、ほんとにな。ただ、先生は山中湖の近くに別荘を持ってるはずだよ。所番地まではわからないがな」

「そこに『雅』のナンバーワン・ホステスは軟禁されてるのかもしれない。それから香澄の行方を追ってた人捜し屋もな。亀岡弁護士の携帯を鳴らしてくれ」

「えっ」

「おたくがどこまで正直に供述したかどうか確認したいんだ」

「抜け目がないな」

君塚がゴルフクラブを足許に落とし、上着の内ポケットからスマートフォンを取り出した。

「電話が繋《つな》がったら、すぐに代わってくれ」

風巻は言った。君塚が数字キーを押した。

電話が繋がったようだ。君塚が無言で自分のスマートフォンを差し出した。

「警視庁の風巻という者です。亀岡さんに確かめたいことがあるんですよ」

「何を知りたいのかな？」

亀岡が言った。

「あなたは伏見香澄を独占したくて、君塚に彼女を拉致してくれと頼みましたね。君塚は、羽根木組の二人の準構成員に箕輪修造さんのロールスロイスごと香澄を連れ去らせた。そのことは、もう君塚が認めたんですよ」

「そうなのか」

「あなたは、箕輪さんから相談料を貰えなかったらしいですね。その恨みがあったんで、ロールスロイスを強奪させたんでしょ？　そして、香澄の拉致事件の主犯が陶山だと思わせたくて、彼にロールスロイスをくれてやった。そうなんですね？」

「君塚君に頼んで、香澄をロールスロイスごと引っさらわせたことは間違いないよ。それから、ロールスロイスを陶山に譲らせたこともね。しかし、わたしは箕輪修造とは一面識もないんだ。相談料を貰えなかったというのは作り話なんだよ」

「どういうことなんです!?」

風巻は頭が混乱した。わけがわからなかった。

「わたしは香澄を愛人にしたい一心で、彼女の報復計画に手を貸してしまったんだ。いまは後悔してる」

「香澄の失踪騒ぎは仕組まれたものだったんですね？」

「そうなんだ。香澄は、元刑事の柿崎諒一を生け捕《いど》りにする目的で罠を仕掛けたんだよ」

「自分が何者かにロールスロイスごと連れ去られたことにして、保護者的な存在である箕輪に調査員を雇うよう仕向けたんですね？」

「そうなんだ。事前に彼女は、箕輪に柿崎が有能な人捜し屋であることを教えておいたらしい。香澄の彼氏の矢代祐樹《やしろゆうき》という男は二年前、刑事だった柿崎に家出少女を裏DVDに使った廉《かど》で逮捕されたんだが、そのとき……」

「歩道橋の階段から転げ落ちて、矢代は脊髄の神経が麻痺《まひ》してしまったんでしょ？」

「よく知ってるね!?」

「柿崎は昔の同僚だったんですよ。忽然と消えた柿崎が香澄の消息を追ってることがわかったんで、警察はずっと捜査をしてたんです」

「そうだったのか。香澄は矢代に同情して、柿崎を殺す手伝いをする気になったようだ。香澄たち二人は、わたしの山中湖畔にある別荘にいると思う。彼女たちが縛《しば》り上げた柿崎諒一に水だけを与えて、ゆっくりと餓死《がし》させる気でいるんだよ」

「別荘の所在地を教えてください」

「いいだろう」

亀岡が質問に答えた。風巻は教えられた住所を頭に刻みつけた。

「わたしも車で山中湖に向かう。香澄が捕まる姿なんか見たくないが、彼女を人殺しなんかにさせたくないからね」

「こっちが先に別荘に着いたら、勝手に建物の中に入らせてもらいますよ」

「ああ、かまわんよ」

亀岡が通話を切り上げた。

風巻はスマートフォンを君塚に返した。それから彼は自分のポリスモードで、新宿署刑事課に連絡した。受話器を取ったのは藤波だった。

風巻は経過を話し、支援要請をした。藤波たち五人の捜査員が駆けつけたのは、およそ十分後だった。君塚の身柄を所轄署の刑事に引き渡すと、風巻はすぐに『フェニックス・コーポレーション』を出た。

リッキーホテルに舞い戻り、地下駐車場で自分の車に乗り込む。風巻はエルグランドを発進させ、山中湖をめざした。

首都高速渋谷線から東名高速道路を走り、御殿場《ごてんば》IC《インターチェンジ》から国道一三八号線を進む。車の量は多くなかった。流れはスムーズだった。

籠坂峠《かごさか》を越えると、山中湖村に入った。亀岡弁護士のセカンドハウスは、山中湖畔の旭日ケ丘《あさひがおか》にあるという。そのあたり一帯は、昔からの別荘地だ。

風巻は湖岸道路の少し手前で、車を左折させた。林道の両側に個人の山荘や有名企業の保養所が連《つら》なっている。

林道を右折すると、弁護士の別荘が見つかった。

立派な山荘だった。敷地が広く、二階建ての家屋《かおく》も大きい。窓は明るかった。

風巻は車を降りると、亀岡のセカンドハウスに忍び寄った。

静かだった。どこかで地虫が鳴いている。

風巻はサンデッキを回り込み、居間に近づいた。白いレースのカーテンが風に揺れていた。

風巻はサンデッキで靴を脱ぎ、網戸をそっと開けた。

人のいる気配はうかがえない。風巻は、三十五畳ほどの広さの居間に入った。

誰もいなかった。

風巻は広い玄関ホールに移った。

廊下の奥に電動車椅子《いす》が見える。矢代と香澄は、階下のゲストルームにいるようだ。

風巻は抜き足で奥に進んだ。最も端の部屋のドアから電灯の光が洩《も》れている。風巻は用心しながら、部屋のドアを全開にした。

右手のダブルベッドの上に男女が横たわっていた。仰向《あおむ》けだった。

白いウエディングドレスをまとっているのは香澄だろう。かたわらの男は矢代祐樹にちがいない。シルクの礼服姿だった。

二人の手首は純白のスカーフで固く結ばれていた。すでに息絶えている。

サイドテーブルには、スウェーデン製の強力な睡眠導入剤の薬壜が二つ載《の》っていた。どちらも空だった。

覚悟の心中だろう。遺書の類《たぐい》は見当たらない。

風巻は死者たちに合掌し、ゲストルームらしい洋室を出た。柿崎の名を大声で呼びながら、階下を走り回る。

すると、地下室で物が倒れる音がした。

風巻はダイニングキッチンの横にある階段を下った。地下室のドアを開けたとたん、異臭が鼻腔《びこう》を撲《う》った。照明は灯《とも》っていない。

「柿崎、どこにいるんだ?」

「ここ、ここです」

奥で柿崎のか細い声がした。風巻は手探《てさぐ》りで壁の電灯スイッチを入れた。

地下室が明るんだ。革の拘束衣《こうそくい》で全身を締めつけられた柿崎が、コンクリートの床に転がされていた。別人のように痩せ細っている。

目が異様に光り、頬はげっそりと削げていた。肌が紙のように白い。

「柿崎、よく頑張ったな」

風巻は駆け寄った。

「どうして風巻さんがここに⁉」

「話は後だ」

「わたしが二年前に検挙《アゲ》た矢代って男が恋人の伏見香澄と共謀して、罠を仕掛けたんですよ。二人は、わたしを餓死させようとしたんです。矢代は体が不自由になったことで、わたしを恨んでたんでしょう。わたしは刑事を辞めることで、それなりの償《つぐな》いをしたつもりでした。しかし、それでは足りなかったんでしょうね。風巻さん、矢代に唆《そそのか》された伏見香澄は逃がしてやってください。彼女はいまも矢代が好きだから、手を貸してしまったんでしょう」

「二人はもう逃げたよ、あの世にな」

「矢代が無理心中を遂《と》げたんですね？」

「いや、合意の心中だったはずだ。香澄と矢代は婚礼衣裳に身を包んで、多量の睡眠薬を服《の》んだようだからな」

「そうなんですか。遣り切れないな」

柿崎が呟《つぶや》いて、瞼を閉じた。

「生きてりゃ、いろんなことがあるさ。あまり自分を責めるな」

「しかし……」

「真弓さん、すごく心配してたぞ。いまは奥さんのことだけを考えろ」

風巻はぶっきら棒に言い、拘束衣の留具《とめぐ》を外しはじめた。

第三話　亡者《もうじゃ》の終着駅

1

悪い予感が膨《ふく》らんだ。

まるで魚信《アタリ》がない。風巻将人は夜明け前から持ち船で沖《おき》釣りをしていたが、外道《げどう》のクサフグやベラさえ掛からなかった。

もう陽《ひ》は高い。ほぼ真上で、強烈な光を放っている。初島《はつしま》近くの海上だった。

元同僚刑事の柿崎諒一を救出してから、四日が経《た》っていた。

入院中の柿崎は体力を取り戻しつつある。食欲《しょくよく》も旺盛だ。

こうも釣果《ちょうか》がないのは、潮目《しおめ》が変わっただけではないのかもしれない。おそらく罰《ばち》が当たったのだろう。

前夜に実家に戻った風巻は、刑事用携帯電話の電源を切ってしまった。翌日の沖釣りを心ゆくまで愉《たの》しみたかったからだ。

しかし、非番の日も常に有働刑事部長の密命を受けられる状態を保《たも》っていなければならない。それは不文律《ふぶんりつ》だった。

だが、規則はうっとうしい。

何かに拘束《こうそく》されていたら、存分に開放感を味わえないではないか。一日ぐらいは何ものにも縛《しば》られることなく、趣味を満喫《まんきつ》したいものだ。

風巻はそんな思いから、あえてルールを破った。

それがいけなかったようだ。風巻はロッドを固定し、ポリスモードの電源を入れた。心を改めたわけだから、そのうち狙《ねら》いのヒラマサの顔を拝《おが》めるだろう。

風巻は期待しながら、待ちつづけた。

しかし、いっこうに魚信は伝わってこない。ポイントを変えるべきか。持ち船を移動させる気になったとき、懐《ふところ》で刑事用携帯電話が着信音を発した。

発信者は有働刑事部長だった。

「やっと電話が繫《つな》がったな」

「少し前まで病院にいたんですよ。それで、ずっと携帯の電源をオフにしてたんです」

風巻は言い繕《つくろ》った。さすがに後ろめたかった。

「きのうの夜も電話したんだが、繫がらなかった」

「多分、そのときは風呂に入ってたんだと思います。実家にいるときは、いつも長風呂なんですよ」

「そうかね。非番の日に悪いが、急いで東京に戻ってくれないか」

「何か特命なんですね？」

「きのうの深夜、四谷署管内に住む外資系企業の役員秘書が自宅マンションの寝室で感電自殺を遂《と》げたんだ。その女性は、どうやら結婚詐欺《さぎ》集団の餌食《えじき》にされたようなんだよ」

刑事部長が言った。

半年あまり前から都内で結婚詐欺事件が続発し、三十数人の独身女性がそれぞれ五百万円以上の金を騙《だま》し取られてしまった。被害総額は二億数千万円にのぼる。すでに被害に遭《あ》った女性が前途《ぜんと》を悲観し、四人も自《みずか》ら命を絶《た》っている。

「五人目の自殺者が出てしまったんですね」

「そうなんだ。赤詐欺と呼ばれてる結婚詐欺は卑劣《ひれつ》だよ。ある意味では、傷害や殺人未遂よりも悪質だろうな」

「ええ、そうですね」

「昨夜《ゆうべ》自殺したのは相馬芽衣《そうまめい》、三十二歳なんだ。亡《な》くなった元役員秘書の交友関係をとことん洗い出して、結婚詐欺集団を割り出してほしいんだよ」

「いったん登庁してから、四谷署に出向けばいいんですね？」

「いや、本庁《こっち》に顔を出す必要はない。四谷署刑事課に直行してくれないか。それで、宗方理沙《むなかたりさ》という女性捜査員とペアを組んで事件を解決に導《みちび》いてほしいんだ」

「わかりました」

「体の具合はどうなんだ？　体調がすぐれないんだったら、何日か先でもかまわないんだが……」

「夏風邪をひいたみたいなんですが、平熱ですんで大丈夫です」

「そうか。それなら、よろしく頼む。四谷署の署長と刑事課長は、きみが捜査に加わることは知ってる。だから、妙な遠慮はしなくてもいいんだ」

「はい」

「それから宗方巡査長は個性的な美人で、まだ独身なんだ。ペアを組んだことで、何かが生まれるかもしれないぞ」

「そんな餌《えさ》に釣られるほど若くはありませんよ。しかし、任務は忽《ゆるが》せにはしないつもりです」

風巻は通話を切り上げた。

すぐに納竿《のうかん》し、パラシュート型アンカーを巻き揚げる。真鶴漁港に戻ったのは、四十数分後だった。

風巻はエルグランドで実家に戻った。姉一家と父はいなかった。母の千加が昼食の準備をしていた。

「きょうは坊主だったんだ。昼飯を喰《く》ったら、おれ、東京に戻るよ」

「非番なんでしょ、きょうは？　久しぶりに野呂《のろ》いづみさんとデートをするの？」

「彼女は、ただの女友達だよ。恋人ってわけじゃないんだ」

風巻は母に言って、浴室に急いだ。

三十一歳のいづみは公認会計士事務所で働いている。知り合ったのは五年前だ。どちらも目黒駅の近くにあるジャズバーの常連客だった。

風巻は、いづみに好意を持っていた。いづみも同質の感情を懐《いだ》いているようだ。

二人はこれまでに数え切れないほど食事を共にし、酒場を飲み歩いた。しかし、親密な関係にはならなかった。色気抜きのつき合いが長かったせいだろう。

それでいて、どちらも相手から遠ざかろうとはしない。性別を超《こ》えた友情で結ばれているのか。実に奇妙な間柄だった。

いづみとは半月以上も会っていない。彼女の顔を見たくなるときもあるが、わざわざ電話で呼び出したいとは思わなかった。

いづみのほうも具体的な用事がなければ、風巻に電話をかけてこない。二人ともメールは苦手だった。中途半端な繫がりだが、不自然な形で親密度を深めることもないだろう。

風巻はシャワーを浴びると、母が作ってくれた冷し中華そばを掻《か》き込んだ。うまかった。母が食べ終えると、風巻は椅子《いす》から立ち上がった。実家を出る。

風巻はマイカーに乗り込み、上大崎の自宅マンションに戻った。着替えをして、四谷署に向かう。

署に着いたのは、午後三時数分前だった。

二階の刑事課に顔を出す。旧知の力丸正彦《りきまるまさひこ》刑事課長が歩み寄ってきた。五十四歳の警部だ。

「本庁の刑事部長が頼りになる助っ人を回してくれるとおっしゃったんで、署長もわたしも心強く思ってるんですよ」

「部外者がでしゃばるのはどうかと思ったんですが、刑事部長の特命ですんでね。何かと目障《めざわ》りでしょうが、部下の方たちの神経を逆撫《さかな》でするようなことはしないよう心がけます」

「風巻さん、そこまで所轄の人間に気を遣《つか》うことはありませんよ。あなたは、刑事部長直属の特命刑事なんですから。われわれを手足として使ってくださって結構です」

「そんなことはできません」

風巻は顔の前で、手を大きく横に振った。

力丸課長が大声で宗方理沙を呼んだ。理沙が自席を離れ、足早に近づいてくる。彫《ほ》りの深い顔立ちで、造作の一つひとつが整っていた。身長は百六十七、八センチか。プロポーションは抜群だ。ショートヘアだった。

風巻は美人刑事に引き合わされた。二人は名刺を交換した。

「宗方、後《あと》はよろしくな！」

力丸が部下に言って、自分の席に戻った。

風巻は理沙に導かれ、同じフロアにある小会議室に入った。楕円形《だえんけい》のテーブルを囲む形で、十脚ほどの椅子が並んでいる。

二人はテーブルを挟《はさ》んで向かい合った。風巻は窓側に坐った。

「まず捜査資料に目を通していただけますか。そのほうが早いと思います、わたしが口で説明するよりは」

「宗方さんは物事をてきぱきと処理するタイプみたいだな。こっちは万事にスローモーだから、苛々《いらいら》させちゃうかもしれない」

「こういう遣《や》り取りも無駄なんじゃないかしら？」

女性刑事が微苦笑《びくしょう》し、捜査資料のファイルを差し出した。

風巻は一瞬、むっとした。だが、不快感はじきに萎《しぼ》んだ。相手が美しかったからではない。理沙の言葉には悪意が含まれていないと感じたからだ。

言葉を飾って本心を隠す人間は疲れるし、どこか信用できない。本音をストレートに口にする者は、だいたい腹の中は空っぽだ。含むものなど何もない。

風巻は事件調書と鑑識写真に目を通した。

最初に見たのは十数葉《よう》の写真だった。前夜に感電自殺した相馬芽衣の死顔は、驚くほど柔和だった。口許は、ほほえんでいるようにさえ見える。

パジャマの胸部は焼け焦《こ》げていた。乳房の間には、電極板が貼《は》りつけてあった。コードはベッドの下のタイマーに繋がっていた。

サイドテーブルの上には、ジンのボトルが横倒れに転がっている。卓上は濡れていた。飲み残したタンカレー・ジンが零《こぼ》れたのだろう。

「亡くなった相馬芽衣さんは酔って寝込んだまま、感電死したんでしょう」

理沙が言った。

「検視官は臨場したのかな?」

「いいえ、検視官には来ていただけませんでした。全国でおよそ三百六十人しかいませんから、他殺の疑いがなければ、なかなか……」

「そうだね」

「でも、捜査経験二十年近い刑事が二人も自殺に間違いないと判断してます。事実、相馬さんの自宅マンションに人が争った痕跡《こんせき》はありませんでしたし、遺体にも外傷、絞殺痕、扼殺痕《やくさっこん》はなかったんです」

「それなら、自死なんだろう。遺体の発見者は調書によると、母親のようだね？」

「ええ。きのうの夜九時ごろ、亡くなった芽衣さんは船橋の実家に電話をして、涙声で母親に大学卒業後、一年間アメリカに語学留学させてもらえたことを幾度も感謝してたらしいんですよ」

「娘の様子が変なんで、お母さんは現場に駆けつけたわけだ？」

「そうです。芽衣さんの妹の友香梨《ゆかり》さんと一緒にね。先に寝室に足を踏み入れたのは、お母さんだったんです。家族宛の遺書のコピーが資料の中にあるはずです」

「そう」

風巻は遺書の写しを読んだ。

遺書は二通だった。母親には先立つ不孝を詫び、三つ下の妹には慎重に結婚相手を選べと忠告している。

「自殺の動機については、具体的には触《ふ》れられてないな」

「ええ、そうですね。しかし、結婚詐欺に引っかかって、全財産の約一千四百万円を失ったんで、絶望的になったんでしょう。相馬芽衣さんは自身のブログに交際相手に虎の子をそっくり騙し取られたと記《しる》してたんです。貯金のうちの五百万円は二年前に病死した父親の遺産だったんですよ。亡父から相続したお金も騙し取られてしまったんで、芽衣さんは自己嫌悪に陥《おちい》ったんでしょうね」

「そうなのかもしれない」

「外資系企業の役員秘書をやってた芽衣さんの年収は、税込みで七百数十万円もあったんです。でも、借りてる1DKのマンションの家賃は月に二十万円近かったから、一千四百万円の貯えは頼みの綱《つな》だったんだと思います」

「そうだろうな」

「相馬さんの同僚や学生時代の友人たちの証言で、正午過ぎには交際相手が判明したんです」

「資料に載《の》ってる高瀬健《たかせけん》、三十一歳だね？」

「そうです」

「職業は俳優となってるが、芸名は？」

「本名と同じなんですが、四、五年前にVシネマに何本か出演しただけで、その後はまったく芸能活動をしてないんですよ」

「それなら、ヒモみたいな暮らしをしてたんじゃないのか？」

「ええ、そうなんだと思います。そこそこのイケメンなんで、高瀬に引っかかる女はいくらもいたんでしょう。お金には不自由してない様子だったんで、結婚を餌にして複数の女性からお金を騙し取ってたみたいですね」

「相馬芽衣のほかに結婚詐欺に引っかかった被害者が四人も自殺したわけだが、そのうち高瀬と交際してた者は？」

「それはいませんでした。でも、三十数人の被害者のうち五人が高瀬健とつき合いがあったと言ってるんですよ。その彼女たちは、それぞれ結婚式場に払う申し込み金を立て替えさせられ、百万から二百万円を高瀬に持ち逃げされたんですよ」

「それなら、高瀬を詐欺容疑で逮捕《パク》れるじゃないか」

「残念ながら、物証がないんです。被害者たちの話は事実だと思いますが、高瀬はどのケースでも現金で受け取って、預かり証の類《たぐい》は書いてないんです」

「立件するだけの材料は揃《そろ》ってないわけか」

「そうなんですよ」

「高瀬には、もう探《さぐ》りを入れたよね？」

「はい。同僚のコンビが、正午前に高瀬に会いに行きました。高瀬は半年ぐらい前まで相馬さんと交際してたことは認めたそうです。しかし、結婚の話はまったく出てなかったし、相馬芽衣さんから一円も借りたことはないと言い張ったそうなんですよ」

「そうか」

「相馬さんは預金を三回に分けて、現金で引き出してました。おそらく高瀬にもっともらしい名目でお金を用立ててくれと言われて、相馬さんはそのつどキャッシュを渡してたんでしょう。でも、預かり証も借用証も貰えなかったんでしょうね」

「そうなんだろう。被害者が三十人以上もいるわけだから、結婚詐欺グループは五、六人で構成されてるんじゃないのかな。高瀬は、その一員と考えられるね」

「わたしも、そう睨《にら》んでます。被害届の出された各所轄署から情報を提供してもらったんですけど、結婚詐欺集団のメンバーもアジトもまだわからないんですよ。詐欺師たちはそこそこの教養があって、ルックスもいいんでしょう。だから、三十何人もの女性が結婚話に釣られて、多額のお金を騙し取られてしまったんだと思います」

「だろうね」

「結婚を餌にして女を騙すなんて、最低の男たちだわ。屑《くず》ですよ」

理沙が憤《いきどお》りを露《あらわ》にした。激《げき》しても、美しさは変わらなかった。

「相馬芽衣以外の自殺者の交際相手に関する情報は揃ってるんだね？」

「ええ」

「なら、その四人の男から事情聴取しよう。その後、高瀬の動きを探ってみようか」

風巻は言って、捜査資料を理沙に返した。

二人は小会議室を出ると、署の一階に降りた。

「おれの車で回ろう。支援捜査は非公式だし、一般車輛《しゃりょう》なら、被疑者たちに警戒されないだろうからな」

「だけど、無線も端末も搭載《とうさい》されてないんでは何かと不便です。本庁の刑事部長の特命で風巻さんは動いてるわけですから、堂々と捜査車輛を使うべきですよ。わたしが覆面パトカーを運転します」

理沙が言った。風巻は女性刑事に押し切られる形で、マークX《エックス》の助手席に乗り込んだ。車体の色はシルバーメタリックだった。

理沙が捜査車輛をスタートさせた。

四人の自殺者の交際相手の自宅を次々に訪ねたが、一様《いちよう》に賃貸マンションを数時間前に引き払っていた。ただの偶然ではなさそうだ。管理会社に問い合わせてみたが、四人の転居先はわからなかった。

「四人が同じ日に部屋を一斉《いっせい》に引き払ったのは、捜査圏外に逃げる気になったからでしょう。わたしの筋《すじ》読み、間違ってますか？」

マークXの運転席で、理沙が言った。

「そうなんだと思うよ。おそらく結婚詐欺グループのリーダーから指示があって、四人は慌《あわ》てて引っ越したんだろう。管理会社の話によると、大型家具や家電製品以外の細々《こまごま》とした物は部屋に残したままだったというからね」

「高瀬も乃木坂《のぎざか》のマンションを引き払う気なんじゃないかしら？」

「そうだな。高瀬の自宅に急いでくれないか」

風巻は促《うなが》した。

理沙がギアをＤ《ドライブ》レンジに入れた。現在地は新宿区新小川町二丁目だ。ＪＲ飯田橋駅にほど近い。外堀《そとぼり》通りに出て、赤坂見附経由で高瀬のマンションに向かう。

二十数分で、目的の高級賃貸マンションに着いた。

風巻たちは覆面パトカーを降り、『乃木坂レジデンス』の集合インターフォンに歩《ほ》を進めた。そこには、五十代後半と三十歳前後の女性がいた。二人とも表情が険《けわ》しい。

「お引き取りください。迷惑です」

スピーカーから、男の声が流れてきた。すると、五十年配の女性がいきり立った。

「高瀬さん、男らしくないわよ。逃げ回ってないで、ちゃんとエントランスロビーに降りてきなさいっ」

「そう言われても、ぼくはあなたの娘さんとは会ったこともないんですから」

「嘘おっしゃい！　あなたは娘の奈津《なつ》に婚約旅行をしようとか言って、二百万を持ち逃げしたでしょうが！」

「妙な言いがかりをつけると、一一〇番するよ。それでもいいのかな？」

「ええ、そうしてちょうだいっ。警察が来たら、そっちが困るんだから」

「いいから、帰れ！」

「ちょっと待ちなさいよ」

五十絡《がら》みの女性がインターフォンを鳴らした。だが、スピーカーは沈黙したままだった。

理沙が身分を告げ、母娘連れに事情を訊《き》いた。秋野《あきの》奈津という二十八歳のＯＬは数カ月前に西麻布のワインバーで高瀬と知り合い、一カ月後にプロポーズされたらしい。

「高瀬を刑事告発すべきですね」

女性刑事が秋野母娘に言った。母と娘は相前後して大きくうなずいた。

理沙が高瀬の部屋のインターフォンを鳴らした。少し待つと、男の怒声《どせい》が響いてきた。

「しつこいんだよ。加勢の人間を呼んでも、おれは潔白《けっぱく》なんだから、あんたたちは勝ち目がないって」

「警察よ」

「吹かしこくな」

「部屋のモニターをちゃんと観《み》てなさい。いま、警察手帳を提示するから」

理沙が言って、防犯カメラに警察手帳を翳《かざ》した。

「まいったなあ」

「疚《やま》しくないんだったら、ちゃんと秋野さん母娘に会えるはずよ」

「でも、おれ、秋野奈津なんて女とは会ったこともないんだ」

「いつまでも空とぼけてると、裁判所から家宅捜索令状を取ることになるわよ。それでもいいわけ？」

「最悪だな。いま、一階に降りていくよ」

高瀬の声が熄《や》んだ。秋野母娘が理沙に礼を述べた。

数分待つと、エントランスロビーからハンサムな男が姿を見せた。背も高い。高瀬だった。

「お金を返してくれるんだったら、被害届は取り下げてもいいわ。あなたに騙されたことは早く忘れたいのよ」

秋野奈津が高瀬に詰め寄った。

「きみは人違いしてるんだよ。おれは、きみと一面識もないんだぜ」

「しらばっくれても無駄よ。デートのとき、待ち合わせに使った喫茶店やダイニングバーに行って、お店の人にわたしたちが知り合いだってことを証明してもらうわ。一緒に来てちょうだい！」

「おれは閑人《ひまじん》じゃないんだよ。きみは、おれとよく似た奴に騙されたんだろうな」

「ふざけないでよっ」

「刑事告発でも何でもしてくれ。身に覚えがないんだから、どうせ疑いは晴れるに決まってる」

高瀬がうそぶいた。理沙が秋野母娘を覆面パトカーの後部坐席に腰かけさせ、懸命になだめはじめた。

「昨夜《ゆうべ》、相馬芽衣さんが自宅で感電自殺したことは知ってるね？」

風巻は本庁の刑事であることを告げてから、高瀬に問いかけた。

「ああ、知ってるよ。四谷署の刑事が聞き込みに来たんでね。芽衣とは、とっくに別れたんだよ。つき合ってるうちに相性《あいしょう》がよくないってことがわかったんで、きれいに別れたんだ」

「相馬さんから金を毟《むし》り取ってたんじゃないのか、結婚話を餌にしてさ」

「何か根拠があるの？　根拠もないのに、そういう言い方はまずいでしょ？」

「相馬さんは自分のブログに結婚詐欺に引っかかって、全財産の約一千四百万円を交際相手に騙し取られたと綴《つづ》ってたんだよ」

「その話が事実だとしたら、新しい彼氏に騙されたんじゃないの？　おれは芽衣から一円も騙し取ってないよ」

「そうかな。そっちに金を持ち逃げされたって女性が相馬さんのほかに四、五人いるんだ。それについては、どう説明する？」

「刑事さんはあんまり女性関係が派手じゃなさそうだから、多分、わかんないんでしょうね。いい機会だから、教えてやるかな。女はね、誰も女優の要素を持ってるんですよ。自分の都合《つごう》が悪いときは、平気で嘘をつくんだ。別れた女たちはおれと結婚できなくなったんで、こっちを詐欺師みたいに言ってるんだろう。むしろ、おれのほうが被害者だね。悪いけど、忙しいから、これで……」

高瀬が背を向け、エントランスロビーに駆け込んだ。

自称俳優のふてぶてしさは、犯罪者特有のものだった。しばらく高瀬をマークしてみる必要がありそうだ。

風巻はそう考えながら、マークXに足を向けた。

2

腰が痛くなってきた。

同じ姿勢で長時間、マークXの助手席に坐っているからだろう。

風巻は、そっと腰を摩《さす》った。

覆面パトカーは、『乃木坂レジデンス』の近くの暗がりに停車中だった。午後九時半を回っていた。対象者の高瀬は、自室の四〇一号室から一歩も出ようとしない。

「高瀬は警戒して、外出しないいんじゃないのかしら？」

運転席で理沙が言った。

「そう悠長《ゆうちょう》なことも言ってられないと思うよ。きみの同僚たちとわれわれ二人が、聞き込みに訪れたわけだからな。高瀬にとっては運の悪いことに、われわれが来たとき、集合インターフォンの前には秋野母娘がいた。今夜のうちに高瀬は行方をくらますつもりでいるにちがいない。だから、もう少し粘《ねば》ってみるべきだね」

「そうしましょうか」

「八時ごろから、なんとなくそわそわしてるな。デートの約束があるのかい？」

「そういう質問は一種のセクハラなんじゃありません？」

「あっ、そうか。ごめん、ごめん！　別にきみの私生活に興味を持ったわけじゃないんだが、つい訊いてしまったんだ」

　風巻は弁解した。

「わかってますよ。兄の子供がマイコプラズマ肺炎に罹《かか》って、入院中なんです。甥《おい》は、まだ五歳なんですよ。峠は越えたんですけど、なんだか心配で……」

「そうだったのか。こっちも、姉貴の娘をかわいがってるんだ。もう中学生なんだが、よちよち歩きのときと同じように愛くるしくてね。自分の子じゃないから、無責任にかわいがれるんだろうな」

「ええ、わたしも同じです。甥を甘やかしすぎて、義姉には遠回しに注意されてるんです。でも、とってもかわいいんですもの」

「わかるよ。それはそうと、秋野奈津は小娘ってわけじゃないのに、高瀬にたやすく騙されたもんだね？」

「彼女は結婚願望が強かったんだと思います。ハンサムでダンディーな高瀬に言い寄られたんで、心眼《しんがん》が曇ってしまったんでしょうね。赤坂署勤務時代に赤詐欺の捜査をしたことがあるんですが、そのときの犯人も相手を巧《たく》みに蕩《とろ》かせてたんです。被害者は三人いたんですが、そのうちのひとりは最後まで加害者を庇《かば》いつづけてましたね」

「詐欺師どもは、他人《ひと》の心を操《あやつ》るのが上手だからな」

「ええ、そうですね。どんな人間にも少しは隙《すき》があります。でも、結婚を餌にして、金品を騙し取る行為は赦《ゆる》せません。高瀬は女の敵ですよ。痴漢やレイプ犯よりも、あくどいんじゃないかしら？」

「そうかもしれないな」

「絶対にそうですよ」

理沙が極《き》めつけた。

そのすぐ後、風巻の私物携帯電話が鳴った。ディスプレイを見る。発信人は、女友達の野呂いづみだった。

風巻は捜査車輌を降り、助手席のドアを閉めた。

通話キーを押すと、ビル・エヴァンスの都会的なピアノサウンドが響いてきた。どうやら女友達は、馴染《なじ》みのジャズバーにいるらしい。

「しばらくね。変わりない？」

「ああ、相変わらずだよ。『チャーリー』で飲んでるようだな？」

「そう。あなたも今夜あたり来てるんじゃないかと思ってたんだけど、外れちゃったわ」

「ちょっと仕事が忙しくなったんだ」

「あら、刑事総務課は定時に帰れることが多いって言ってたじゃないの」

「最近、いろんな事件が発生してるんで、記者会見のセッティングに追われてるんだよ」

風巻は話を合わせた。特命捜査に携《たずさ》わっていることは、誰にも明かしていなかった。

「そうなの。わたしね、職場の同僚に誘われて一昨日《おととい》の夜、お見合いパーティーに出席してみたの。相手の男性は開業医か、大学病院の勤務医に限られてたのよ」

「そう」

「何も感じないの？　たとえば、わたしの話を聞いて、なんとなく不快になったとか」

「別に何も感じないね。そっちも、そろそろ結婚したくなったわけだろ？　それで、お見合いパーティーに出かけたんだよな」

「軽い気持ちで出席しただけよ。半分は冷やかしだったの」

「ふうん」

「少しはジェラシーを感じてくれると思ってたんだけど、それは自惚《うぬぼ》れだったみたいね。やっぱり、わたしは特別な異性ってわけじゃなかったんだ」

いづみの声が沈んだ。

風巻は返事に窮《きゅう》した。いづみのことは大切な女友達とは考えていたが、濃い恋情を懐いているわけではなかった。

「友達以上、恋人未満って中途半端よね。どっちかに決めないと、わたしたち、前に進めないんじゃない?」

「そうだな」

「男と女が友情だけで結びつくことは難しいんじゃないかしら?」

「そうかもしれないな。どっちか決めてくれてもいいよ」

「そんな言い方は狡《ずる》いわ。要するに、あなたはそれほどわたしを必要としてないのね?」

「いづみとは、これまでと同じように会いたいよ。でも、おれは差し当たって結婚する気はない。先のことはわからないけどさ」

「そんなふうに逃げるのは、ちょっと卑怯《ひきょう》なんじゃない? わたしはね、ずっとプ

ロポーズされるのを待ってたのよ。でも、それを口にしたら、あなたに負担をかける
と思って……」
「そっちが強く結婚を望んでるんだったら、おれたちはもう会わないほうがいいのか
もしれないな」
「わかったわ。わたしのスマホのナンバー、消去しておいて。いろいろありがとう。
お元気で！」
いづみの声が途絶《とだ》えた。
風巻は反射的にリダイアルキーを押しそうになったが、すぐに思い留《とど》まった。
中途半端な気持ちで相手を引き止めることは、かえって罪つくりだ。いづみと過ご
した日々が蘇《よみがえ》ったが、感傷的な気分を捩伏《ねじふ》せる。
ひとつの季節が終わった。風巻はそう思いながら、覆面パトカーの助手席に腰を沈
めた。
「なんか様子が変ですね。プライベートで何かありました？」
「ああ、ちょっとね」
「詮索《せんさく》はしないことにします」
理沙がそう言い、黙り込んだ。気遣《きづか》いがありがたかった。
車内は静寂に支配された。

『乃木坂レジデンス』の表玄関から高瀬が現われたのは、午後十時過ぎだった。大振りのトラベルバッグを提《さ》げている。

「やっぱり、塒《ねぐら》を変えるようだな」

風巻は低く呟《つぶや》いた。

「しばらく東京を離れる気なんでしょうかね」

「かもしれないな。慎重に高瀬を尾《つ》けてくれないか」

「了解！」

理沙が口を閉じた。

高瀬が張り込みに気づいた様子はうかがえない。何か考えごとをしながら、近くの外苑東通りまで歩いた。高瀬はタクシーを拾い、六本木方面に向かった。

理沙がマークXで、タクシーを追った。

高瀬はワンメーターの距離で車を降りた。麻布台一丁目にあるホストクラブ『騎士《ナイト》』の前だった。理沙が車を路肩《ろかた》に寄せる。

高瀬はホストクラブの前の舗道に立ち、どこかに電話をかけた。

三分ほど待つと、『騎士《ナイト》』から一組の男女が姿を見せた。男は三十五、六歳で、タキシード姿だった。ホストクラブの支配人と思われる。

かたわらの三十八、九歳の女性は、ブランド物の白いスーツを着ている。ホストクラブの上客だろう。

支配人らしい男が女を高瀬に紹介した。女は高瀬のルックスが気に入ったらしく、うっとりと眺《なが》めている。

「タキシードの男はリッチな客たちを高瀬に紹介してるんじゃないのかな。きっと赤詐欺の獲物にされるんですよ、シャネルスーツの女性は」

「そうなのかな」

「彼女、何か事業をやってるんでしょう。高瀬はホストクラブの上客に結婚をちらつかせて、金品を騙し取る気なんだと思います」

「だろうね」

風巻は相槌《あいづち》を打った。

それから間もなく、タキシードの男が店の中に戻った。高瀬はシャネルスーツの女の腰に片腕を回した。女が少し恥じらった。

二人は数十メートル歩き、深夜レストランに吸い込まれた。理沙がマークXをレストランの少し手前まで移動させた。

「わたし、客になりすまして『騎士《ナイト》』に行ってきます。捜査費では落とせないでしょうけど、ビールを頼めば、そう勘定は高くないと思うんですよ。後学のため、一度、ホストクラブに入ってみたかったんです」

「勘定は、こっちが半分負担してやろう」

「二万円以内なら、わたし、払えます」

「その程度なら、おれが払うって。とにかく、頼むよ」

風巻は言った。

理沙が覆面パトカーを降り、『騎士《ナイト》』に向かって歩きだした。弾《はず》むような足取りだった。前々からホストクラブに入ってみたかったのだろう。

好奇心の強い刑事は、例外なく伸びる。彼女も、そのうち敏腕刑事になりそうだ。

風巻は煙草《たばこ》をくわえた。

脳裏に野呂いづみの顔がにじんだ。いまごろ、彼女は自棄酒《やけざけ》を呷《あお》っているのだろうか。それとも、けじめがついたことを喜んでいるのか。

いづみの反応がわかったところで、もう何もしてやれない。一抹《いちまつ》の淋《さび》しさが胸に拡がった。

理沙は三十分ほどで戻ってきた。

「早かったな」

「ホストが四人も侍《はべ》って、料金が嵩《かさ》みそうなんで早々に切り上げてきたんですよ。勘定は思っていたよりも安かったわ。一万九千円請求されただけでした」

「それじゃ、全額こっちが持つよ」

風巻は札入れを取り出した。

「大丈夫です。しっかり領収証を貰ってきましたんで、捜査費で落とします。二万円以下なら、課長も文句は言わないでしょう」

「だろうね。何か言われたら、おれが払うよ」

「そのときはお願いします。風巻さん、タキシードの男はやっぱり店の支配人でしたよ。駒沢洸二《こまざわこうじ》という名で、三十六歳だそうです」

「高瀬とは親しいんだね？」

「ええ、そういう話でした。駒沢は、店の上客たちを高瀬にちょくちょく紹介してるようですよ。もしかしたら、あの支配人も結婚詐欺グループの一員なんじゃないかしら？」

「考えられないことじゃないな」

「シャネルスーツの女性は、通販下着会社の女社長だそうです。三十八歳の独身で、数十億円の資産があるらしいんですよ」

「高瀬は少し時間をかけて、女性実業家から億単位の金を騙し取る気でいるんだろう」

「ええ、多分ね」

「ビール、どのくらい飲んだんだい？」

「ビアグラスにちょうど一杯です。この程度のアルコールじゃ酔いませんよ」

「いや、運転はさせられないな」

「飲酒運転はまずいってわけですか。案外、風巻さんは生真面目《まじめ》なんですね」

「交通違反がどうってことより、尾行でしくじりたくないんだよ。アルコールが体内に入ると、どうしても判断と運動神経が鈍くなるからな。運転を代わろう」

「はい、はい」

理沙が肩を竦《すく》め、運転席から離れた。風巻は助手席から運転席に移った。

二人は取り留めのない話をしながら、張り込みを続行した。

高瀬とシャネルスーツの女が深夜レストランから出てきたのは、午前零時数分前だった。

その直後、黒っぽいシャツを着た男が体ごと高瀬にぶつかった。高瀬の右手からトラベルバッグが落ちた。

連れの女性が悲鳴をあげ、後ずさった。高瀬が左胸を押さえながら、膝《ひざ》から崩れた。

黒っぽいシャツを着た男は刃物を握りしめていた。

「高瀬が刺された。おれは犯人を追う。きみは救急車を呼んでくれ」

風巻は理沙に声をかけ、マークXを降りた。

犯人は飯倉《いいぐら》方面に向かっている。風巻は人波を縫《ぬ》いながら、懸命に追跡した。

ロシア大使館の先で、逃げる男を見失ってしまった。

風巻は歯嚙《が》みして、深夜レストランの前まで駆け戻った。

野次馬が群れていた。だが、シャネルスーツの女の姿は見当たらない。事件に巻き込まれたくなくて、急いで立ち去ったのだろう。

横たわった高瀬のそばにいる理沙が風巻を見て、無言で首を横に振った。すでに息絶えたという意味だろう。

「麻布署の捜査員たちが、じきに臨場すると思います。それから本庁の機捜もね」

「残念ながら、犯人を確保できなかったよ」

「逃げ足が速《はや》い奴ですね」

「おそらく高瀬は、結婚詐欺グループのボスに口を封じられたんだろう」

風巻は理沙に言って、野次馬を追い払いはじめた。

3

創傷《そうしょう》は深いようだ。

刺殺された高瀬の白い上着の胸部には、血糊《ちのり》がこびりついている。

麻布署の死体安置所だ。駐車場脇のプレハブ造りの別棟である。

点《つ》ける。

風巻は死者の体を白布で覆《おお》い、ストレッチャーから離れた。外に出て、煙草に火を

午前一時を過ぎていた。理沙は刑事課で初動捜査の情報を集めている。風巻は自分の立場を考え、彼女と行動を共にしなかったのだ。

夜気《やき》は熱を孕《はら》んで、澱《よど》み果てている。

風巻はくわえ煙草でマークXに乗り込み、エンジンをかけた。冷房を強め、警察庁端末を操作し、エンターキーを押す。いわゆるA号照会だ。ほんの数分で回答があった。高瀬に前科歴はなかった。検挙されたこともない。

風巻は、次に『騎士《ナイト》』の支配人の犯歴を検《しら》べてみた。

駒沢洸二には、傷害と恐喝《きょうかつ》未遂の前科があった。どちらも不起訴処分になっている。実刑になるほどの大きな犯罪には走れない小悪党なのだろう。

理沙が覆面パトカーに駆け寄ってきた。

「ご苦労さん！」

風巻は、助手席に坐った理沙を犒《ねぎら》った。

「高瀬の事件《ヤマ》は、四谷署《うち》と麻布署が合同捜査することになりました」

「そうか。で、高瀬のトラベルバッグの中身は？」

「衣類のほかに九百七十万円の現金が入ってました。風巻さんが言ったように、高瀬はしばらく身を隠す気でいたんでしょう」

「携帯の登録ナンバーは？」

「すべて消去されてました。高瀬は自分が任意同行を求められることを予想してて、友人や交際相手たちのナンバーを消したんでしょうね」

「そうなんだろう。芸能活動をしてない高瀬が、一千万円近い現金を持ち歩けるわけない。所持してた金は、結婚詐欺で手に入れたものだろうな」

「そうだと思います」

「麻布署の連中は、『乃木坂レジデンス』の高瀬の部屋もチェックしたんだね？」

「ええ。でも、交友関係の手がかりになるような物は何も見つからなかったそうです。それから、預金通帳の類もね」

「そう」

「ただ、意外な事実がわかりました。高瀬の部屋の家賃を払ってるのは、『命の灯《ともしび》』という宗教法人だったんですよ」

「聞いたことのない教団だな。新興宗教団体なんだね？」

「ええ、そうです。『命の灯』は昭和五十九年に設立された教団で、教祖は溝口《みぞぐち》フサという七十二歳の女性だという話でした」

「教団の本部はどこにあるのかな？」

「立川市幸町《さいわいちょう》三丁目です。信者数は十数万人らしいんです」

「高瀬は教祖の血縁者なんじゃないのか？」

「いいえ、縁者じゃないそうです」

「そうか」

「検視官は、凶器は刃渡り二十センチ以上の両刃のダガーナイフだろうと言ってました。明朝、いいえ、もう日付が変わりましたんで、今朝《けさ》ってことになるわね。遺体は監察医務院に運ばれ、司法解剖されるそうです」

理沙が言った。都内二十三区で殺人事件が発生した場合、被害者は東京都監察医務院で司法解剖される。都下三多摩の場合は、慈恵医大か杏林《きょうりん》大の法医学教室に遺体が搬送《はんそう》される。それまでは、各所轄署が遺体を保管する規則になっていた。

「機捜は、『騎士《ナイト》』の聞き込みをしてくれたはずだが……」

「ええ。ホストたちの証言で、今回の被害者が支配人の駒沢とちょくちょく連絡を取り合ってたことがわかりました。駒沢は、やはり店の上客を高瀬に紹介してたようですね」

「その客たちの名前はわかったのかい？」

「五人の名はわかりました。初動班の人たちがその女性たちに電話で問い合わせたら、全員、高瀬とデートしたことを認めたそうです。だけど、結婚話に釣られて金品を騙し取られた女性はひとりもいないとのことでした」

「高瀬はじっくりと腰を据《す》えて、リッチな相手から大金をせしめる気でいたんだろう」

「そうなんでしょうね」

「少し前に高瀬の犯歴を照会してみたんだが、前科《マエ》はしょってなかったよ。しかし、駒沢洸二には逮捕歴があった」

風巻は詳しいことを話した。

「駒沢が結婚詐欺集団を仕切ってるとは考えられませんか？」

「ボスの器《うつわ》じゃなさそうだが、一連の詐欺事件に関わりがあるのかもしれない。『騎士《ナイト》』の営業時間は何時までなの？」

「午前三時まで営業してるそうです」

「それなら、支配人の駒沢はまだ店にいるだろう。張り込んで、駒沢の動きを探ってみるか」

「そうですね」

理沙が前に向き直った。

風巻はマークXを走らせはじめた。麻布署の裏通りに出て、外苑東通りに入る。

『騎士《ナイト》』の斜め前に捜査車輛を停める。ホストクラブの軒灯は点いていた。

風巻はヘッドライトを消し、『騎士《ナイト》』の出入口に視線を注ぎはじめた。

「眠気防止に役立つと思います」

理沙がガムを差し出した。

風巻は受け取り、ガムを口の中に入れた。ミント入りだった。嚙むと、たちまち頭の芯《しん》が冴《さ》えた。

「どうです？」

「効果あるね」

「長時間の張り込みのとき、わたし、よくこのガムを嚙んでるんですよ」

理沙もガムの包装紙を剝《む》いた。

支配人が店から出てきたのは、三時十分ごろだった。カジュアルな私服に着替えていた。

駒沢は六本木交差点方向に歩きだした。

風巻は数十秒経ってから、覆面パトカーを動かしはじめた。低速で駒沢を尾行する。

駒沢はロアビルの手前にある高級カラオケ店に入っていった。馴《な》れた足取りだった。行きつけの店なのだろう。

風巻たちは五分ほど時間を遣《や》り過ごしてから、高級カラオケ店に足を踏み入れた。

会員制クラブのような造りだった。風巻はクロークで身分を明かし、駒沢のいるブースナンバーを教えてもらった。

「駒沢さんが何かまずいことをしたのでしょうか？」

店の男性従業員がおずおずと問いかけてきた。二十代の後半で、瘦身だった。

「そういうわけじゃないんだ。駒沢さんの知人がある事件に巻き込まれたんで、ちょっと事情聴取させてもらうだけだよ」

「そうなんですか」

「『騎士《ナイト》』の支配人は、この店をよく利用してるみたいね？」

理沙が従業員に声をかけた。

「はい、週に二回ぐらいはお見えになりますね」

「ホストたちと歌いまくってるわけ？」

「いいえ、ホストの方たちではないようですよ。駒沢さんは副業でモデルクラブをやってるとかで、いつもカッコいい男性モデルたちと落ち合ってるんです。めったにマイクを握りませんから、仕事の打ち合わせに当店をご利用くださってるんでしょうね」

「駒沢さんが会ってるのは、いつも同じメンバーなのかしら？」

「ええ、そうですね。五人ともイケメンですし、ファッションも決まってます。どの方も女性にはモテると思います」

クロークの男が妬《ねた》ましげに言った。

風巻は理沙を目顔《めがお》で促した。二人は奥に進んだ。どのブースにも客がいた。新宿の歌舞伎町ほどではないが、六本木でも夜通し遊ぶ男女が増えている。

二人は、駒沢たちのいるカラオケルームの手前で立ち止まった。ドアの上部は素通しガラスになっていた。ドアの両脇に分かれる。

風巻たちは中を覗《のぞ》き込んだ。L字形のソファのほぼ中央に駒沢が腰かけ、左右に三人、前方に二人の男がいた。

五人の男は三十歳前後で、揃ってルックスがいい。服装も垢抜《あかぬ》けている。

駒沢が五人の顔を順番に眺めた。

「丸一カ月は、ターゲットに金の話は持ち出すな」

「みんな、心配するな。おまえらが逮捕《パク》られるようなことはないって」

駒沢が左隣の男の肩を軽く叩いた。ハンサムな男たちが神妙な顔でうなずいた。

「駒沢さん、おれたちのギャラを少しアップしてもらえませんかね。取り分が水揚げの二十パーセントは少ないでしょ？　タクシーの運ちゃんだって、取り分は六十パーセント近いんだから」

「鮎川《あゆかわ》、誰かに入れ知恵されたのか？」

「そうじゃないっすよ。おれたちは危ない橋を渡ってるわけですから、せめて取り分を三十パーセントにしてもらいたいんです」

「おまえが蕩かしてる地主の娘は、親の遺産を一億円も貰ったって話だったよな？」

「そうです」

「その金をそっくり吸い上げるだけで、おまえは二千万も手にできるんだぜ。三千万寄越《よこ》せってか？　そいつは、少し欲張りすぎだろうが！」

「でも、おれたちは……」

「成功報酬が不満なら、売れないモデルに戻れよ。おまえのスペアなんか何人もいるんだ。鮎川、どうする？」

「一応、ボスに話してみてくださいよ。こういう危《ヤバ》い仕事は長くやれないから、荒稼ぎしないとね」

「おまえらも鮎川と同じことを考えてやがったのかっ」

駒沢がほかの四人を睨《ね》めつけた。四人は顔を見合わせ、相前後して下を向いた。

「みんな、言いたいことを言えよ！」

鮎川と呼ばれた男が焦《じ》れて、仲間をけしかけた。だが、誰も口を開かない。

「どいつもビビりやがって。おれたちは、駒沢さんやボスの急所を握ってるんだぜ。この際《さい》、各人の取り分を三十パーセントにしてもらおうや」

鮎川が仲間たちを煽《あお》った。

すると、駒沢が喫《す》いさしの煙草の火を無言で鮎川の頬に押し当てた。

鮎川が高い声をあげた。火の粉《こ》が散った。

「何するんだよっ。いきなり、ひどいじゃないか！」

鮎川が勢いよく立ち上がった。仲間の四人が目顔で鮎川をなだめた。

「おまえが図に乗りすぎてるんで、警告を発してやったんだ。ありがたく思え」

「冗談じゃねえや。おれたちは中途半端な金で汚れ役をやらされてきたんだ。下手すりゃ、詐欺罪で逮捕《パク》られる」

「鮎川、声がでけえんだよ。もっと小声で喋《しゃべ》ろ！」

「あんたの命令には、もう従えない」

「メンバーから抜けたいってことかい？」

「そうだよ。取り分を三十パーセントにしてもらえないんだったら、おれはあんたと縁を切る」

「鮎川、頭を冷やせ！　あんまりわがまま言ってると、高瀬みたいになっちまうぞ」

駒沢が折れ曲がった煙草を親指の爪《つめ》で弾き飛ばした。

まだ火は点いていた。四人のひとりが焦《あせ》って、フロアに落ちた煙草を踏み潰《つぶ》した。

「高瀬さんは、あんたが殺《や》ったのか!?」

「おれは人殺しなんかしねえよ。割に合わねえからな」

「闇サイトで手を汚してくれる奴を見つけたんだなっ。そんなことより、高瀬さんはなぜ始末されることになったんだよ。おれと同じように取り分をもっと多くしてくれって言ったのか？」

「そうじゃない。高瀬の奴は、別のことでボスを強請《ゆす》ったらしいんだ」

「それで、あんたのバックに控えてる人物が誰かに高瀬さんを殺らせたんだな？」

「そこまではわからねえよ。けどな、身のほどを知っておくことだな」

「お、おれも殺されることになるかもしれないのか。いやだ、まだ死にたくない」

鮎川が怯《おび》え戦《おのの》き、ソファに腰を戻した。

「短気は損気《そんき》だぜ。鮎川、もっと銭《ぜに》が欲しいんだったら、数をこなすことだな。そうすれば、三十パーセントに相当する収入を得られるよ」

「………」

「まだ不服なのか？　だったら、メンバーから外れろや。おまえに万が一のことがあったら、ちゃんと香典は包んでやらあ」

「駒沢さん、勘弁してください。おれが悪かったよ。いいえ、悪かったんです。お詫びのしるしに土下坐でも何でもします。だから、どうか赦してください」

「土下坐なんか生ぬるいな。ひざまずいて、おれの靴を舐《な》めろ！」

駒沢が冷ややかに言って、脚《あし》を組んだ。

鮎川が一瞬、固まった。仲間たちも啞然《あぜん》としている。

「どうした？　屈辱的すぎるか。だったら、気の済むようにしろ」

駒沢が鮎川に言った。鮎川が意を決したような顔つきで床《ゆか》にひざまずき、駒沢の黒い革靴の先に舌を当てた。

「それじゃ、舐めたことにはならないぜ」

「駒沢さん、もう赦してやってくださいよ」

四人のうちのひとりが見かねたらしく、早口で哀願した。

「光岡《みつおか》、おれに逆《さか》らう気なのか？」

「そういうわけじゃありませんけど、なんか鮎川さんが気の毒になったもんですから」

「おまえは甘っちょろいな。そんなふうだから、五人の中で一番稼ぎが少ないんだよ。もっと非情になれ！」

「でも……」

「光岡、衣料スーパーのモデルに逆戻りしろ。おまえには、そのほうが似合ってるよ」

「関係ないでしょ、光岡は」

鮎川が叫ぶように言って、両手で駒沢の短靴を摑んだ。両目をつぶり、犬のように靴を舐めはじめた。

駒沢は歪《いびつ》な笑みを浮かべていた。理沙が中腰で動き、風巻の横に並んだ。

「駒沢と五人のイケメンに任意同行を求めましょう」

「それは、まだ早いな。どいつも、あっさりとは口を割らないだろう」

「そうかもしれませんが……」

「功を急ぐのはやめよう。しばらく駒沢を泳がせるべきだよ」

二人は小声で言い交わし、高級カラオケ店を出た。

捜査車輌に乗り込み、駒沢が現われるのを待つ。

数十分が流れたころ、対象人物が店から出てきた。ひとりだった。

駒沢は外苑東通りでタクシーに乗った。自宅に帰るのか。風巻はそう考えながら、駒沢を乗せたタクシーをマークXで尾行した。

タクシーが停まったのは、代々木上原《よよぎうえはら》の閑静な住宅街の一画だった。

駒沢はタクシーを降りると、豪邸の中に入っていった。自宅なのか。

風巻は表札を確かめた。

鵜原恭太郎《うはらきょうたろう》と記されている。聞き覚えのある名だった。

「駒沢がどうしてスピリチュアル・カウンセラーの鵜原恭太郎の自宅に入っていった

のかしら？」

　助手席の理沙が呟いた。

「あの鵜原だったのか。一年ほど前まで自分のテレビ番組を持ってて、霊能力とやらで各界の有名人の前世や来世について自信たっぷりに語ってたが、急にテレビ界から消えちゃったよな？」

「風巻さんは案外、俗世間に疎《うと》いんですね。鵜原恭太郎は六、七年前からスピリチュアル・カウンセラーとしてマスコミで活躍してましたけど、彼の霊能力がインチキだとわかっちゃったんですよ」

「そうだったのか」

「鵜原はゲスト相談者の生年月日、出身地、家族構成、趣味なんかを自分のブレーンたちに事前に調べさせて、番組の中であたかも霊感が鋭く予知能力があるように振る舞ってたんです。霊能力は科学で証明されてませんから、鵜原は超常現象のことをもっともらしく語っても、それだけでは別に問題にならないわけです」

「ま、そうだな」

「しかし、相談者のことをブレーンにあれこれ調べさせてた事実が発覚したら、鵜原には霊能力なんか備《そな》わってないことが裏付けられます」

「そうだね。それでテレビ局は怒って、鵜原の名を冠したレギュラー番組を打ち切ったわけか」

「ええ、そうなんです。鵜原は十数誌の月刊誌や週刊誌にスピリチュアル・エッセイを連載して、それらを単行本にしてたんですよ。どの本もベストセラーになったんですが、番組がなくなった時点で全著作が絶版になってしまったんです。もちろん、講演依頼も途絶えたはずです」

「化けの皮が剝《は》がれて、いかさま霊能力者は裸一貫にさせられてしまったわけだな」

「ええ、そうです。自業自得ですよ、大勢の人たちを欺《あざむ》いてお金儲けをしてたんですから。世間の信用を失った鵜原恭太郎は、もう再起できないでしょう。まだ四十四歳のはずですけど、まともな方法では再生できないと思います」

「そうだろうな」

「鵜原は捨て鉢になり、駒沢と共謀して大掛かりな結婚詐欺グループを結成したんじゃないのかな。一連の結婚詐欺の首謀者《しゅぼうしゃ》は鵜原恭太郎なんでしょう」

「その疑いはあるな。話をちょっと元に戻すが、鵜原がインチキをやってることをすっぱ抜いたのは、ブレーンのひとりだったのかい？」

　風巻は訊いた。

「いいえ、そうじゃないんです。的場圭《まとばけい》というフリージャーナリストが前々から鵜原の言動に胡散《うさん》臭さを感じてたらしく、霊能力のことを独自に調べて、問題のスピリチュアル・カウンセラーのマジックを看破《かんぱ》したんです」

「そうなのか。その的場という男は鵜原に恨《うら》まれてるだろうな、有名なスピリチュアル・カウンセラーの仮面を剝ぎ取って無一文《むいちもん》状態にしたわけだから」

「そのフリージャーナリストは、五ヵ月前に怪死してます。まったくの下戸《げこ》だったらしいんですが、酔って池に落ちて亡くなったんです」

「どこの池？」

「上野の不忍池《しのばずのいけ》です」

「他殺臭《くさ》いな」

「鵜原はレギュラー番組を打ち切られたことで何もかも失ってしまったんで、的場というフリージャーナリストを誰かに葬《ほうむ》らせる気になったんですかね」

「番組を打ち切られたのは、およそ一年前だったな？」

「ええ、そうです」

「そのことで鵜原が的場圭を逆恨《さかうら》みしてたんだったら、もっと早く第三者にフリージャーナリストを始末させるだろう？」

「そうでしょうね。的場というフリージャーナリストは、鵜原が結婚詐欺グループの首謀者になって荒稼ぎしはじめてることを嗅《か》ぎ当てたんですかね。そのことを公《おおやけ》にしかけたんで、鵜原が誰かに的場圭を始末させたんでしょうか」

理沙が言った。

「そういう推測はできるな。しかし、その程度のことでわざわざ的場を抹殺《まっさつ》する気になるだろうか。鵜原恭太郎は、すでに社会的な信用を失ってるんだ。アウトローの烙《らく》印《いん》を捺《お》されたわけだから、仮に結婚詐欺に関与してて、そのことが露見しても……」

「鵜原は結婚詐欺なんかよりもはるかにでっかい犯罪にタッチしてるんでしょうか」

「多分、そうなんだろう。的場圭は、恐るべき陰謀に鵜原が関わってる証拠を押さえたのかもしれない。今夜の張り込みはこれで切り上げて、明日から鵜原の身辺をとことん調べてみよう」

風巻はマークXを静かに発進させた。

4

枕元《まくらもと》で刑事用携帯電話が鳴った。

風巻は目をつぶったまま、手探《てさぐ》りでポリスモードを摑み上げた。自宅マンションのベッドの中だった。

『騎士《ナイト》』の駒沢支配人がスピリチュアル・カウンセラーの鵜原の自宅を訪ねた翌朝である。ベッドに潜《もぐ》り込んだのは、明け方だった。

「朝早く申し訳ありません。宗方です。大きな手がかりを摑んだんで、早く風巻さんに教えたかったんですよ」

理沙が一息に喋った。風巻は跳《は》ね起きた。夜具を除《の》けて、ベッドに腰かける。

「その手がかりって？」

「鶉原の実母が『命の灯』の教祖の溝口フサだったんですよ。鶉原が五歳のときにね」

フサが夫の鶉原真一郎《しんいちろう》と離婚したからなんです。二人の姓が異《こと》なるのは、

「スピリチュアル・カウンセラーは父親に育てられたわけか」

「ええ、そうなんです。鶉原の父は大分の別府の温泉街で土産《みやげ》屋をやってたんですが、ギャンブル好きで、店を潰してしまったんですよ。その後、鶉原真一郎はねずみ講で八億円以上の金を子から騙し取って、詐欺罪で実刑判決を受けたんです。息子が十九のときにね。それで翌年の秋、父親は服役中に病死してしまったんですよ。そのころ、鶉原は博多のガソリンスタンドで働いてたんですが、上京して占い師の内弟子になったんです」

「その当時、実母は『命の灯』の教祖になってたのかな？」

「ええ、そうです。でも、信者はまだ五百人ほどしかいなかったらしいんです。でも、息子が教団の手伝いをするようになってからは信者数が急増したようです」

「鶉原は事前に母親の教団の信者の私生活を克明に調べ上げ、溝口フサをカリスマに

仕立てたんじゃないのかな」

「そうなんでしょう」

「鵜原は母親の教団の幹部の一員なのか？」

「いいえ。表向きは、まったく『命の灯』とは関わってませんね。ただ、駒沢は信者のひとりでした」

「そう。『命の灯』のお台所は、苦しいんじゃないんだろうか」

「同僚の話によると、教団はお金には困ってないようです。怪しげな聖水と称するものを一本十万円で信者に売ってるそうですから」

「そうか」

「ただ、息子が三年前に和歌山で黒鮪《くろまぐろ》の養殖事業に乗り出したんですが、赤潮《あかしお》で幼魚が死滅したようです。同じ年の秋、台風で円形生《い》け簀《す》の囲いが壊《こわ》れ、成長した本鮪がそっくり海に逃げてしまったんですよ。正確な損失額はわかりませんが、鵜原は養殖ビジネスで大きな借金を作ってしまったみたいですね」

理沙が言った。

「その副業は、いまもやってるのか？」

「いいえ、去年の秋にサイドビジネスはやめてます。鵜原は養殖ビジネスの負債をきれいにしたくて、駒沢と結婚詐欺を企《たくら》み、さらに別の裏ビジネスもやってるんじゃないのかしら？」

「そうなのかもしれないな」

「手っ取り早く大金を得られるのは、誘拐ビジネスでしょうか。富裕層の子女をさらえば、億単位の身代金《みのしろきん》をせしめられると思うんですよ」

「そうだが、誘拐にはリスクが伴《ともな》う。現にまんまと巨額の身代金を手にしたケースはきわめて少ない」

「ええ、そうですね。リスクが少なくて、お金になるのは企業恐喝でしょうか。大手企業でも表沙汰にはされたくない秘密や不正の事実が一つや二つはあるでしょうから」

「企業恐喝もかなりリスキーだぜ。鵜原が何か危《ヤバ》い裏ビジネスをやってるとしたら、合法すれすれの悪さをしてるんじゃないだろうか」

「たとえば、どんなことが考えられます？」

「鵜原恭太郎はスピリチュアル・カウンセラーとして名を売ったよな。有名人に弱い連中は少なくない。鵜原に悩みごとの相談をする者は多いだろう」

「でしょうね」

「その気になれば、鵜原は開運ビジネスで大儲けもできるだろう。先祖の中に人斬り稼業をしてた者がいるから、事業が失敗したとか難病になったんだとかもっともらしく語り、除霊の必要があると説《と》いて母親の『命の灯』に入信させ、多額の寄附をさせる。そういう方法なら、詐欺罪の適用は難しいじゃないか」

「ええ、そうですね。風巻さん、駒沢を揺さぶってみませんか。鵜原を揺さぶっても、都合の悪いことは言わないでしょうから」

「駒沢を揺さぶる前に、フリージャーナリストの的場圭の遺族に会ってみよう。怪死した的場は、何か鵜原の尻尾《しっぽ》を摑んだのかもしれない。フリージャーナリストは独身だったのかな？」

「いいえ、結婚してます。確か奥さんは三つ年下で、ブックデザイナーだったと思います」

「的場の自宅の住所を調べておいてくれないか。一時間以内には、四谷署に顔を出すよ」

風巻は電話を切ると、浴室に向かった。

時刻は十一時七分過ぎだった。大急ぎでシャワーを浴び、身支度をした。朝食を摂《と》る時間はない。

風巻は慌《あわ》ただしく部屋を飛び出した。マイカーに乗り込む。四谷署に着いたのは、およそ五十分後だった。

刑事課に足を踏み入れると、理沙が駆け寄ってきた。

「死んだ的場圭の自宅は台東区入谷《いりや》二丁目にあります。奥さんは明菜《あきな》という名です。未亡人が家にいることは電話で確認済みです。それから、午後一時過ぎに訪ねると言ってあります」

「仕事が早いね」

「少し時間がありますから、一緒にお昼ご飯をいかがですか？」

「つき合うよ」

風巻は笑顔を返した。

二人は署を出て、七、八十メートル先にあるパスタ料理の専門店に入った。理沙の行きつけの店だった。若い女性客が目立つ。

風巻はラザニアとペペロンチーノを注文した。理沙は海の幸をふんだんに使ったオリジナル・メニューを頼んだ。

昼食を摂り終えると、風巻は素早く卓上の伝票を抓《つま》み上げた。

「あっ、駄目ですよ。割り勘にしましょう」

「いいって、いいって」

「わたし、自分の分は払います」

理沙が財布を開いた。

風巻は先に立ち上がり、二人分の勘定を済ませた。店を出ると、理沙が千円札と百円硬貨を二個差し出した。

「受け取ってください。わたし、他人に借りをこしらえたくない性分なんです」

「パスタを奢《おご》ったぐらいで恩着せがましいことは言わないよ」

風巻は語尾とともに大股で歩きだした。

「それじゃ、今回だけお言葉に甘えさせてもらいます」

理沙がそう言いながら、小走りに追ってきた。二人は四谷署に戻ると、エルグランドに乗り込んだ。運転席に坐ったのは風巻だった。

台東区入谷に向かう。的場宅に着いたのは、ちょうど午後一時だった。

平屋の和風住宅で、趣《おもむき》があった。古めかしいブザーを鳴らすと、すぐに未亡人が玄関先に現われた。明菜は個性的なチュニックを羽織《はお》っていた。

風巻たち二人は、玄関脇の和室に通された。

坐卓は民芸調だった。風巻と理沙は並んで坐った。明菜は理沙の正面に腰を落とし、手早く茶の用意をした。

「上野署はご主人が事故死したと断定しましたが、わたしたちは他殺の疑いも捨て切れないと考えてるんですよ」

理沙が切り出した。

「実は、わたしもそう思ってるの。確かな根拠があるわけではないんで、警察に再捜査してくれとは言えませんでしたけど」

「捜査資料によりますと、的場さんは一年数カ月前に『現代公論』という総合月刊誌に鵜原恭太郎には霊能力などないという実証ルポを発表されたんですよね？」

「ええ、そうです。夫の記事がきっかけで、スピリチュアル・カウンセラーはテレビの番組を打ち切られて、各誌に連載してたエッセイも中断するようになったの。それから、鵜原の本はすべて絶版にされたはずよ」

　未亡人が答えた。

「ご主人が鵜原から脅迫されたことは？」

「脅迫状が届いたことはありませんでしたし、不快な電話もかかってきませんでした。ただ、実証ルポが『現代公論』に載った直後から夫は誰かに尾行されてるような気がすると何度か言ってました」

「そんなとき、ご主人は当然、後ろを振り返られたんでしょうね？」

　風巻は会話に加わった。

「ええ、そのつど振り向いてみたと言ってました。でも、怪しい人影は目に留《と》まらなかったと……」

「そうですか」

「でも、一度だけ地下鉄飯田橋駅のホームで不意に背中を強く押されたことがあると言ってました。電車が入線する直前にね。的場はホームの端で踏み留《とど》まって横に跳《と》んだとかで、危うく難を逃《のが》れることができたらしいんですよ」

「そのことだけで、鶉原が的場さんの命を狙ってたとは断定できないな。しかし、疑えることは疑えます。的場さんの実証ルポが鶉原の人生を暗転させることになったわけですからね」

「ええ」

「ご主人は、まったくの下戸だったんですか？」

「はい。的場は体質的にアルコールは駄目でした。ビールをひと口飲んだだけで顔が真っ赤になって、呼吸が荒くなっちゃうの。それで、そのまま寝入ってしまうんですよ」

「それほど酒に弱いんなら、外出先で飲むなんてことは考えにくいな」

「ええ。おそらく誰かに無理にウイスキーを飲まされたんでしょう、鼻を抓まれて口を開けた隙にね。こんなことになるんだったら、強く行政解剖してほしいと上野署の方たちに言うべきでした。夫の小鼻に引っ掻き傷があったんですよ。わたし、そのことを警察の人に言ったの。だけど、まともには取り合ってくれませんでした」

「捜査がずさんだったんだな」

「的場は子供のころに湖で溺《おぼ》れそうになったんで、水に対する恐怖心が強かったんですよ。泳ぎも苦手でした。クロールも平泳ぎも息継《いきつ》ぎがうまくできないんで、十メートルほどしか泳げなかったんです。息を詰めて水を掻《か》くんで、それ以上は長く泳げなかったんですよ」

「そうですか。的場さんが生前、何かで悩まれてる様子はありました？」

「いいえ、塞《ふさ》ぎ込んでる姿を見たことは一度もありません。フリーランスでしたから、収入は安定してませんでした。それでも年収は五、六百万円はあったんです。大手出版社から長編ノンフィクションの書き下ろし依頼もあって、夫は張り切ってたんですよ。わたしもブックデザインの仕事で年に三百万以上稼いでましたんで、少なくとも経済的な不安なんかありませんでした」

「ご夫婦仲もよかったんでしょ？」

　理沙が未亡人に問いかけた。

「ええ、そうですね。子供がいないんで、わたしたちは支《ささ》え合ってました。仮に的場が衝動的に自殺する気になったとしても、水のない場所で死ぬはずです」

「でしょうね」

「それから夫が酔っ払って、不忍池に滑《すべ》り落ちたなんてことは考えられません。的場は誰かにウイスキーを喉《のど》に流し込まれて酔い潰れたとき、池の中に落とされ、しばらく頭を押さえ込まれたんでしょうね。頭部や肩に圧迫痕《あっぱくこん》がないからといって、事故死か自殺と断定するのは……」

明菜が目頭《めがしら》を押さえた。風巻は手で理沙を制し、先に口を開いた。

「ご主人は実証ルポを書く前に鶉原恭太郎の元ブレーンと接触して、霊能力はインチキだったと確証を得たんでしょ？」

「ええ、そうです。鶉原の元マネージャーの菊竹隆幸《きくたけたかゆき》という方から取材して、原稿を執筆したんですよ。でも、その方は的場の実証ルポが『現代公論』に載った数日後に練馬の民間マンションの非常階段の踊り場から飛び降り自殺してしまったんです。十階から身を投げたと報道されたんですが、夫は菊竹さんは殺されたにちがいないと言ってました」

「その菊竹という元マネージャーは、誰かに命を狙われてると的場さんに洩《も》らしてたんだろうか」

「そういうことはなかったようですが、夫は現場に遺書がなかったし、靴も脱《ぬ》ぎ揃えられていなかったんで、菊竹さんは何者かに投げ落とされたと直感したみたいですね。的場は、飛び降り自殺の場合、靴を脱いで身を投げるケースがほとんどなんだと言ってました」

「確かにそういうケースが多いですね。奥さん、的場さんの取材メモや録音テープがあったら、ちょっとチェックさせてもらえませんか」

「わかりました。いま、お持ちします」

未亡人が立ち上がり、別室に移った。

風巻は日本茶を啜《すす》った。湯飲み茶碗を茶托《ちゃたく》に戻したとき、理沙が囁《ささや》いた。

「他殺だったんでしょうね？」

「おそらく、そうだったんだろう」

「手を汚したのは、駒沢なのかもしれませんね。元マネージャーだけではなく、的場さんも……」

「結論を急ぐのはよそう」

風巻はやんわりと窘《たしな》めた。理沙が黙ってうなずいた。

それから間もなく、明菜が戻ってきた。取材メモやICレコーダーを抱えていた。

風巻は先に取材メモに目を通した。取材相手は複数の科学者たちだった。学者たちは、一様に霊能力の存在そのものを強く否定していた。その根拠も論理的に述べられている。

取材メモには、鵜原恭太郎の旧友や『命の灯』の元信者たちの談話も記してあった。コメントをまとめると、鵜原は幼少時代から虚言癖《きょげんへき》があり、誇大妄想《こだいもうそう》気味だったらしい。また、元信者たちの話によれば、『命の灯』の教典内容は矛盾《むじゅん》だらけで、仏教と神道《しんとう》の区別さえできていないそうだ。そして、やたら寄附をせがんでいるらしい。

風巻は読み終えた取材メモを理沙に渡し、ICレコーダーの再生スイッチを押した。すぐに男同士の遣り取りが流れはじめた。的場と菊竹の会話だ。

——いま現在は、自分が無知だったことを強く恥じてます。鵜原に霊能力があると信じて疑わなかったから、大手生保会社を辞めてマネージャーになったわけですけど、実に愚《おろ》かでした。

——まだ三十代の前半なんだから、リセットできるよ。菊竹さん、あんまり落ち込まないほうがいいな。一度もつまずかない人間なんか、なんだか魅力がないよ。

——優しいんですね、的場さんは。あなたが力づけてくれるのは嬉《うれ》しいけど、わたしは自分が情けないんですよ。鵜原の子供騙しの手品に引っかかってしまったわけですからね。カウンセリングの前に鵜原は助手たちに相談者のことを調べさせていたんですから、生い立《おた》ちや祖父母のことまで当てられるのは当然です。そんなことは、わたしにもできます。鵜原は、ただのぺてん師ですよ。テレビ局や雑誌社を騙せたのは、魂《ソウル》という単語をちりばめながら、相談者を安心させるテクニックを心得てたからでしょう。老いも若きも将来の見えない時代ですから、心の安定を強く欲《ほっ》してるんだと思います。

——そうなんだろうね。

——鵜原は人の弱みにつけ込んで、ただ金儲けに励んでるだけです。それが人気スピリチュアル・カウンセラーの素顔ですよ。あんな詐欺師をのさばらせておいてはいけません。鵜原の告発には、わたし、全面的に協力します。マネージャーをクビになった腹いせなんかじゃなく、わたしは本気で義憤《ぎふん》に駆られてるんですよ。

——黒鮪の養殖事業の負債は、まだ六十億円近くあるみたいだね?

——そうなんですよ。その多くは、利権右翼の志賀是政《しがこれまさ》から出資してもらった金なんです。ご存じのように、志賀は政財界人だけではなく、闇の顔役たちとも深い繫がりがありますからね。利権右翼の負債だけはきれいにしないと、鵜原は消されちゃいます。だから、金を持ってる個人相談者に何か善行をしないと一文なしになると脅して、母親の『命の灯』に億単位の寄附を強《し》いてるわけですよ。

——そうして集まった寄附金をせっせと志賀に返してるわけか。

——ええ、そうなんです。寄附金だけでは負債を払い切れないんで、鵜原は教団幹部の駒沢って男を使って、企業恐喝を企てたんです。でも、ハッカーが失敗《ドジ》を踏んで、警視庁ハイテク犯罪対策室に目をつけられてしまったんですよ。それで、そのうちイケメンたちを使って、結婚詐欺で荒稼ぎする気でいるみたいなんです。

——それは、未然に防ぎたいな。結婚詐欺は卑劣な犯罪だからね。

——ええ。的場さん、われわれが力を合わせて、鵜原恭太郎の化けの皮を剝いでやりましょうよ。

──よし、やろう！

──もしもわたしが変死したら、鵜原に口を封じられたと思ってください。そして、あの男のことを徹底的にマークしてくださいね。そうすれば、必ず何か尻尾を出すでしょう。

──こっちが急死したら、きみはこのＩＣレコーダーを持って、警察に直行してくれ。

──ええ、そうします。

音声が熄んだ。

風巻は、ＩＣレコーダーの停止スイッチを押し込んだ。

「なんでもっと早く夫のＩＣレコーダーの音声を再生してみなかったんでしょう。悲しみに打ちひしがれてるばかりで、そこまで思いつかなかったんですよ。駄目な女房ね、わたしは」

未亡人が涙にくれた。

「このＩＣレコーダーを借りて、きみは署に戻ってくれないか。課長と相談して、ホストクラブの支配人と鵜原を任意同行で引っ張れば、一両日中には二人とも口を割るだろう」

風巻は理沙に言った。

「そうでしょうね。取調室で的場さんと菊竹さんの遣り取りを繰り返し聞かせれば、鵜原は一連の犯罪を駒沢に指示したことを認めると思います。菊竹さんと的場さんは、駒沢が手にかけたのかもしれませんね。自称俳優の高瀬健を刺殺したのは、闇サイトで見つけたアウトローなんじゃないのかな」

「事件の片がついたら、実行犯を教えてくれないか」

「半分以上、風巻さんの手柄なんです。一緒に署に戻りましょうよ」

理沙が言った。

「おれは、助っ人にすぎないんだ。このあたりで退場させてもらう」

「カッコつけないでください。昇級できるかもしれないのに、みすみすチャンスを捨てるなんて……」

「管理職になんかなりたくないんだよ。多くの部下を持ったら、マイペースでのんびりと暮らせなくなるからね。それじゃ、お先に！」

風巻は未亡人に一礼し、すっくと立ち上がった。

「署まで車で送ってくださいよ」

「そっちの魂胆《こんたん》は見え見えだ。手柄を独り占めにするのは気が引けるんだろう？」

「そうです」

理沙が認めた。

「気にするなよ、そんなこと」

「でも……」

「課長によろしく！」

風巻は廊下に出て、玄関に急いだ。

第四話　巧妙な謀殺

1

誉《ほ》められすぎて、風巻将人は逃げ出したい気分だった。顔が火照《ほて》りそうだ。面映《おもはゆ》くなった。

日比谷公園内にあるレストランの喫茶室である。

風巻は四谷署の宗方理沙と隅の席で向かい合っていた。的場圭の未亡人と会ったのは四日前だ。きのうから九月に入っている。午後六時過ぎだった。

理沙が数十分前に本庁刑事総務課を訪ねてきたのだ。ちょうど風巻は記者会見の準備を終えたときだった。そんなことで、このレストランにやってきたわけである。

「任意で呼んだ駒沢洸二は例のＩＣレコーダーの音声を聞かせると、全身を震わせはじめたんですよ。それで、彼は鵜原の指示で菊竹さんと的場さんの二人を殺害したことを自供しました」

「鵜原恭太郎は、すぐに殺人教唆《きょうさ》の罪を認めたわけじゃないんだろう？」

「ええ。丸二日、強く否認してました。でも、力丸課長が粘《ねば》って、全面自供させたんですよ。課長は落としの名人なんです。事件のことにはほとんど触《ふ》れないで、鵜原の子供のころの話ばかり訊《き》いてました。そしたら、急に鵜原が声をあげて泣きだして……」

「駒沢に菊竹、的場の両名を始末させたことを自供《ウタ》ったんだね」

「そうです。それから、闇サイトで見つけた自衛官崩れの無職の男に高瀬健を刺殺させたことも……」

「高瀬は何かで鵜原を強請《ゆす》ってたんだろうな」

「ええ。高瀬は鵜原が相談者たちに不安感を与えて、母親の教団に億単位の寄附金をさせてたことを脅迫材料にし、二億円の口止め料を要求してたらしいんですよ」

「やはり、そうだったか。駒沢が任されてた結婚詐欺《さぎ》では結局、どのくらい金を騙《だま》し取ってたんだい？」

「総額で三億七千万円ほどです。そのうちの半分が鵜原に渡り、残りの三割は駒沢の取り分だったようです」

　理沙が言った。

「あとの二割は、高瀬や鮎川たちスケコマシの報酬に充《あ》てられてたわけだな」

「そうです。鮎川たち四人も詐欺容疑で明日、地検に送致します。駒沢と鵜原は、きのうのうちに身柄を東京拘置所に移しました」

「そう」

「結婚詐欺に引っかかって自殺してしまった五人を救うことはできませんでしたけど、今後、赤詐欺は少し減ると思います」

「だといいね」

「これも、ひとえに風巻さんのおかげです。深く感謝しています。ありがとうございました」

「もういいって。照れ臭くて仕方ないんだ」

「そうだわ、力丸課長が個人的に一献《いっこん》差し上げたいと申してました。風巻さん、来週あたり時間をいただけませんか」

「せっかくだが、気持ちだけ貰《もら》っておくよ。おれは、ちょっぴりお手伝いしただけだから、そんな気遣《きづか》いは無用だって」

「風巻さんがいなかったら、一連の事件はまだ落着してないと思います。ですから、遠慮なさらないでください。酒席には、わたしも同席させてもらうつもりです。男二人だけじゃ、話が弾《はず》まないでしょ？」

「そうなんだが、やっぱり遠慮させてもらうよ。その代わり、ここのコーヒー代はきみに払ってもらおう。わざわざ報告に来てもらって、悪かったね。それじゃ、おれはこれで失礼する」

風巻は立ち上がって、レストランを出た。もう少し理沙と一緒にいたい気もしたが、何か下心があると受け取られたくなかった。

遊歩道をたどっていると、前方から二人の男が走ってきた。三十代の前半で、どちらも血走った目をしている。誰かを追ってきたようだ。

風巻はたたずみ、男たちの様子をうかがった。

二人ともサラリーマンには見えない。やくざ者でもなさそうだ。筋肉労働者にしては体が華奢《きゃしゃ》だ。労働団体の活動家といった雰囲気だった。

髪型も服装も、どこか野暮《やぼ》ったい。

男たちは遊歩道の左右に目を向け、樹木の奥を透《す》かして見ている。陽《ひ》は沈みかけているが、まだ黄昏《たそがれ》は迫《せま》っていない。

「いたぞ。あそこの奥だ」

男のひとりが右手の繁《しげ》みを指さした。連れが顎《あご》をしゃくった。

二人は植え込みの中に躍《おど》り込み、二手に分かれた。身を潜《ひそ》めている者を挟《はさ》み撃ちにする気らしい。

なんとなく風巻は立ち去れなくなった。その場に留《とど》まっていると、ほぼ正面の樹木の間から二十七、八歳の女が飛び出してきた。

黒いシャツブラウスを着ている。下はオフホワイトのチノクロスパンツだった。髪は短い。勝ち気そうな美女だ。

「どうされました？」

風巻は、女に声をかけた。

「変な男たちに尾《つ》けられてるんです。ご迷惑でなければ、少しの間、わたしのそばにいてもらえませんか。お願いします」

「いいですよ。追っ手の二人は何者なんです？」

「わかりません」

「失礼だが、どういう仕事に就《つ》かれてるのかな」

「ＯＬです」

女が即答した。だが、なぜだか目を合わせようとしなかった。嘘をついたのだろう。

二人の男が遊歩道に戻ってきた。

「おたくたちは、なんでこの女性を尾《つ》けてるんだ？」

風巻は、どちらにともなく言った。すると、髪を肩まで伸ばした男が口を開いた。

「その女は、われわれの知り合いなんだ。あることで仲間を裏切ったんですよ。そのことで、詰問《きつもん》したいことがあるんだ。だから、われわれに引き渡してほしいな」

「彼女は、おたくたちのことを知り合いではないと言ってる」

「その女は嘘つきなんだ」

「嘘を言ってるのは、あなたたちでしょうが！」

女が二人の男を睨《ね》めつけた。眼鏡《めがめ》をかけたほうの男が風巻に顔を向けてきた。

「われわれは、その女に用があるんだ。邪魔をしないでくださいよ」

「どっちの言い分が正しいのか知らないが、彼女をおたくたちに引き渡すわけにはいかないな」

「どうして？」

「二人とも、かなり殺気立ってるように見えるからね。リンチする気なんじゃないのか、彼女をさ」

「そんなことはしませんよ。少し説教するだけです」

「そうは思えないな」

「巻き添えを喰《く》って、怪我《けが》をしたって知らないぞ」

長髪の男が凄《すご》んだ。

「こっちに手荒なことをしたら、緊急逮捕することになるよ」

「あんた、お巡りなのか!?」

「そうだ」

「いまどきそんな言い方をするのは、過激派の連中だけだろう。おたくら、どこかセクトに属してるんじゃないのか」

「われわれは、ただの労働者だよ」

「普通の勤め人なら、そういう言い方もしないな。ちょっと職務質問させてもらうか」

風巻は言った。

次の瞬間、二人の男が地を蹴《け》った。背を見せて、噴水池のある方向に走り去った。

風巻は追わなかった。

「ありがとうございました」

女が深く腰を折った。

「男たちは過激派セクトのメンバーなんだろうな。そして、おそらくきみは対立するセクトの人間なんだろう。そうなんだね？」

「さっき言ったように、わたしはただのＯＬです。逃げた二人が何者かもわかりません。嘘じゃないの」

「こっちは公安刑事じゃない。犯罪を未然に防ぐことも警察官の大事な職務なんで、色眼《いろめ》鏡《がね》で見たりしないよ。だから、きみが過激派セクトの闘士であっても、きみがどんな理由で二人の男に追い回されてたのか知りたいんだ」

「官憲《かんけん》だったのか」

風巻は説得を試《こころ》みた。

「さっきの二人は、多分、わたしを誰かと間違えたんでしょう」

「身許を知られるのを恐れてるのは、検挙歴があるからなのかな」

「そんなんじゃありません。とにかく、ありがとうございました」

女が言いながら、数歩後退した。それから急に身を翻《ひるがえ》した。

その気になれば、追うことはできた。しかし、風巻は動かなかった。逃げた女性は別に法律を破ったわけではない。

風巻は日比谷公園を出て、職場に戻った。

六階の刑事総務課に入ると、葛西課長が足早に近づいてきた。

「さっきから風巻君を捜してたんだよ」

「記者会見のセッティングに何か不備でもありましたか？」

「そうじゃないんだ。有働刑事部長から呼び出しがあったんだよ」

「また密命ですか。四谷署の一件に片をつけたばかりなんで、少しはのんびりしたいと思ってたんですがね」

「わがままを言ってないで、すぐに刑事部長室に行ってくれ」

「わかりました」

風巻は体を反転させた。廊下を短く歩き、刑事部長室のドアをノックする。

「風巻君だね。入ってくれ」

ドアの向こうで、有働が言った。風巻は刑事部長室に足を踏み入れた。

たじろぎそうになった。長椅子《ながいす》に本庁公安部長の片桐直道《かたぎりなおみち》警視、公安一課の城島《じょうじま》悠《ゆう》課長、小坪孝充《こつぼたかみつ》次長の三人が並んでいたからだ。三人とも深刻そうな顔をしている。いったい何が起こったのか。

「例の件は四谷署の署長から電話で報告を受けた。ご苦労さんだったね。ま、坐ってくれ」

有働がかたわらのソファを平手で軽く叩いた。刑事部長の正面には、片桐公安部長が坐っている。片桐は四十三歳の有資格者《キヤリア》だ。

風巻は目礼してから、城島公安一課長の前に腰かけた。三十三歳の課長もキャリアだった。小坪次長は四十二歳で、ノンキャリアである。だが、出世は早いほうだろう。

「公安部の恥を晒《さら》すことになるが、きのうの深夜、城島課長が酔っ払ってJR新橋駅のホームのベンチに腰かけた際《さい》に鞄《かばん》を置き引きされてしまったんだよ」

公安部長の片桐警視が言った。溜息混《ためいきま》じりだった。隣の城島課長はうなだれている。

「それは災難でしたね。城島さんの鞄には財布や名刺なんかが入ってたんでしょうか？」

「そういった物は、上着のポケットに入れてあったらしいんだ。城島の鞄にはノートパソコンが収まってたんだよ」

「メモリーも一緒に？」

「そうなんだ。そのメモリーには、公安一課が過激派の各セクトに潜《もぐ》り込ませたＳ《エス》の氏名が記録してあった。スパイのことが極左《きょくさ》連中に知られたら、大変なことになる」

「そうでしょうね。セクトに公安の手先が潜入してるわけですから、当然、裏切り者は何らかの制裁を受けることになるでしょう」

「だろうね。どのＳも時間と金を費《つい》やして、ようやく抱き込んだんだ。強力な協力者を失ったら、公安部は極左の非合法活動を把握できなくなってしまう。そんなことになったら、昔のように爆弾闘争や要人暗殺がまた繰り返されるかもしれない」

「その可能性は否定できないと思います」

「過激派の連中がフリーターや非正規雇用の派遣従業員たちを煽《あお》ったら、とんでもないテロ犯罪が多発することにもなりかねない」

「ええ、そうですね」

「そういう心配もさることながら、われわれが各セクトに送り込んだ十数人のＳが皆殺しにされるかもしれないんだよ。現にきょうの午後二時過ぎに『青狼《せいろう》の牙《きば》』のＳだった日高泰成《ひだかやすなり》、二十八歳が文京区内の公園で二人組の男に鉄パイプで撲殺《ぼくさつ》されてしまったんだ」

「その事件は知りませんでした。所轄署は？」

「大塚署だ。初動捜査で、犯人の二人が黒のフルフェイスのヘルメットを被《かぶ》ってたことはわかったんだが、遺留品から加害者を割り出すことは難しそうなんだよ。逃走ルートも把握してないらしい」

「城島課長のノートパソコンのメモリーは、置き引き犯から過激派のどこかのセクトに渡ったんでしょうかね」

「城島の鞄を盗んだのは、過激派の人間なのかもしれないな。そうじゃないとしたら、プロの置き引き犯がメモリーをどこかのセクトに売ったんだろう」

「わたしが悪いんです。銀座のキャバクラで羽目を外して、泥酔しちゃったんで、こんなことになってしまったんです」

城島課長が呻《うめ》くように言った。

「そのキャバクラの店名は？」

「銀座八丁目にある『ヴィーナス』です。割に安く飲めるんで、月に二回ほど通ってたんですよ。社会勉強のためにね」

「お気に入りのホステスがいたのかな」

「別に目当ての娘《こ》がいたわけじゃないんです。店の雰囲気がとにかく明るいんで、ストレス解消にはもってこいなんで……」

「キャリアさんは、それだけストレスを溜《た》め込んでるわけだ。なんか気の毒だな。どんなに出世しても、人間は確実に死んでしまうんです。だから、気楽に生きたほうがいいと思いますがね」

「風巻君の死生観を聞くために、わたしたち三人はここに来たわけじゃない」

片桐公安部長が話の腰を折った。

「そうですよね。どうも失礼しました」

「さっき有働さんにお願いしたんだが、きみに置き引き犯を突きとめてもらいたいんだ。それで、Ｓの氏名を記録してあるメモリーがどのセクトに流れたのかも調べてほしいんだよ。そうすれば、Ｓだった日高泰成を撲殺した二人組も割り出せるからな」

「ええ、多分」

「これが日高の事件の初動捜査資料です」

小坪次長がそう言い、コーヒーテーブルの上に水色のファイルを置いた。

風巻はファイルを手に取り、まず被害者の死体写真を見た。鉄パイプで頭部と顔面を何度も強打された日高の顔かたちは、判然としなかった。まるで潰《つぶ》されたトマトだ。目を背《そむ》けたくなるような惨たらしい写真だった。

「これは、大塚署が新橋駅から借りてきた昨夜の防犯カメラのダビングＤＶＤです。参考までにご覧になってください」

小坪が蛇腹《じゃばら》封筒を卓上に載《の》せた。

「公安部の方々は当然、この複製ＤＶＤを観《み》てるんですね？」

「むろん、観たよ。城島の横には、五十絡《がら》みの挙動不審な男が腰かけてた。そいつが置き引きした疑いはあると思うね」

公安部長の片桐が口を開いた。

「鉄道警察隊員たちに不審者の写真を一斉送信すれば、常習の置き引き犯かどうかわかるでしょう」

「そうだね。われわれは大塚署と捜一《そういち》から日高に関する捜査情報を入手して、風巻君に伝えるよ」

「お願いします」

「誰か相棒が必要なら、小坪次長とコンビを組んでもらってもいいがね」

「単独捜査で結構です」

「それじゃ、できるだけ早く捜査に取りかかってもらいたいな。今夜は何か予定が入ってるのか？」

「いいえ、別に」

「それなら、早速《さっそく》、動いてくれないか」

「今夜からですか？」

風巻は目顔《めがお》で有働刑事部長の指示を仰《あお》いだ。

「少しでも早いほうがベストだね。すでにSだった日高は殺害されてるんだ。またもたしてたら、第二、第三の犠牲者が出るだろう」

「わかりました。すぐ特別任務に携《たずさ》わります」

「そうしてくれ。極左の連中は暴力団組員よりも警察嫌いだから、拳銃を常に携帯してたほうがいいな。特別に所持を認めよう」

「聞き込みのときは、丸腰で結構です。犯人逮捕のときは、もちろん拳銃を持たせてもらいます。そのほか自分の判断で銃器を使用させてもらうことがあるかもしれません」

「わかった。何か問題が起こった場合、すべて責任はわたしが負う。だから、きみは思う存分に捜査をしてくれ」

有働が言った。片桐公安部長たち三人が相前後して頭を下げた。

「お先に失礼します」

風巻はソファから腰を浮かせ、刑事部長室を出た。

刑事総務課に戻ると、葛西課長が歩み寄ってきた。風巻は葛西に特命の内容を伝え、フロアの奥にある小さな会議室に入った。

日高殺害事件の捜査資料をじっくり読みはじめる。目撃証言によると、被害者は護《ご》国寺《こくじ》のあたりから加害者に尾行され、音羽《おとわ》二丁目の事件現場に逃げ込んだらしい。昼間の公園には誰か人がいると考えたのだろう。

しかし、あいにく無人だった。日高は逃げ場を失い、二人組に鉄パイプでめった打ちにされ、搬送先の救急病院で息を引き取った。事件通報者は、現場近くに住む主婦だった。

埼玉県上尾《あげお》市出身の日高は有名私大に入学して間もなく、過激派セクトの『青狼の牙』の活動家になった。大学は二年の前期に中退している。

両親と兄は教育者だった。家族との折り合いが悪かったらしく、大学中退後はずっとセクトのアジトで寝泊まりしていたようだ。

日高は活動家になってから、二度ほど公務執行妨害《ぼうがい》容疑で検挙された。書類送検されただけで、起訴はされていない。

筋金《すじがね》入りの闘士は、たいてい一度や二度の実刑判決を喰らっているものだ。服役したことがないのは、もともと日高は気弱で小心者なのだろう。

それだから、公安一課にやすやすと抱き込まれてスパイ活動をしていたにちがいない。公安部で〝協力者〟と呼ばれているSには、たびたび三万円から五万円の謝礼が払われる。大きな情報を提供した場合は、十万円程度の報酬が渡されているようだ。

しかし、活動家仲間に背信行為を覚《さと》られたときは凄《すさ》まじいリンチを加えられる。

時には殺されることもある。日高は以前から同志に怪しまれて、怒りを買ってしまったのだろう。

風巻はそこまで考え、推測を中断させた。

日高を撲殺したのは、セクトの同志とは限らない。過激派セクト間は常に対立関係にあり、憎しみ合っている。『青狼の牙』以外の過激派セクトの犯行とも考えられるわけだ。

風巻は、新橋駅で借りたという防犯カメラの複製映像を再生させた。撮影開始時刻は前夜十一時十分だった。

公安一課の城島課長は、山手線外回りのホームのベンチにだらしない恰好《かっこう》で坐り込んでいる。鞄は膝《ひざ》の上に置かれているが、手では押さえられていない。課長が居眠りしていることは明白だ。

同じベンチには、五十二、三歳の男が腰かけている。その目は落ち着かない。男は城島に何か話しかけながら、二人の距離を一気に縮めた。

そのとき、城島の膝から鞄が滑《すべ》り落ちた。課長はそれに気がつかない。

怪しい五十年配の男が手にしていた綿ブルゾンを城島の足許に落とし、手早く鞄を包み込んだ。

城島は眠りこけている。五十年配の不審者はごく自然に綿ブルゾンでくるんだ城島の鞄を抱え上げると、階段の降り口に向かった。

手口が鮮やかだ。置き引きの常習犯だろう。静止画像をプリントアウトしたほうがよさそうだ。

風巻は椅子から立ち上がった。

2

目が合った。

風巻は、奥にいる森戸繁之《もりとしげゆき》巡査長に手を挙げた。

東京駅構内にある鉄道警察隊の分駐所だ。

森戸が笑顔で近づいてきた。ちょうど三十歳だ。およそ一年前に東京駅構内で発生した無差別殺傷事件の捜査で、風巻は森戸と知り合ったのである。森戸はさっぱりとした性格で、好感が持てる男だ。

「しばらくだな。森戸、元気そうじゃないか」

「元気だけが取柄《とりえ》ですんでね。で、きょうは何です？」

森戸が訊いた。風巻は三十分ほど前にプリントアウトした写真を懐《ふところ》から取り出し、森戸に渡した。

「写真の男は、置き引きの常習犯なんだろう？」

「ええ、そうです。久光民男《ひさみつたみお》、五十二歳です。前科四犯だったと思います」

「そう」

「久光、何をやらかしたんです？」

森戸が問いかけてきた。風巻は前夜、新橋駅のホームで本庁公安一課の課長が置き引きに遭《あ》ったことを明かした。

「その鞄を久光が盗《ギ》ったことは間違いないんですか？」

「ああ、新橋駅の防犯カメラが犯行シーンを捉《とら》えてたんだ」

「それなら、久光が犯行《ヤマ》を踏んだんでしょう。城島課長の鞄には、機密書類が入ってたんですね？」

「いい勘してるな。詳しいことは言えないが、中身のノートパソコンには外部に漏《も》れてはまずいことが記録されてたんだ。だから、早く回収したいんだよ」

「そうですか」

森戸が怪しむ気配はうかがえなかった。いまも風巻は捜査一課で職務をこなしていると思っているのだろう。好都合《こうつごう》だ。

「久光民男の家《ヤサ》を教えてほしいんだ」

「宿《やど》なしなんですよ、久光は。住民票は三年前まで住んでた江東区の亀戸《かめいど》にあるんですが、借りてたアパートはとっくに引き払ってます。稼ぎによって、ビジネスホテル、カプセルホテルなんかを泊まり歩いてるんですよ。金がないときは、ネットカフェや終夜営業の映画館で夜を明かしてるようですね」

「そうなのか」

「久光は昔っから、現金以外の盗品は捨ててるんですよね。ですから、お探しのメモリーはもう処分しちゃったかもしれませんよ。故買屋《こばい》にノートパソコンを持ち込んでも数千円の値しかつかないでしょうし、足がつきやすいですからね。久光は貴金属類も換金しないんですよ。前科者の生きる知恵なんでしょう」

「だろうね。久光は見張り役《シキテン》とは組んでないみたいだな？」

「ええ、久光は一匹狼なんですよ。二十代のころは上野のスリ団の一員だったようですが、十年ほど前から単犯の置き引き常習犯になったんです。大宮《おおみや》駅から蒲田《かまた》駅の間を往復しながら、ホームで獲物を物色してるんですよ。あのおっさんは変装が上手で、われわれも欺《あざむ》かれたことがあります」

「スリや置き引き犯と情報交換はしてると思うんだが……」

「ええ。久光は、神田駅北口の近くにある『モン太』というホルモン焼きの店にちょくちょく顔を出してるはずです。その店は、箱師《はこし》たちの溜《た》まり場なんですよ。『モン太』に行けば、久光の塒《ねぐら》がわかるかもしれません」

「行ってみるよ」

風巻は久光の写真を返してもらうと、すぐに分駐所を出た。八重洲《やえす》口から外に出て、有料駐車場に預けてあるマイカーに乗り込む。神田駅まで、ほんのひとっ走りだった。

『モン太』は造作なく見つかった。風巻はエルグランドを店の近くの脇道に駐《と》め、表通りに戻った。

ホルモン焼きの店を覗《のぞ》き込む。煙が立ち込め、店内は霞《かす》んでいた。

目を凝《こ》らす。久光はカウンターに向かい、飲み友達らしい中年男と談笑していた。

風巻は店の中に入り、久光の肩を叩いた。

「おたく、久光民男さんだね」

「そうだけど、あんた、誰？」

「警視庁の者だよ。昨夜《ゆうべ》のことで、ちょっと確認したいことがあるんだ。店の外に出てもらえないかな」

「おれは、もう足を洗ったんだ。何も悪いことなんかしちゃいねえよ」

久光が言って、カウンターにしがみついた。

風巻は久光を引き剥《は》がし、表に連れ出した。脇道に導《みちび》き、久光と向かい合う。

「きのうの夜、新橋駅のホームで置き引きをやったなっ。ベンチで居眠りしてる男の鞄を綿ブルゾンで包み込んで持ち去った」

「そんなことしてねえよ」

「防犯カメラに犯行の一部始終が映ってたんだ。もう観念しろっ」

「えっ!?」

「かっぱらった鞄の中には、ノートパソコンが入ってたはずだ。そのノートパソコンはメモリーごと捨ててしまったのか?」

「身に覚えがねえな」

久光が言うなり、頭突きを浴びせてきた。風巻の顎に久光の額が当たった。骨が鳴った。

風巻はよろけた。

その隙《すき》に、久光が逃げた。すぐに風巻は追って、久光に組みついた。

「世話を焼かせるなよ」

「放せ! 放せったら。おれは何も悪いことなんかしちゃいねえ」

「だったら、何も逃げることはないじゃないかっ」

「おれは前科をしょってるから、いろいろ勘繰《かんぐ》られるんじゃねえかと思ったんだよ」

久光が言って、体の向きを変えた。風巻は手を放した。

「もう一度訊くぞ。ノートパソコンはどうしたんだ?」

「………」

「急に日本語を忘れちゃったか。それなら、取調室でゆっくりと思い出してもらうことにしよう」

「ま、待ってくれ。おれは鞄の中身は見てねえんだ」

「置き引きの常習犯が中身を見なかったって⁉　ふざけたことを言うなっ」

「嘘じゃないんだ。きのう、おれは知らない男に頼まれて、ベンチで酔い潰れてる三十代前半の奴の鞄をかっぱらったんだよ。十万円の謝礼を前渡しされたんで、やらざるを得なかったんだ」

「そいつのことを詳しく教えてくれ」

「ハンチングを被って、濃いサングラスをかけてたんで、面《つら》はよくわからなかった。体つきから察《さっ》して、三十代か四十代だろうね。それから、蜜柑《みかん》のような匂いがしたよ。オーデコロンか何かの匂いだろうな。整髪料だったのかもしれない」

「声をかけられたのは、きのうの夜なのか？」

「ああ、そうだよ。確か十一時ごろだったな。新橋駅のホームで獲物を物色してたら、ハンチングの男が声をかけてきたんだ」

「どんなふうに？」

「そいつは、おれに鞄を持ってた男の顔写真を見せて、『そのうちに写真の男がホームに姿を現わすだろうから、鞄をそっと盗んでくれないか』と言ったんだ。それでさ、事前に十万円をくれたんだよ」

「その男は、犯行時にホームの端にでもいたのか？」

「ホームじゃなく、階段の途中に立ってたな。それで、おれの動きをじっと見てたんだ。だからさ、おれは金だけ貰ってドロンはできなくなったわけよ」

「そうこうしてると、鞄を持った男がホームに現われたんだな？」

「そうなんだ。かなり酔ってたよ。完全に千鳥足《ちどりあし》だったからね。男はベンチに坐ると、うつらうつらしはじめたんだ」

久光が言った。

「その後《あと》のことは省略してもいいよ。防犯カメラの映像を観たからな。そっちは盗《ギ》った鞄をそのままハンチングの男に渡したのか、ホームの階段の途中で？」

「そうだよ。十万円くれた奴は急いで改札口を抜けて、どこかに消えちまった。だからさ、おれは鞄の中身はまったく見てないんだよ。信じてくれや」

「いいだろう」

「酔ってベンチで居眠りしてた男のノートパソコンには、よっぽど大事なことが記録されてたんだろうな。たとえば、新製品に関するデータとかさ。きっとハンチングの男はライバル会社の社員にちがいないよ。ね、そうなんでしょ？」

「その質問に答えるわけにはいかないな」

「ま、そうだろうね。いいよ、勝手に考えるからさ。貰った十万円のうち二万四、五千円は遣っちまったんだ。でも、残った金は返すから、なんとか目をつぶってくれねえか。お願いしますよ」

「そうはいかないだろう」

風巻は苦く笑った。

そのとき、三人の男が血相を変えて脇道に走り入ってきた。『モン太』で見かけた客たちだった。

「久光のおっさんを引っ張るつもりなら、令状を見せてくれ」

三十歳前後の男が風巻の前に立ち、挑発的な口調で言った。ほかの二人が抜け目なく風巻の両側に立った。

その直後、久光が走りだした。逃げる気になったのだろう。風巻は久光を追おうとした。すると、三人の男が行く手を塞《ふさ》いだ。

「どかないと、公務執行妨害になるぞ」

風巻は男たちに忠告した。

と、三十年配の男が肩をぶつけてきた。風巻は、わざと躱《かわ》さなかった。

「これで、公務執行妨害罪が成立する」

「軽く体当たりしただけじゃねえかよっ」

「それでも罪になる」

「だったら、逮捕しやがれ！」

相手が逆上した。ほかの二人は顔を見合わせると、すぐに逃げ去った。

「そっちは堅気《かたぎ》じゃないんだろ？　叩けば、埃《ほこり》が出そうだな。箱師か？」

「答えたくねえな」

「それで充分さ。両手を前に出してもらおうか」

「本気で逮捕《パク》る気かよ⁉」

「声が急に弱々しくなったな。久光の今夜の塒を教えてくれたら、見逃してやってもいい」

「仲間は売れねえ」

「そうか。なら、手錠《ワッパ》打つしかないな」

風巻は腰の後ろに手を回した。

「少し待ってくれねえか」

「どうした？」

「久光のおっさんの塒を教えたら、本当に見逃してくれるのか？」

「ああ」

「それなら、言うよ。今夜はおっさん、神田須田町《すだちょう》二丁目にあるビジネスホテルにチェックインしたと言ってた」

相手がホテル名を口にした。

「いい加減なことを言ったとわかったら、そっちを検挙《アゲ》るぞ」

「おれ、嘘なんかついてねえって」

「そうか。もういいよ。失《う》せろ！」

風巻は追い払う仕種《しぐさ》をした。相手がちょこんと頭を下げ、駆け去った。風巻はエルグランドを神田須田町に走らせた。

教えられたビジネスホテルは、神田駅から四百メートルほど離れた場所にあった。

風巻は車を降り、フロントに急いだ。

刑事であることを明かし、久光のことを訊く。久光は偽名を使っていたが、六、七分前にホテルに戻ってきたという。部屋は七〇二号室らしい。

風巻はエレベーターで七階に上がった。

七〇二号室のドアを無言でノックする。応答はなかった。風巻はドアに耳を押し当てた。テレビの音声もシャワーの音も響いてこない。

風巻はノブに手を掛けた。

施錠《せじょう》はされていなかった。風巻はドアを開け、七〇二号室に入った。

シングルベッドに斜めに倒れ込んでいるのは、なんと久光だった。その首には白い樹脂製の結束バンドが巻きついていた。タイラップという商品名で売られているはずだ。風巻は、ベッドカバーに突っ伏した恰好の久光の鼻の下に手をやった。すでに息絶《た》えていた。

謎のハンチングの男が久光を葬《ほうむ》ったのか。風巻は屈《かが》んで、カーペットの上を仔細《しさい》に観察した。肉眼では、犯人の遺留品らしい物は見つからなかった。

風巻は事件通報し、七〇二号室を出た。エレベーターホールには防犯カメラが設置されているが、廊下には一台も見当たらない。廊下の奥に非常口がある。

アラームは解除されていた。非常扉もロックされていなかった。久光を絞殺した犯人は、どうやら非常階段を使って逃走したようだ。

風巻は一階のフロントに降り、七〇二号室の異変を伝えた。フロントマンは驚きの声を洩《も》らしたきりで、しばらく口もきけなかった。

風巻は本庁機動捜査隊と神田署の捜査員たちが臨場する前に、七階の防犯カメラの画像を観せてもらった。

久光が七階で函《ケージ》を出て間もなく、ハンチングの男も同じフロアに降りている。濃いサングラスをかけていて、顔はよくわからない。

不審な男が七〇二号室に入ったかどうかは、画像では確認できなかった。

エレベーターホールの防犯カメラから七〇二号室は死角になっていた。しかし、状況から判断して、ハンチングの男の犯行と考えられる。

風巻はふたたび七階に上がった。

七〇二号室の前に達したとき、神田署の刑事たちが駆けつけた。

風巻は事件通報者であることを告げ、所轄署員の事情聴取を受けた。その途中、本庁の機動捜査隊の面々がやってきた。

風巻は現場検証に立ち合い、ホテルのロビーに設置された防犯カメラの画像も観せてもらった。ハンチングの男は、ホテルの表玄関は通っていなかった。非常口から七階に侵入したのだろう。

風巻はビジネスホテルを出ると、車を銀座八丁目に走らせた。キャバクラ『ヴィーナス』は、並木通りの飲食店ビルの三階にあった。まだ営業中だった。

風巻は身分を伝え、黒服の若い男に店長に取り次《つ》いでもらった。

店の前で待つと、三十代後半の店長が姿を見せた。刈谷《かりや》という苗字《みょうじ》だった。

風巻は前夜のことを店長に訊いた。

公安一課長は九時過ぎに店に現われ、十一時ごろまで飲んでいたという。その間、刈谷店長は三階のエレベーターホール付近で、ハンチングを被った男に声をかけられたらしい。

「どんなことを言われたんです？」

「お客さまの城島さんが過激派の『赤い旅団』に命を狙《ねら》われてるようだから、怪しい人物が『ヴィーナス』に近づいたら、すぐ一一〇番通報するようにと言われました」

「その男は身分を明かしたんですか？」

「いいえ。多分、公安関係の仕事に就かれてるんでしょうね。だから、『赤い旅団』の不穏《ふおん》な動きを教えてくれたんでしょう」

「そうなんだろうか」

「違うんですか？」

「公安関係の刑事が一般の方にそういうことを言うとは思えないな」

「言われてみると、確かに変ですね。『赤い旅団』の連中を悪者扱いしたくて、ああいうことを言ったとも解釈できますから」

「ええ、そうですね」

「昨夜《ゆうべ》、城島さんは帰宅途中に暴漢にでも襲われたんですか？」

店長が問いかけてきた。

「そうじゃないんですよ。城島課長は新橋駅のホームで置き引きに遭ったんです。鞄の中に部外秘といえるデータが入ってたんで、その行方を追ってるわけです」

「そうだったんですか」

「いま話したことは内分《ないぶん》に願います。口外されると、城島課長の立場が悪くなりますんでね」

「お客さまを困らせるようなことはしません。どうかご安心ください」

「ご協力に感謝します」

風巻は刈谷に礼を述べ、エレベーターホールに足を向けた。

飲食店ビルを出たとき、暗がりで人影が動いた。ハンチングを被った男の後ろ姿が視界に入った。

風巻は不審な人物を追いかけた。だが、相手はすぐに路地に逃げ込んだ。

意外に知られていないが、華《はな》やかな銀座にも小路《こうじ》はある。通《つう》たちは、そうした裏小路にある飲食店をひいきにしている。高級クラブのホステスたちも、路地裏の小料理屋や家庭料理の店で寛《くつろ》ぐことが多い。

小路を走り回っているうちに、怪しい男の姿は搔《か》き消えていた。

風巻は舌打ちして、並木通りに引き返しはじめた。

3

消毒液の臭《にお》いがきつい。

東京都監察医務院の解剖室の前である。廊下のベンチには五十年配の男女が坐っていた。

どちらも下を向いている。きのう撲殺された日高泰成の両親だろう。

風巻はベンチの前まで進んで、警視庁の刑事であることを明かした。やはり、ベンチの二人は日高の両親だった。

「もう息子さんの司法解剖は終わったんですね？」

「はい、さきほど。死因は脳挫傷《のうざしょう》によるショック性呼吸器不全だそうです」

日高の母の敏江《としえ》が答えた。五十三歳だという。

「司法解剖が終わったら、ご遺体は自宅か葬儀の営《いとな》まれるセレモニーホールに搬送されるものですが……」

「大塚署の方に家で待つようにと言われたんですが、じっとしていられなかったんです。それで、主人と一緒にこちらに来てしまったんですよ」

「そうですか」

「ばかな倅《せがれ》です」

故人の父親が呟《つぶや》いた。勇《いさむ》という名で、五十六歳だった。

「ご子息は『青狼の牙』の活動家になってからは、めったにご実家には顔を出されなかったんですね？」

「ええ。顔を合わせれば、わたしに説教されるんで、泰成は家には寄りつかなかったんですよ。それでも時々、家内には電話をしてきてたようですがね」

「そうなんですか」

風巻は応じて、故人の母親に顔を向けた。

「泰成さんは活動に熱心だったんですかね？」

「二十四、五までは、腐敗しきった社会のシステムを命懸《いのちが》けで変えたいと熱く語っていましたね。しかし、だんだんイデオロギーに縛《しば》られてることに窮屈《きゅうくつ》さを感じるようになったみたいです。それから泰成は、組織の幹部たちの言動は矛盾《むじゅん》だらけだと批判するようにもなりました。上の人たちは若い活動家に非合法な手段を使ってでも闘争資金を調達してこいと言いながら、自分たちは決して手を汚さずに特権意識ばかり膨《ふく》らませてたらしいんですよ」

「人間は階級意識を完全には捨て切れませんし、何か権力を握ると、わがままになるものです」

「そうなんでしょうね。そんなことで、息子はセクトの活動に厭気《いやけ》がさしはじめてたんですよ。それでわたし、泰成にセクトを脱《ぬ》けて家に戻るよう説得してたんです」

「息子さんは、どんな反応を示しました？」

「帰りたいけど、帰れないよ。泰成は、そう言ってました。転向者になることにはそれほど抵抗はないようでしたが、活動家仲間たちの制裁を怕《こわ》がってるみたいでしたね」

「『青狼の牙』のメンバーは、息子さんがセクトの活動に懐疑《かいぎ》的になってることに勘づいてたんでしょうか。もしそうだとしたら、泰成さんは組織の仲間たちに襲われた可能性もあります」

「そうですね。でも、泰成はそういうことを口にしたことはなかったんですよ」

「それなら、対立するセクトの仕業《しわざ》かもしれないな。『青狼の牙』は昔から、『赤い旅団』といがみ合ってます。息子さんが過去に『赤い旅団』に狙われたようなことは？」

「泰成は、そういうことは一度も言いませんでした。下っ端も下っ端でしたんでね、息子は歯牙《しが》にもかけられなかったんでしょう。もし『赤い旅団』が『青狼の牙』を潰《つぶ》す気なら、幹部の命を狙うにちがいありませんよ」

日高敏江が言った。

「ま、そうでしょうね」

「息子が何かに怯《おび》えてる様子はうかがえなかったんですよ。だから、泰成が撲殺されたと大塚署の方に電話で教えられたときは何か悪い夢を見ているような気がしました」

「でしょうね。実は言いにくいことなんですが、泰成さんは本庁公安一課に協力してたんですよ」

「協力してたってことは、スパイ行為をしてたってわけね？　そんなこと、信じられないわ」

「公安の連中は息子さんを抱き込んで〝協力者〟にしてたことは最後まで認めないでしょうが、それは事実なんですよ。息子さんは何度か公務執行妨害で検挙されてますね？」

「ええ。そのとき、公安一課に抱き込まれたのね。警察は汚いことをするわねっ」

「確かにフェアじゃないかもしれません。しかし、そうでもしないと、過激派の動きを正確に把握できないんですよ。スパイづくりは必要悪なんです」

「ひょっとしたら、公安警察がもう利用価値のなくなった倅を第三者に殺《や》らせたのかもしれないな」

日高の父親が口を挟んだ。

「公安刑事たちが、いわゆる〝外道捜査〟をしてることは認めます。しかし、誰かを唆《そそのか》して人殺しをやらせるなんてことはあるわけありません」

「あなたが身内を庇《かば》いたい気持ちはわかるが、そう言い切れるのかな？」

「いくらなんでも、警察はそこまで堕落《だらく》してないと思いたいですね」

「願望なわけだ？」

「ええ、そういうことにもなります」

「お父さん、ちょっと失礼よ」

敏江が夫を諫《いさ》めた。日高勇は何か言いかけたが、口を噤《つぐ》んだ。敏江が風巻に顔を向けてきた。

「いま思い出したんですけど、数年前に公安調査庁の方が泰成の友人宅を訪ねて、息子から何か連絡があったら、すぐに教えてほしいと言ったらしいの」

「その公安調査官の名前はわかります？」

「泰成の友達の話だと、調査第二課の芳賀耕治《はがこうじ》という名だったわね」

「そうですか」

風巻は公安調査官の氏名を頭に叩き込んだ。

公安調査庁は法務省の外局の治安機関である。一九五二年七月に破壊活動防止法の施行に伴《ともな》って設置され、本庁は霞が関に置かれている。

本庁は総務部、調査第一部、第二部に分かれ、地方部局として札幌、仙台、東京、名古屋、大阪、高松、広島、福岡の八カ所に公安調査局がある。さらに北海道から沖縄までの全国各県に計四十三カ所の公安調査事務所が設置されている。

職員数は約千七百人だ。

本庁調査第二部に属する調査第二課は、主に中核派や革労協など新左翼セクトを受け持っている。革マル派などを担当している〝第五部門〟とは密接な関係にある。

公安調査官には一切《いっさい》の強制権限がない。もっぱら高額な謝礼金で情報を収集している。公安警察と公安調査庁は同種の捜査活動に携《たずさ》わっているせいで、表向きは友好関係にある。

だが、水面下ではさまざまな確執《かくしつ》があって、常に反目《はんもく》し合っていた。険悪な関係にあると言ってもいいかもしれない。

協力者工作では、金を遣える公安調査庁が有利だ。公安警察は抱き込みかけた協力者を公安調査庁に横奪《よこど》りされている。謝礼金が何倍も多いから、つい協力者は公安調査庁になびいてしまうわけだ。

逆のケースもある。公安警察は、ライバルの公安調査庁のSの弱みを押さえて寝返らせている。公安警察官たちは、おしなべてプライドが高い。強制権を持たない公安調査官は自分たちよりも格が下だという意識を持っている。

公安調査官は抜きがたいコンプレックスもあって、公安警察に敵愾心《てきがいしん》を燃やしている。双方の対立は根深い。

「泰成は、その芳賀って公安調査官に何か弱点を握られて、協力者になれと強要されたんじゃないのかしら？　でも……」

「本庁の公安一課と繋《つな》がりができてるんで、相手の頼みを断ったんでしょうか」

「ええ、もしかしたらね」

日高敏江がうなずいた。すると、かたわらの夫が首を捻《ひね》った。

「それぐらいのことで、公安調査庁だって、殺人に走ったりしないだろうが？」

「お父さん、わからないわよ。風巻さんの話では、泰成は警視庁公安一課に『青狼の牙』の情報を流してたようだから。そんな泰成を公安調査庁が寝返らせようと画策《かくさく》したことが公安警察に知れたら、新たな火種《ひだね》になるでしょ？」

「そうだが、どちらも協力者の奪い合いはしょっちゅうやってたはずだよ。だから、双方とも、そうしたルール違反にはことさら腹を立てないんじゃないのか？」

「そうね。言われてみると、そんな気もしてきたわ」

日高夫婦が口を結んだ。

そのとき、解剖室のドアが開いた。解剖医の助手と思われる三十二、三歳の白衣をまとった男が故人の清拭《せいしき》が終わったことを日高夫婦に告げた。夫婦が同時に立ち上がった。

「わたしは失礼させてもらいます」

風巻は日高夫婦に言って、その場から離れた。

東京都監察医務院の駐車場に回り、エルグランドに乗り込む。風巻は一服してから、本庁公安一課に電話をかけた。

受話器を取ったのは城島課長だった。風巻は前夜の出来事を話した。

「神田のビジネスホテルで絞殺された久光民男という奴が置き引き犯だったのか」

「ええ、それは間違いないでしょう。久光は、あなたの顔写真を見せられて、十万円の謝礼でノートパソコンの入った鞄《ギ》を新橋駅のホームで盗ったと供述しました。依頼人は一昨日《おととい》の夜、『ヴィーナス』の近くで城島さんの動きを探《さぐ》ってたようなんですよ」

「えっ!?」

城島が息を呑《の》んだ。風巻は詳しい話をした。

「そういうことなら、その男はわたしを尾行してたんでしょうね。そして、新橋駅で久光にわたしの鞄を盗ませたんでしょう。そいつはわたしの顔写真を持ってたというんだから、公安関係者臭《くさ》いな」

「そうとは限らないでしょ？　公安警察が過激派や新左翼の連中を集会やデモで隠し撮りしてるように、彼らも公安警察官たちの顔写真を盗み撮りしてるはずですから」

「ええ、そうですね。ハンチングを被って濃いサングラスをかけてた男は、『青狼の牙』の幹部なのかもしれないな。わたしのノートパソコンのメモリーで日高泰成が公安一課《うち》のSと確認できたんで、二人の活動家に音羽の公園内で……」

「まだスパイリストが『青狼の牙』に渡ったという確証を摑んだわけじゃありません」

「そうでしたね。ひょっとしたら、『赤い旅団』か『統一戦線』に渡ったのかもしれない。予断は捨てましょう」

「そのほうがいいと思います。ところで、城島課長は公安調査庁調査第二課の芳賀耕治という調査官のことをご存じですか？」

「知ってますよ。わたしよりも二つか三つ年上ですね。なんか陰気な男です。あっ、芳賀調査官は……」

「何か思い当たったんですね？」

「ええ、ちょっと。ただの偶然なのかもしれませんけど、春先に銀座の歩行者天国を歩いてるとき、たまたま芳賀調査官とばったり会ったんですよ。そのとき、彼はハンチングを被ってました」

「そうですか」

「二十代の連中がファッションで最近はよくハンチングを被ってますが、三十代の男はあまり被りません。六、七十代の男たちはハンチング好きが多いようですけど」

「そうですね」

「芳賀調査官は三十代ながらも、ハンチングの愛用者なんでしょ。そういえば、彼は公安警察に露骨に対抗心を燃やしてるな。殺された日高を公安一《いち》課から公安調査庁に取り込もうとして、失敗したのかもしれませんよ。そのことを日高に喋《しゃべ》られると危《ヤバ》いんで、わたしのノートパソコンを久光にかっぱらわせて、Sのリストを『青狼の牙』に流したんじゃないのかな。あるいは、『赤い旅団』か『統一戦線』に公安協力者の氏名を教えたのかもしれません。それだから、日高はどこかのセクトに裏切り者として殺されたんでしょう。芳賀耕治は、自分の裏工作を公安警察に知られることを恐れて、少し手の込んだことをやったんじゃないだろうか」

「城島さんの筋読みにケチをつける気はないんですが、公安警察と公安調査庁はずっと以前からSを奪い合ってきたわけでしょ？」

「ええ、まあ」

「だったら、いまさら芳賀調査官がこっそり日高泰成を自分たちのスパイにしようと裏で動いてたことを後ろめたくは感じないでしょう？　少なくとも、殺人教唆の動機にはならないと思います」

「そうか、そういうことになるな」

城島がいったん言葉を切って、すぐに言い継《つ》いだ。

「でも、芳賀耕治がハンチングを被ってたことがなんだか引っかかるんですよ。置き引きのプロを雇った奴もハンチングを被ってたんでしょう？」

「ええ、そうです」

「単なる偶然の一致と片づけていいものかどうか。風巻さん、無駄になるかもしれませんが、ちょっと芳賀調査官の動きを探ってみてくださいよ」

「わかりました」

「お願いします。そうそう、少し前に大塚署に捜査本部《チョウバ》が立ちましたよ。捜一の殺人犯捜査第六係が十五人ほど出張《でば》るそうです」

「そうですか」

「まさか殺人事件《ヤマ》まで招くとは思ってなかったんで、びっくりしてるんですよ。これは風巻さんの事件なんですから、ハンチングの男の正体を最初に突きとめてくださいね」

「やれるだけのことはやるつもりです」

風巻は控え目に言って、通話を切り上げた。

イグニッションキーを捻《ひね》り、霞が関に向かう。公安調査庁に着いたのは、二十数分後だった。

風巻は受付で身分を告げ、芳賀との面会を求めた。

ロビーで数分待つと、芳賀調査官がやってきた。中肉中背で、どことなく陰気な印象を与える。ことに細い目が暗い。

「実は職務じゃないんですよ」

風巻は名刺を交換すると、近くのコーヒーショップに芳賀を誘った。隅の席に落ち着き、どちらもブレンドコーヒーを注文した。

コーヒーが運ばれてくると、芳賀が不安そうな顔で口を開いた。

「ご用件を聞かせてください」

「きのう音羽の公園で殺された日高泰成とは、個人的な知り合いだったんですよ」

風巻は澄ました顔で、とっさに思いついた出まかせを口にした。

「そうだったんですか」

「公安関係には疎《うと》いんで、日高が本庁公安一課のSだったことは知りませんでした。芳賀さんは、ご存じだったんでしょ？」

「ええ、まあ。わたしは、公安一課と同じような仕事をしてますんでね」

「これは未確認情報なんですが、あなたが日高を公安調査庁に取り込もうとしてたって噂を耳にしたんですよ。わたしは公安刑事ではないんで、正直に話してほしいんです。どうなんでしょう？」

「日高君を公安調《う》査庁《ち》の協力者にしたくて、接触を試みようとしたことはあります。彼の友人にそれとなく探りを入れて、何か弱点を握るつもりだったんですが、残念ながら……」

「意地の悪い奴だと思われるかもしれませんが、芳賀さんは日高泰成の致命的な弱みを知ってるじゃありませんか？」

「えっ」

「日高が警視庁公安一課のＳだって事実ですよ。そのことを『青狼の牙』に密告すると日高を脅せば、たやすく寝返らせることはできたでしょう」

「そうなんですが、そこまで強引なことをやったら、必ず公安一課に何らかの仕返しをされますよ。『青狼の牙』には公安調査庁《うち》の協力者はひとりもいないんで、日高君をなんとか寝返らせたいという気持ちはありました。ですが、公安警察を本気で怒らせたら、こちらに勝ち目はありませんからね」

「それだから、日高を取り込むことを諦《あきら》めたわけですか？」

「ええ、そうです」

「芳賀さんは、日高泰成を殺害した二人組は何者だと推測されてます？」

「わかりません」

芳賀が首を横に振って、コーヒーをブラックで飲んだ。

「見当もつきませんか」

「あくまでも臆測《おくそく》なんですが、『青狼の牙』の同志たちが日高君が公安警察のＳだってことに気づいたのかもしれませんね」

「そうだとしたら、『青狼の牙』は手入れに備《そな》えて危《ヤバ》い武器や印刷物なんかをアジトから別の場所に移すと思うんですよ。そうした動きは？」

「公安調査庁《うち》は何も摑んでません」

「そうですか。それなら、『青狼の牙』は日高の事件には関与してないんでしょう」

「そうなんだろうか」

「過激派セクトは相変わらず反目し合ってるんでしょ？」

風巻は問いかけ、煙草《たばこ》をくわえた。

「去年の夏ごろまでは小競り合いがよくありましたが、いまは鎮静化《ちんせいか》してますね。景気がよくないんで、闘争資金集めに各セクトは忙しいんでしょう」

「そうなのかもしれないな。ところで、唐突《とうとつ》ですが、芳賀さんはハンチングが似合いそうですね」

「そうですか。そうおっしゃっていただけると、なんか嬉《うれ》しいな。なぜだかハンチングが好きで、よく被ってるんですよ。もっと年齢《とし》を重ねないと、様《さま》にはならないんでしょうけどね」

「近頃、二十代の男がファッションでハンチングを被ってますよね。年齢はあんまり関係ないでしょ？」

「そうですかね。わたし、子供のころから天《あま》の邪鬼《じゃく》なんですよ。みんなが被ってるスポーツキャップは、なんか好きになれないんです」

「個性的でいいと思うな。何かを成《な》し遂《と》げた人物は、誰もへそ曲がりだったといいますからね。そのうち芳賀さんも、公安調査庁の長官まで出世するんじゃありませんか」

「わたしは、そんな器《うつわ》じゃありませんよ。なんの才気もない凡人です。それにしても、日高君はまだ二十代だったのに、気の毒でしたね」

芳賀が故人を悼《いた》み、またコーヒーを啜《すす》った。

これ以上粘っても、大きな収穫は得られないだろう。風巻は灰皿の底に煙草の火を捻りつけた。

ほどなく二人は店を出た。勘定は当然、風巻が払った。芳賀と別れて、エルグランドに乗り込む。エンジンを始動させた直後、本庁公安部長の片桐警視から電話があった。

「捜査は進んでるかね？」

「ええ、少しばかり……」

風巻は経過を伝えた。

「城島君のノートパソコンのメモリーに入ってたスパイリストが過激派のセクトに渡ったんで、日高泰成は撲殺されたんだろうな」

「そう結論づけるのは、まだ早いと思います」

「そうかね。実はきみに連絡したのは、少し前にわたしに密告電話があったからなんだ」

「その内容は？」

「公安一課長の城島課長があろうことか、過激派セクト『青狼の牙』の美人闘士の帆《ほ》足《あし》亜《あ》希《き》、二十七歳と密会してるというんだ。城島君は初《う》心《ぶ》なとこがあるから、美しい亜希の色仕掛けに引っかかってしまったのかもしれんな」

「しかし、城島さんは一介の公安刑事ではないんです。そんな罠には引っかからないでしょう？」

「そう思いたいが、帆足亜希はセクシーな美人なんだよ。女性体験の少ない男なら、まんまとハニートラップに嵌《は》められてしまうんじゃないのかね」

「密告者は公衆電話を使ったんでしょう？」

「そうなんだ。それから、ボイス・チェンジャーで明らかに声を変えてた。だから、年恰好《としかっこう》はよくわからなかったんだよ」

片桐が言った。

「城島課長は警察官僚《キャリア》ですから、他人《ひと》にやっかまれてるんでしょう。わたしは、密告は単なる中傷だと思いますね」

「そうだといいんだが、一応、城島君の行動を探ってほしいんだ。もし彼が美人闘士に取り込まれたんだとしたら、わたしの責任問題になるからな。それ以前に本庁公安部の威信《いしん》が失墜《しっつい》してしまう。だからね、ただの中傷電話と呑気《のんき》に構えていられないんだよ」

「わかりました。今夜、退庁後の城島課長を尾行してみます」

「その前に小坪次長と本庁《カイシャ》の外で会って、帆足亜希の顔写真《ガンクビ》と捜査データを受け取ってくれないか」

「了解しました」

風巻はポリスモードの終了キーを押し、本庁公安一課の小坪次長に電話をかけた。

4

助手席側のシールドが叩かれた。

きっかり午後五時だった。風巻はドアロックを解《と》いた。

エルグランドは、東京地方裁判所合同庁舎の脇道に一時駐車中だった。

桜田通りから一本逸《そ》れた通りである。さほど人通りは多くない。

「失礼するよ」

小坪次長がドアを開け、助手席に乗り込んできた。整髪料の香りが車内に満ちた。

柑橘《かんきつ》系のヘアトニックだった。

「時間に正確ですね」

風巻は言った。

「子供のころから母に時間にルーズな人間は他人《ひと》に信用されないと言い聞かされてたんで、約束の時刻は厳守するようになったんだ」

「いいお母さんだな。実際、その通りでしょうからね」

「うん、まあ」

「片桐部長から匿名の密告電話のことを聞いて、どう思われました？」

「最初は、ただの厭がらせの電話だと思ったよ。エリートの城島課長は、ノンキャリアたちに妬《ねた》まれてるからね。しかし、課長は世間知らずだから、女闘士の色香《いろか》に惑《まど》わされてしまったのかもしれないと……」

「城島さんは、そんなに初心なんですか」

「純情だね。六本木の白人クラブのウクライナ人ホステスに入れ揚げて、貯金を遣い果たしたことがあるんだ。ニューハーフを女と信じ込んで、ブランド物の腕時計やバッグを貢《みつ》いだこともあったな」

「学校秀才は青春時代は勉学一筋だったんでしょうから、女遊びはまったくしてなかったんだろうな」

「だから、帆足亜希の色仕掛けに引っかかってしまったのかもしれないね」

小坪がそう言い、上着の内ポケットから茶封筒を取り出した。

風巻は茶封筒を受け取った。まず美人闘士の顔写真を見る。なんと日比谷公園で二人の男に追われていた美女だった。

「いい女ですね」

「そうかな。確かに目鼻立ちは整ってるが、わたしの好みのタイプじゃない」

「小坪さんは二十代のころ、かなり恋愛を重ねてきたようだな」

「そうでもないんだが、自己主張の強い女は苦手なんだ。女性観が保守的と言われそうだが、やっぱり控え目なタイプじゃないと、男は安らげないんじゃないかな」

「そうでしょうが、帆足亜希に誘惑されたら、目尻が下がっちゃうかもしれませんね」

「そうかい？」

小坪は同調しなかった。

風巻は、美人闘士の経歴を見た。東京都出身の亜希の父は会社経営者だった。母親は造園デザイナーである。二つ違いの姉は声楽家だ。

帆足亜希は有名女子大の三年生のとき、恋人の影響で『青狼の牙』のシンパになっている。その翌年、交際相手は対立するセクトの幹部に角材でめった打ちにされた。そして身体障害者になり、セクトから脱けた。それを期に亜希は『青狼の牙』の非合法活動にのめり込み、大学を中退してしまった。

彼女は家宅侵入罪と公務執行妨害容疑で二度検挙されているが、どちらも書類送検されただけだ。

「いまや帆足亜希は、『青狼の牙』のナンバースリーなんだよ。美貌だから、大幹部になれたんだろうな」

小坪の言葉には、棘《とげ》があった。

「公安一課のSだった日高泰成は、女闘士のことをどんなふうに言ってたんです？」

「魔性《ましょう》の女だと言ってたよ。おそらく帆足亜希は幹部の男たちを手玉に取って、ナンバースリーにのし上がったんだろう。そういう女なら、城島課長を誑《たぶら》かすことなんか朝飯前なんじゃないのかな」

「何か確信があるようですね？」

「城島課長になってから、『青狼の牙』のアジトは一回も手入れを受けてないんだ。『赤い旅団』や『統一戦線』は年に一、二度は手入れを受けてるのにね。協力者の日高から手製の爆弾を密《ひそ》かに造ってるという情報を得ていながら、課長は『青狼の牙』に家宅捜索《ガサ》をかけようとしなかった」

「ほんとですか!?」

「ああ。うちの課長は帆足亜希と親密な関係になってたんで、手入れを避けてたんじゃないのかな。上司を疑いたくはないが、そう思えて仕方がないんだ」

「小坪さんの推測が正しいとしたら、城島課長がスパイリストを記録したメモリーを新橋駅のホームでノートパソコンごと置き引きされたという話は狂言だったということになりますね」

「そうなんじゃないのかな。城島課長は帆足亜希との仲をSだった日高に勘づかれたと思って、ひと芝居うったのかもしれない。置き引き犯の久光民男に十万円渡したという ハンチングの男は、実は課長だったんじゃないだろうか」

「スパイリストが過激派セクトに渡ったと思わせるため、城島課長は自作自演の芝居をする必要があったってことですね？」

風巻は確かめた。

「そう。それだから、課長は自分と女闘士の仲を知った日高を金で雇った二人の男に音羽の公園で撲殺させたんだろう。さらに神田のビジネスホテルで、置き引き犯の久光を始末させたんじゃないのかな。久光を雇った奴はハンチングを被って、濃いサングラスをかけてたって話だったよね？」

「小坪さん、その話は誰から聞いたんです？」

「課長からだよ。きっと城島課長だよ、そのハンチングの男は。うちの課長は、公安調査庁調査第二課の芳賀耕治の犯行に見せかけたかったんじゃないのかな。彼は、ハンチングの愛用者として知られてたからね」

小坪が確信ありげに言った。

風巻は、小坪次長の推測に何か不自然なものを感じた。城島課長は、銀座でハンチングを被った芳賀と行き会ったことを部下の小坪に話したのだろうか。そうだとしたら、城島が芳賀の犯行に見せかけようと細工を弄《ろう》した可能性はある。

しかし、城島が小坪に銀座の歩行者天国で芳賀とたまたま顔を合わせたことを話していたら、もっと早くそのことを片桐公安部長に報告するのではないのか。だが、そうした様子はうかがえなかった。

小坪次長は何か理由があって、上司の城島に疑惑の目を向けさせたいのか。そんなふうに受け取れないこともない。考えすぎだろうか。

風巻は判断がつかなかった。

「課長を何日か尾行すれば、女闘士とどこかで接触するかもしれないな。そうなったら、わたしの推測は間違ってなかったことになる」

「小坪さんは、年下の上司をあまり快《こころよ》く思ってないのかな？」

「妙な言い方をするね。城島課長は少し頼りないとこがあるが、それなりに評価してる。行政官としては、とても有能だよ。私生活では、ちょっと羽目を外しすぎだろうがね」

「城島さんの今夜の予定は？」

「きょうは特に会議や会食の予定はないから、六時ごろには退庁するだろう」

「そうですか」

「尾行中に支援が必要になったら、いつでも電話してくれないか」

小坪が言って、エルグランドを降りた。

風巻は小坪の姿が見えなくなってから、本庁公安一課に電話をかけた。電話口に出たのは城島だった。

「風巻です。ひとつ確認したいことがあるんですよ」

「何でしょう？」

「銀座の歩行者天国で公安調査庁の芳賀さんとばったり会ったことを部下に話したことはあります？」

「そのことは誰にも話したことはありません。それがどうかしたんですか？」

「いいえ、たいしたことじゃないんです」

「そう。芳賀に探りを入れてくれました？」

「ええ。しかし、心証はシロでしたね」

「そうか。芳賀が久光にわたしの鞄を置き引きさせたのではないかと思ってたんだが、スパイリストは別人に渡ったようですね？」

「ええ、多分。ところで、退庁後、どこかで軽く一杯飲《や》りませんか。キャリアの方とじっくり話をしたことがないんですよ。どうでしょう？」

　風巻は探りを入れた。

「申し訳ない。今夜は先約があるんですよ」

「そういうことなら、またの機会にしましょう」

「風巻さん、ちょっと待ってください。さっきの話がなんだか妙に気になってきたんですよ。わたしが部下たちに公安調査庁の芳賀調査官と銀座で行き会ったことを話さなかったという件ですが、あなたが知りたがってるのはハンチングのことなんでしょ？」

「そういうわけじゃないんですよ」

「ごまかさないでほしいな。部下の誰かが芳賀調査官がよくハンチングを被ってることを知ってて、彼が怪しいとでも言ったんじゃないんですか？　そうなら、そいつは意図《いと》的に芳賀調査官が一連の事件に関わってると見せかけたかったんじゃないのかな。要するに、ミスリード工作だったんでしょう」

「そうだとしたら、その人物が臭いと言いたいわけですね」

「ええ。その部下って、誰なんです？　山極《やまぎわ》の奴なんでしょ？　あの男はキャリア嫌いで、わたしに逆《さか》らってばかりいます。山極が芳賀調査官に濡衣を着せることを企《たくら》んで、ハンチングを被って久光に十万円渡し、わたしの鞄を盗ませたんでしょ？　それから、Sのリストが記録されてるメモリーを過激派のどこかのセクトに流して、日高を撲殺させた。それで、山極自身は神田のビジネスホテルで久光の口を封じた」

「なぜ部下の方がそんなことをする必要があるんです？」

「山極達矢《たつや》はわたしに失態《しったい》を演じさせて、出世コースから外させたかったんでしょう。公安一課長がSのリストを記録してあるメモリーを奪われたことが警視総監や警察庁長官に知られたら、わたしは降格されるはずだから」

「それは被害妄想《もうそう》ですよ」

「えっ、山極じゃないのか。ほかの部下たちは一応、わたしに忠実なんですがね。わたしを陥《おとしい》れそうな人間はいないな。風巻さん、あなたは山極を庇ってるんじゃありませんか？」

「違います」

「それじゃ、いったい誰が……」

城島が呻くように言った。風巻は一方的に電話を切り、マイカーを走らせはじめた。桜田通りを突っ切り、国土交通省を回り込んで地下鉄桜田門駅の手前でエルグランドを停める。斜め前には警視庁本庁舎の職員通用口があった。大半の警察官や事務職員は、通用口を利用している。

風巻は張り込みを開始した。

数十分が経過したころ、姪《めい》の佳奈から電話がかかってきた。

「叔父さん、今度の日曜日に船に乗せてくれない？」

「急にどうしたんだい？」

「クラスに漁師さんの息子がいるんだけど、イナダに成長した鰤《ぶり》の子供が相模湾を群をなして回遊しはじめてるんだって」

「釣りをしたくなったのか？」

「そう。話を聞いてるうちに、なんか船釣りをしたくなっちゃったの。叔父さんの船に乗せてよ」

「いいとも。佳奈、釣りは愉《たの》しいぞ。魚との知恵較《くら》べだし、海原《うなばら》を眺《なが》めてるだけで、すごくリラックスできるんだ。小さなことでくよくよしたり、他人を羨《うらや》んだりしてる自分がなんだか小さく思えてくる。沖《おき》に出るだけで、必ずリフレッシュできるよ」

「そう」

「佳奈、学校で何か厭なことがあったのか？」

「ううん、別に何もないよ」

「嘘つけ！　佳奈のことなら、叔父さんはなんでもわかるんだ。好きな男の子に告《コ》白《ク》ったけど、フラれちゃったか？」

風巻は、わざと軽く言った。相手が何かで思い悩んでいるときは、あまり深刻にならないほうがいい。

「わたし、好きな男の子なんかいないよ。同学年の男子も上級生もなんか子供っぽくてね」

「いっぱしのことを言うじゃないか」

「わたし、ずっと夏休み中、クラブの朝練に出たんだよね」

「ああ、知ってる」

「でもさ、県の吹奏コンテストの出場メンバーに入れてもらえなかったの。なんか悔《くや》しくてさ、いっぱい泣いちゃった。それでも気持ちがすっきりしないから、気分転換したくなったの」

「そういうときは、釣りがもってこいだよ。よし、次の休日はクルーザーで熱海沖まで出よう」

「オンボロ漁船でしょ！」

姪が雑《ま》ぜ返した。

「夢を壊《こわ》すなって」

「わたしの分も釣り竿《ざお》はある？」

「竿は売るほどあるよ。佳奈は何も用意しなくてもいいんだ」

「それじゃ、わたし、待ってる。土曜の夜、真鶴に戻ってくるんでしょ？」

「ああ、そうしよう」

風巻は電話を切った。

きょうは木曜日だ。明後日《あさって》の午前中までには、特別任務を完了しなければならない。少し落ち込んでいる姪を元気づけてやりたかった。それには、早く事件を解決させなければならない。

風巻は気持ちを引き締め、職員通用口に目を注《そそ》いだ。

城島課長が通用口から現われたのは、午後六時四十分ごろだった。地下鉄駅に潜り込むかもしれない。風巻は車のキーを抜き取った。だが、読みは外れた。城島はタクシーを拾った。

風巻はイグニッションキーを戻した。

タクシーが走りはじめた。

風巻は、城島を乗せた黄色いタクシーを追尾《ついび》した。タクシーは第一京浜《けいひん》国道を品川駅方向に走り、やがて京浜運河沿いにあるシティホテルに横づけされた。

東京モノレール羽田線の天王洲《てんのうず》アイル駅のそばにある洒落《しゃれ》たホテルだった。

城島がタクシーを急いで降り、ホテルのロビーに入った。風巻は車をホテルの斜め前の路上に駐め、城島を追った。

城島は一階の奥にあるバーの中に消えた。

風巻は少し経《た》ってからバーに足を踏み入れた。薄暗い。右手にL字形のカウンターがあり、左手にテーブル席があった。

七卓だった。卓上にはキャンドルの炎が妖《あや》しく揺らめいている。いい雰囲気だ。

城島は奥のテーブル席にいた。円形テーブルを挟んで帆足亜希と向かい合っている。

女闘士はワンピース姿だった。

風巻は二人に背を向ける形でカウンターに向かい、ジン・リッキーをオーダーした。

BGMの音量で、城島と亜希の会話は耳に届かない。

風巻はバーテンダーに刑事であることを耳打ちし、BMWの音量をぎりぎりまで絞ってもらった。ベッシー・スミスの歌声が小さくなった。

風巻は耳をそばだてた。

「組織を脱けたいという話は嘘じゃないんだね？」

城島が小声で亜希に問いかけた。

「ええ、本気よ。思想的に自分が未熟だってことに気づいたの。民《たみ》たちに支持されない闘争は、独善的だと思い知らされたんです」

「きみが所属セクトの壊滅に全面的に協力してくれるんだったら、悪いようにはしないよ。手入れの前に安全な場所に匿《かくま》ってやる。もちろん、きみが罪に問われることはない」

「それを約束してくれるんだったら、わたし、組織を裏切ります。爆弾闘争の計画についても一部始終、喋ります」

「そこまで決心してくれたか」

「ええ。でも、ここでは話しにくいわ。一八〇六号室を取ったの。城島さん、先に部屋に入ってて」

「きみは？」

「この化粧室でメイクを直したら、すぐにお部屋に行くわ」

亜希が艶然《えんぜん》とほほえみ、カードキーを城島に手渡した。じきに城島はバーから出ていった。

亜希がスマートフォンを使って、誰かと話しはじめた。

通話は短かった。誰かを呼び寄せたようだ。

亜希と城島は、まだ深い関係にはなっていない様子だった。おそらく城島は女闘士に相談があると持ちかけられ、このホテルに呼び出されたのだろう。

風巻はスツールから滑り降りた。トイレに行く振りをして、大きな観葉植物の枝の陰に身を潜める。

亜希が待っているのは小坪次長だろう。

これまでの流れから、風巻はそう確信を深めていた。小坪は亜希の甘い誘惑に負け、親密な関係になってしまったのだろう。

公安一課のSだった日高泰成が小坪と亜希の関係に気がついたにちがいない。

小坪たち二人は、前途《ぜんと》を閉ざされることになる。どちらも敵に通じていたわけだなから、日高を亡《な》き者にするしかない。

ただし、自分たちが疑われないよう小細工をする必要がある。小坪は亜希と共謀し、『青狼の牙』をはじめとする過激派セクトか公安調査庁の芳賀調査官が久光を使って城島の鞄を盗んだと見せかけ、何らかの方法で雇った二人組に日高を撲殺させたのだろう。そして、彼自身が久光を絞殺したと思われる。

風巻は、自分の推測が外れてくれることを心のどこかで祈った。しかし、ほどなくバーに小坪次長が入ってきた。

風巻は暗然とした。

小坪は亜希と顔を寄せ合い、何か言い交わした。二人は相前後して立ち上がり、バーを出ていった。

風巻は急いで勘定を払い、小坪と亜希を追った。二人はエレベーターホールの前に立っていた。

小坪たちが函《ケージ》の中に消えた。風巻は隣のエレベーターで十八階に上がった。小坪たちは一八〇六号室の前にたたずんでいた。

「わたしよ。城島さん、早くドアを開けてちょうだい」

亜希が部屋のチャイムを鳴らし、ドア越しに声をかけた。小坪が懐から催涙スプレーを取り出し、腰の後ろから銀色のスパナを引き抜いた。

一八〇六号室のドアが内側に吸い込まれた。

「城島さん、ドアを閉めて！」

風巻は大声を張り上げ、一八〇六号室に走った。女闘士が立ち竦《すく》んだ。小坪は棒を呑んだように突っ立っている。

「小坪さん、ばかな真似はよしなさい。帆足亜希がどんなに魅力的でも、あなたは現職警官でしょうが！」

風巻は一喝《いっかつ》した。小坪がわななきはじめた。

「あなたがハンチングを被って、久光に十万円を渡し、城島課長の鞄をかっぱらわせたんですね？　公安一課のSだった日高に帆足亜希との仲を知られたんで、あなたは女闘士とつるんで……」

「日高の奴はわれわれの弱みにつけ込んで、わたしの目の前で亜希にストリップショーを演じさせたんだよ。だから、闇サイトで知った二人の荒っぽい男に日高を殺《や》らせたんだ」

「やっぱり、そうだったか。置き引き常習者の久光は、あなた自身が殺害したんですね？」

「仕方がなかったんだ。久光はわたしをこっそり尾行して、自宅を突きとめ、五百万円の口止め料を出せと脅迫してきたんだよ」

「もっともらしい作り話で城島課長をこのホテルに誘い込んで、二人で殺すつもりだったんでしょ？」

「ああ、そうだよ。日高が課長にわたしと亜希の関係を喋った可能性もあると思ったからね」

「城島課長は、おたくたち二人の関係はまったく知らないと思うな」

風巻は言った。

亜希が泣きながら、拳《こぶし》で壁を打ち据《す》えはじめた。小坪が催涙スプレーとスパナを足許に落とし、泣き笑いの表情を見せた。

「事件通報しますよ」

風巻は小坪に言って、上着の内ポケットに手を滑り込ませた。

第五話　凶行の導火線

1

調理場から怒鳴《どな》り声が聞こえた。

風巻将人はカウンターの奥を見た。三十代半《なか》ばの店長が、男性アルバイト店員を詰《なじ》っていた。何かミスをしたらしい。

渋谷のセンター街のハンバーガーショップだ。

九月上旬の夜である。十一時半を回っていた。

風巻はコーヒーを飲みながら、酔いを醒《さ》ましていた。数十分前まで大学時代のゼミの仲間たちと近くの居酒屋で旧交を温めていたのだ。エルグランドは宇田川町《うだがわちょう》の有料立体駐車場に預けてあった。

「ちゃんとオーダーを確認したのかっ」

店長の声だ。

「しましたよ」

「なのに、なんでこんなミスをするんだっ。大学生のバイトだからって、遊び気分で働かれたら、店が迷惑するんだよ」

「たいしたミスじゃないでしょうが！　おれに八つ当たりしないでほしいな」

「貴船《きふね》、八つ当たりって何だよっ」

「どうせ店長は〝名ばかり管理職〟で、長時間こき使われてるんでしょ？　苛々《いらいら》していで、さっさと転職しちゃえばいいんですよ。いくらでもスペアがいるんだから、会社はちっとも困らないはずです」

「おまえ、おれをばかにしてるのか！」

「別に」

「やる気がないんだったら、おまえこそバイトを辞めろ。すぐに代わりの者が見つかるんだから、辞めてもいいんだぞ」

「ああ、辞めますよ。安い時給で働いてやってたんだ。いますぐ辞めてやらあ」

貴船と呼ばれた若い男が喚《わめ》き、更衣室に向かった。全身に怒りが表れている。

風巻は一階フロアを見回した。

十数人の客がいたが、誰も調理場の騒ぎには関心を示さなかった。若い女性のグループは同じテーブルに向かいながらも、それぞれ無言でスマートフォンのディスプレイを覗《のぞ》き込んでいる。奇妙な光景だった。

飲み疲れたサラリーマン風の四十男はハンバーガーを握ったまま、明らかに居眠りをしている。家出中らしい十六、七歳の少女は、さきほどから出会い系サイトを見ているようだ。いかにも気だるげだった。

二階にいる二十歳《はたち》前後の男女は、この店で始発電車を待つ気なのではないか。店内で眠ることは禁じられているが、いちいち店側は注意はしていない様子だ。

きのう、小坪次長と帆足亜希は東京拘置所に身柄を移された。小坪は久光民男を殺害したことを全面自供し、『青狼の牙』の女闘士は闇サイトで裏便利屋の二人を見つけ、彼らに日高泰成を撲殺《ぼくさつ》させたことを認めた。殺人の成功報酬は、わずか二百万円だったらしい。その金を工面《くめん》したのは主犯格の小坪だった。

小坪は夫婦仲が冷えきっていたことで、亜希に夢中になったと取調官に語ったそうだ。だが、亜希のほうは公安警察の動きを探《さぐ》るだけの目的で小坪に接近したと供述したという。

男は永遠のロマンチストだが、女は死ぬまでリアリストである──。ある文豪の言葉だが、あながち的外《まとはず》れではないだろう。

風巻は若い女の色香《いろか》に惑《まど》わされた四十男を哀《あわ》れに感じながら、改めて人間の業《ごう》や性《さが》を考えさせられた。

色欲に囚《とら》われると、男には魔刻《まこく》が訪れるのだろう。いい勉強になった。

姪《めい》の佳奈を持ち船に乗せたのは三日前だった。

熱海沖でイナダを狙《ねら》ったのだが、鯵《あじ》と鯖《さば》しか釣れなかった。それでも佳奈は魚信《アタリ》があるたびに、はしゃぎ声をあげた。竿《さお》を納《おさ》めたときは、いつもの元気を取り戻していた。愉《たの》しい休日だった。

カウンターの横から貴船が現われた。憤《いきどお》りで、顔を引き攣《つ》らせている。

貴船は出入口近くの椅子《いす》を蹴倒《けたお》し、表に出ていった。風巻は顔をしかめた。ほかの客は、なんの反応も示さなかった。誰もが他人には無関心なのだろう。

店長が客たちに無言で頭を下げ、椅子を元の位置に据《す》えた。

血色が悪く、目には隈《くま》ができている。過労なのか。肌にも張りがない。

景気がなかなか安定しないからか、ファミリーレストラン、ハンバーガーショップ、ドーナッツショップ、衣料スーパー、コンビニエンスストアなどの店長は長時間勤務を強《し》いられ、体調を崩す者が続出している。心を病《や》んでしまうケースも少なくないようだ。

彼らは〝名ばかり管理職〟などと自嘲しながらも、過酷な労働条件に耐えている。わずかな管理職手当は貰《もら》えるが、もちろん残業代はゼロだ。売上が少しでも落ちれば、会社から無能扱いされる。

別に店長という肩書にしがみついているのではなく、それぞれが家族を養うために懸命にハードワークをこなしているにちがいない。格差社会の悲哀《ひあい》と言えるのではないか。

年収二百万円にも満たないワーキングプアが一千万人以上もいる。ことに〝就職氷河期〟にぶつかったロスト・ジェネレーション世代の収入が伸びていない。三十路《みそじ》になっても親許から独立できない男女の数は、いまも増えている。晩婚化に歯止めがかからないのは、乏《とぼ》しい稼ぎでは結婚できないからだろう。

市場経済とはいえ、まともに働いても満足に生活できない国家はどこかおかしい。社会構造の歪《ひず》みを国民が本気で是正《ぜせい》する時期を迎えたのではなかろうか。

むろん、物質的な豊かさだけを追うという考え方も改めるべきだろう。金は便利さや快適さをもたらしてくれる。ありがたいことだが、精神的な充足感までは与えてくれない。

国民のひとりひとりが自分に適《あ》った生き方を選び、つまらない見栄や競争心を捨てるべきではないのか。そうすれば、誰もが健《すこ》やかな気持ちで人生を謳歌《おうか》できるだろう。

風巻は改めて思い、冷めたコーヒーを飲み干した。

そのとき、店の出入口にタイガーマスクを被《かぶ》った男が立った。中肉中背で、白っぽいチノクロスパンツを穿《は》いている。

上は、デニム地のダンガリーシャツだ。両手には、ニットの手袋《てぶくろ》を嵌《は》めている。色は茶だった。

客ではなさそうだ。明らかに挙動不審《きょどうふしん》だった。

風巻は緊張し、男から視線を外さなかった。

男は左手に提《さ》げていた灰色のポリタンクのキャップを外すと、玉虫色《たまむしいろ》の液体を床一面に撒《ま》き散らした。ガソリンだろう。男は煙草《たばこ》をくわえると、手早く使い捨てライターで火を点《つ》けた。

「何をしてるんだっ」

風巻は椅子から立ち上がった。

ほとんど同時に、タイガーマスクの男が喫《す》いさしの煙草を油溜《ゆだ》まりに落とした。すぐに着火音が響いた。床から炎が躍《おど》り上がる。

「大変だ。店に火が点けられたぞ。放火だ、放火だよ」

茶髪《ちゃぱつ》の青年が大声で叫び、連れの若い女性の片腕を摑んだ。

そのカップルが出入口に走りかけたとき、火勢が強まった。早くも炎は天井まで達していた。恐怖で体が竦《すく》む。

いつの間にか、タイガーマスクを被った男は消えていた。

ポリタンクは炎に包まれている。油煙で目が痛い。むせそうだ。

「みなさん、どうか落ち着いてください」

　店長が赤い消火器を抱えて、フロアに飛び出してきた。

　店内の客はパニックに陥《おちい》り、右往左往している。二階の客たちも我先《われさき》に階段を駆け降りてきた。

　だが、店の出入口は完全に炎で塞《ふさ》がれている。ドアからの脱出は危険すぎる。

「どこに逃げればいいの⁉」

「やだ、焼け死にたくないよ」

　客たちが騒ぎはじめた。誰もが顔面蒼白だ。

　風巻は店長に駆け寄った。

「一一九番通報したね？」

「いいえ、まだです」

「わたしは警視庁の者だ。消防車を呼んで、客たちを非常口に誘導してください」

「非常口はないんですよ」

「えっ⁉　火はわたしが消しますから、あなたは客を一階の奥に集めてください。その前に一一九番するんです。いいですね！」

「わかりました」

　店長が消火器を差し出した。

風巻は消火器を受け取り、横抱《よこがか》えにした。ホースを外し、出入口に走る。風巻は安全レバーを外し、ノズルを炎に向けた。

乳色の噴霧《ふんむ》が勢いよく迸《ほとばし》った。風巻はノズルを左右に振った。

炎はわずかに小さくなった。

しかし、鎮火《ちんか》はできない。瞬《また》く間に消火器が空になった。

「もっと消火器を持ってきて！」

風巻は店長に声をかけた。

「消火器は、それ一本だけしかないんですよ」

「なんてことだ。一一九番は？」

「ええ、しました。すでに通行人が火事の通報をしてくれたみたいです。嵌《は》め殺しのガラス窓を破って、そこからお客さんたちを……」

「そうしましょう。あなたは二階の客を階下《した》に集めてください」

「はい」

店長が階段に向かった。

風巻は一階の客たちを窓辺から遠ざけさせると、椅子をガラス窓に投げつけた。

嵌め殺しのガラスが砕《くだ》けた。だが、破れた穴が小さすぎる。潜《くぐ》り抜けられそうもな風巻は両手でテーブルを頭上まで掲《かか》げ、力任せに投げつけた。ガラスの半分が消えた。

「破片《はへん》に気をつけながら、順番に外に逃げるんだ。先を争ったりしたら、ガラスで怪《け》我《が》をしますよ」

風巻は階下の客をひとりずつ避難《ひなん》させはじめた。十三人の男女が脱出したときは、かなり火が回っていた。

店長とアルバイトの女性店員が、二階にいた九人の客を階下に誘導した。炎は床の半分を覆《おお》い、窓枠まで燃えはじめていた。

店長たちが六人の客を窓から外に押し出した直後、窓辺の床は火の海と化した。

「もう窓から脱出するのは無理です。みんな、二階で消防車の到着を待ちましょう」

風巻は三人の客たちに言った。

店長を含めて五人の従業員たちが先に客たちを二階に上がらせ、自分たちもつづいた。風巻は最後に階段を昇った。背中が熱い。炎が迫《せま》っていた。

風巻たち九人は窓辺に集まって、消防車の到着を待った。

一、二分待つと、サイレンが近づいてきた。サイレンの音は幾重《いくえ》にも重なっていた。七、八台の消防車が火災現場に向かっているようだ。

「これで、われわれも救出されるな」

「生きた心地がしなかったよ」

客同士が言い交わした。店の関係者たちも安堵《あんど》した顔つきになった。

「お客さまのとっさの判断で、多くの方たちを脱出させることができました。申し遅れましたが、この店を任されている安西敬一《あんざいけいいち》です」

店長が名乗った。風巻は姓だけを教えた。

「後日、改めてお礼にうかがいたいと考えてますんで、名刺をいただけませんでしょうか」

「礼なんて必要ないよ。当然のことをしたまでだから。そんなことより、この二カ月の間に渋谷署管内で四件の放火事件が発生してる」

「ええ、そうですね。いずれも被害に遭《あ》ったのは、うちの会社の系列店です。二件目の事件では、逃げ遅れた店長が焼死してます。真面目《まじめ》な奴で、部下たちにも慕《した》われてたんですよ。放火犯をぶっ殺してやりたい気持ちです」

「お気の毒だね。四件の放火事件の犯人は同一人物の疑いが濃いようだが、まだ連続放火魔は捕まってない」

「放火の罪は重いんでしょ？」

「そうだね。警察が連続放火《アカイヌ》と呼んでる凶悪犯罪は、殺人の次に重いんだ。二つ目の事件では店長が亡《な》くなられてるわけだから、犯人には極刑が科せられると思うよ」

「当然でしょうね、それは。系列店が四店も放火されたんで、わたしも警戒はしてたんですよ。でも、この店は人出の多い渋谷センター街にありますんで、まず狙われないだろうと思ってたんですよね」

「そう。これまでの四件も、動物のマスクで顔を隠した奴が火を放ってる。確か最初の事件のときは狼のマスクで、二軒目はジャガーだったな」

「ええ、そうです。三件目のときはライオンのマスクを被り、四件目はレッサーパンダのマスクを頭からすっぽりと……」

「そうだね。犯行時に動物のマスクを被ってるのは同じ人間の仕業《しわざ》だとアピールして、警察を挑発してるんだろう」

「ええ、おそらくね。ハンバーガーを主力商品にしてる外食産業では、うちの会社が最大手です。業界二位か三位のライバル社がやっかみから、犯罪のプロに放火させてるんでしょうか？」

「臆測《おくそく》でそういうことは口にしないほうがいいんじゃないかな」

「あっ、そうですね」

安西が頭に手をやった。そのとき、客と従業員が喚声《かんせい》を放った。

ガラス窓の向こうには、三人の消防隊員がいた。梯子車《はしごしゃ》が窓の下に見える。消防官のひとりが拡声器を使い、二階に取り残された者たちに後方いっぱいまで退《さ》がってほしいと言った。

風巻たち九人は、すぐに後退した。消防隊員たちが手鉤《てかぎ》で嵌め殺しのガラス窓を打ち破った。客と従業員が歓声をあげた。

風巻は安西店長と相談して、客と店のアルバイト従業員を先に消防隊員に托《たく》した。自分は最後に脱出するつもりでいたが、店長がそれを許さなかった。

とうに放水ははじまっていたが、炎が二階に這い上がってくるかもしれない。順番を譲《ゆず》り合っている場合ではないだろう。

風巻は、安西よりも先に地上に降りた。少し遅れて店長も梯子を下《くだ》ってきた。

階下の火は、ほぼ消えていた。センター街には十台近い消防車が連《つら》なっている。化学消防車や救急車も見えた。その間を大勢の消防官が走り回っている。制服警官の姿も目についた。

夥《おびただ》しい数の野次馬が遠巻きにたたずんでいる。笑いながら、スマートフォンのカメラで火災現場を撮っている若者が何人もいた。どういう神経をしているのか。

風巻は無性《むしょう》に腹が立った。対岸の火事だからといって、へらへら笑うのは不謹慎《ふきんしん》だ。

「出火状況を教えてください」

消防官のひとりが安西店長に声をかけた。

風巻は安西に目礼し、大股で歩きだした。いくらも進まないうちに、誰かに名を呼ばれた。

振り向くと、渋谷署刑事課の酒見照彦《さかみてるひこ》巡査長が駆け寄ってきた。

旧知の刑事だ。酒見は三十二歳で、スポーツマンタイプだった。

「よう、しばらく！　元気そうじゃないか」

風巻は先に口を開いた。

「どうして風巻さんがこんな所にいるんですか⁉」

「ハンバーガーショップで酔いを醒ましてたんだよ。そしたら、タイガーマスクで面《づら》を隠した奴が出入口にガソリンを撒いて、火の点いた煙草を油溜まりの中に落としたんだ」

「そうだったんですか。自分、管内で発生した四件の連続放火事案《じあん》を担当してるんですよ」

「そう。二件目の事件では、店長が逃げ遅れて焼け死んだんだったな？」

「そうなんです。亡くなった店長は事件の数カ月前に、やっと待望の第一子を授《さず》かったんですよ。なのに、死んでしまって……」

「不運だな。放火魔は、警察を嘲《あざけ》るように次々にハンバーガーショップに火を放ってる。しかも毎回、アニマルマスクを被って犯行に及んでる。手口が大胆だから、放火の前科歴がある奴の仕業臭《くさ》いな」

「自分らもそう思って、放火の前科《マエ》のある奴らのアリバイを徹底的に洗ってみたんですよ。しかし、怪しい者はいませんでした」

酒見が答えた。

「それじゃ、まだ重参（重要参考人）はゼロなんだな？」

「ひとり捜査線上に浮かんだんですよ。四カ月前まで同系列のハンバーガーショップの店長をやってた辻寛《つじひろし》って男なんですが、会社にアルバイト従業員の数を増やしてくれと申し出たら、名古屋店に転勤辞令が下《お》りたらしいんです」

「会社の厭《いや》がらせだろうな」

「自分も、そう思います。それで辻は頭にきて、辞表を書いたんです。まだ三十四だから、すぐに再就職口は見つかると高を括《くく》ってたんでしょうね。でも、二カ月ほどハローワークに通っても、面接まで漕《こ》ぎつけたのはたったの一社だったとか。で、辻は辞めた会社の労務担当の重役の自宅に無言電話を何十回もかけてたんですよ」

「だから、その辻って奴を怪しんだわけだ？」

「そうなんですよ。ですけど、過去四件の放火事件の犯行時、辻にはそれぞれ完璧《かんぺき》なアリバイがあったんです」

「そうか」

「アリバイが完璧すぎるんで、何か偽装工作をしてるんじゃないかとも疑ったんですけど、そういう様子はうかがえませんでした」

「そうか。大変だろうが、粘《ねば》り強く捜査をつづけて、必ず連続放火魔を取っ捕まえてくれよ。それじゃ、またな」

風巻は片手を挙げ、立体駐車場に歩《ほ》を進めた。酔いは、すっかり醒めていた。

2

急に動悸《どうき》が速《はや》くなった。

血も逆流しはじめた。前夜の出来事を思い出したせいだろう。

風巻は深呼吸した。刑事総務課の自席である。午後二時過ぎだった。

運が悪ければ、昨夜の放火事件で何人かの焼死者が出ていただろう。自分も、その中に含まれていたかもしれない。

二番目の事件で犠牲になったハンバーガーショップの店長は、もう愛児の成長ぶりを見ることができない。若い妻を未亡人にしてしまったことも無念だったはずだ。

五件の連続放火事件を引き起こした犯人に対する怒りと憎しみが募《つの》った。風巻は書きかけの記者会見の予程表を机の端に置き、すっくと立ち上がった。

葛西課長の席に急ぐ。預かりの身であるとはいえ、独断で捜査活動をするわけにはいかない。筋《すじ》は通すべきだろう。

「どうしたんだね？」

葛西が問いかけてきた。

「ちょっと刑事部長室に行かせてください」

「有働さんから密命が下《くだ》ったんだな？」

「いいえ、そうではありません。自主的に支援捜査したい事件があるんですよ」

風巻は、きのうの放火事件のことを詳しく語った。

「そうだったのか。それは、とんだ災難だったな。きみが義憤《ぎふん》に駆られるのはよくわかるよ。連続放火魔はクレージーだね。冷血漢なんだよ、きっとさ」

「そうなんでしょう」

「いいよ、刑事部長室に行っても」

葛西が快諾《かいだく》した。

風巻は一礼して、廊下に出た。急ぎ足で刑事部長室に向かい、入室を求める。

ドアの向こうで、有働刑事部長の声がした。

「入ってくれ」

風巻は刑事部長室に足を踏み入れた。有働の執務机の前まで歩く。立ち止まると、刑事部長が書類から顔を上げた。

「そろそろ捜一《そういち》に戻りたくなったかな」

「お願いは、そのことではないんです。渋谷署管内で発生した連続放火事件の派遣捜査をやらせてほしいんですよ」

風巻はそう前置きして、前夜の事件に巻き込まれた経緯《いきさつ》を話した。

「そんなことがあったのか。二件目の事件で犠牲者が出たんだが、渋谷署から応援要請はなかったんで、本庁《うち》の捜一の者は誰も出張《でば》ってない。しかし、きみひとりが助っ人になるなら、所轄署も傷つかないだろう。渋谷署の署長に風巻君が側面協力することを電話しておいてやろう。すぐに渋谷署に出向いてくれ」

有働が言った。

風巻は刑事部長室を出ると、いったん刑事総務課に戻った。葛西課長に派遣捜査の許可を得られたことを告げ、エレベーターで地下三階の車庫に下る。

風巻はエルグランドに乗り込み、渋谷署に向かった。同署は渋谷駅のそばにある。首都高速三号線の道路際《ぎわ》にあり、明治通りに面していた。

二十数分で、渋谷署に着いた。

風巻はマイカーを一般駐車場に入れ、三階の刑事課に顔を出した。顔馴染《なじ》みの徳岡《とくおか》則文《のりふみ》課長がにこやかに歩み寄ってきた。

五十一歳の警部だ。垂《た》れ目で、馬面《うまづら》だった。

「お待ちしてましたよ。うちの署長から話は聞いてます。本庁の有働刑事部長の直属の特別捜査官だから、失礼のないようにと言われました」

「わたしは、ただのお手伝いですよ。特別扱いしないでください。酒見君から聞いてるでしょうが、きのうの渋谷センター街の火災現場にわたしも居合わせたんですよ」

「そうですってね。お怪我がなくて何よりです」

「酒見君の姿が見当たらないようですが、聞き込みに出てるんですか？」

風巻は訊《き》いた。

「いいえ、遅い昼食を摂《と》りに外に出たんですよ。もう間もなく戻ってくると思います」

「そうですか。これまでの四件の放火事件、それから昨夜《ゆうべ》の事件調書を見せてもらえます？」

「もちろん、読んでいただきます。奥の会議室を使ってください」

徳岡が歩きだしたとき、酒見が刑事部屋に戻ってきた。

風巻は、連続放火事件の捜査を手伝わせてもらうことになったと告げた。すでに酒見は課長から話を聞いていたようで、深くは詮索《せんさく》しなかった。

「きのうの事案を含めて五件の放火事件の調書を持ってきてくれないか」

徳岡が酒見に言って、会議室に向かった。風巻は徳岡に従った。

二人は会議室に入り、向かい合った。風巻は壁寄りの椅子に腰かけた。

「われわれは、道玄坂店の元店長の辻寛を容疑者と睨《にら》んでたんですが、その彼にはれっきとしたアリバイがあったんですよ」

徳岡が先に口を開いた。

「その話は、酒見君からざっと聞きました。アリバイが不自然なほどパーフェクトだったとか？」

「ええ、そうなんですよ。だから、われわれは辻が誰かにハンバーガーショップに火を点けさせたんではないかと推測したんですが、その読みは外れました」

「そうらしいですね。五件とも犯人はアニマルマスクで顔を隠して、犯行に及んでます。動物柄のマスクから、犯人の割り出しはできないんでしょうか。動物のマスクを幾つも買い求めてたら、店の者は犯人のことを記憶してるんじゃないのかな」

「アニマルマスクを売ってる店を部下に一軒ずつ回らせたんですが、動物のマスクをまとめ買いした客はいなかったんですよ。おそらく犯人は、一点ずつ別々の店で購入したんでしょう」

「そうなんでしょうね。ガソリンの入ってたポリタンクは溶けてしまって、犯人の指《し》掌紋《しょうもん》は採《と》れなかったんでしょ？」

「ええ。ハンバーガーショップの入口付近で、ガソリンの付着した靴痕は採取できたんですよ。靴のサイズは二十七センチだったんですが、大量生産されたものでしたから……」

「購入先は割り出せなかったんですね」

「そうなんです」

「二件目の放火現場はどのあたりなんですか？」

「宮下《みやした》公園の横にあるハンバーガーショップです。ことは、目と鼻の間なんです。焼死した店長は牛尾由孝《うしおよしたか》という名でした」

「焼死した彼は、どうして逃げ遅れたんでしょう？」

風巻は質問した。

「フライドポテトを揚げるフライヤーの油に消化液を注入して、延焼を少しでも喰《く》い止めたかったようですね。いったん牛尾さんは店の外に逃げたんですよ。でも、調理場に戻ったため、命を落とすことになったわけです。責任感が強かったんでしょうね」

「そうなんでしょうが、焼死したのは牛尾という店長だけですよね？」

「ええ、そうです。犯人は牛尾さんが任されてた店にだけ、ポリタンク二つ分のガソリンを床に撒いてから、火を放ってます」

「その店だけというのは、なんか妙だな。放火犯は、店長を焼き殺す気だったのかもしれませんね」

「そうだったとしたら、過去に犯人は牛尾さんと何かでトラブルを起こして、逆恨《さかうら》みしてたとも考えられます」

「ええ。そのあたりのことを酒見君と一緒に調べてみましょう」

「犯行動機が牛尾さんの殺害だとしたら、なんで最初っから宮下公園横のハンバーガーショップに放火しなかったんですかね？　それが謎だな。牛尾さんの店は二番目に焼かれてるんですよ」

「牛尾さんの店にいきなり火を点けたら、捜査線上に犯人がすぐ浮かぶことになるでしょう。だから、最初は別の系列店に火を放って、目的を果たした後《あと》も次々に……」

「ああ、なるほどね。そうしておけば、病的な放火魔が一連の事件の犯人だと印象づけられるわけか」

「ええ」

「さすがだな、風巻さんは。本庁の有働刑事部長が目をかけるはずです」

「あまりおだてないでください」

「きっと風巻さんの推測は正しいにちがいない」

徳岡課長が言った。

そのすぐ後、会議室のドアが開けられた。酒見は事件調書の束《たば》を風巻の前に置くと、じきに下がった。

風巻は、五件の放火事件の関係調書にすべて目を通した。だが、事件を解《と》く手がかりは得られなかった。

「どうでしょうか？」

「残念ながら、事件調書だけでは犯人《ホシ》は透《す》けてこないですね。ただ、牛尾さんだけが焼死したことがなんとなく引っかかります」

「そうですか。重参とマークしてた辻寛は臭くないでしょうか？　アリバイ工作をした疑いが完全には消えてないんですよね」

徳岡は、まだ重要参考人だった男を怪しんでいる様子だった。刑事の勘なのだろう。

会話が中断したとき、酒見がふたたび会議室に入ってきた。洋盆《トレイ》を捧《ささ》げ持っていた。

酒見は三つのカップを卓上に置くと、上司のかたわらに腰かけた。

「風巻さんは、牛尾由孝だけが焼死したことに引っかかってるようなんだ」

徳岡が部下に風巻の筋読みを伝えた。風巻はコーヒーをひと口飲んでから、酒見巡査長に顔を向けた。

「推測というよりも、第六感なんだよ。酒見君はどう思う？」

「犯人は宮下公園脇のハンバーガーショップにだけ多くガソリンを撒いて、油溜まりに火の点いた煙草を投げ込んでます。風巻さんの推測は当たってるのかもしれません」

「調書によると、焼死した牛尾由孝は目黒区中根《なかね》二丁目の賃貸マンションに奥さんと生まれて間もない娘と住んでたようだが……」

「奥さんの優香《ゆうか》さんは子供と一緒に日吉《ひよし》の実家に戻ってます。まだ娘さんは乳児ですから働きに出るわけにはいかないんで、しばらく親許で暮らすことになったんでしょうね」

「そうなんだろうな。未亡人の実家の住所はわかってるんだね？」

「ええ」

「それなら、コーヒーを飲んだら、未亡人に会いに行こう」

「はい！」

酒見がせっかちにコーヒーを啜《すす》った。課長も黙したまま、カップを口に運んだ。

ほどなく三人は会議室を出た。

風巻は酒見と肩を並べて刑事課を出た。自分の車で横浜市港北区《こうほく》に向かう気でいたが、酒見は捜査車輛《しゃりょう》を使いたがった。あえて異論を唱《とな》える理由もない。風巻はミッドナイトブルーのアリオンの助手席に坐った。

酒見が覆面パトカーを滑《なめ》らかに走らせはじめた。

牛尾優香の実家を探し当てたのは午後四時過ぎである。未亡人の旧姓は、松任谷《まっとうや》だった。

風巻たちはアリオンを松任谷宅の生垣《いけがき》に寄せ、優香との面会を求めた。若い未亡人は抱いていた愛娘を自分の母親に預けると、来訪者を玄関ホール脇の応接間に導《みちび》いた。

風巻たちは長椅子に坐った。優香が風巻の前のソファに浅く腰かけた。

「昨夜《ゆうべ》、また渋谷のハンバーガーショップが放火されましたが、ご存じでしょ？」

風巻は未亡人に話しかけた。

「ええ、知ってます。五店も火を点けるなんて、犯人はよっぽど会社に恨みがあるんでしょうね。でも、亡くなった方がいなかったことが不幸中の幸いです。わたしの夫は、運悪く焼け死んでしまいましたけど」

「残念でしたね。生前、ご主人は店内で客と揉《も》めたことがあると言ってませんでした？」

「それは……」

優香が口ごもった。

「客とトラブルを起こしたことがあるんですね」

「は、はい。主人が焼死した翌日、警察の方に同じことを訊かれたときは何もないと言ってしまったんですけど、仕返しされるのが怖かったんですよ」

「そのことを話してもらえますか」

「はい。夫が亡くなる一カ月ほど前の出来事らしいんです。深夜に仁友会関口《せきぐち》組の若い組員が主人の店に入ってきて、家出中の女子高生にしつこくまつわりついてたというんです」

「ご主人は見かねて、やくざに注意をしたんですね？」

「ええ、そうです。それで、夫は一一〇番する気になったそうです。そしたら、相手の男は逆ギレして、店内で暴《あば》れたらしいんですよ。通報しかけると、若い組員は慌《あわ》てて店から出ていったらしいんです」

「それで一件落着したと思ってたら、そいつが何か厭がらせをするようになったんですね？」

「ええ、そうです。十文字《じゅうもんじ》とかいう組員は翌日から数人の仲間と店に来て、男性客には因縁《いんねん》をつけ、女性客には卑猥《ひわい》なことを言いつづけたんですって」

「それで、ご主人は今度こそ一一〇番したんでしょうね」

「いいえ。客商売なので、警察を呼ぶのは控えたらしいんです。夫は十文字たちを表に連れ出して、店にもう来ないでほしいと言ったそうなんですよ」

「組員たちに毅然《きぜん》とした態度を取れるんだから、勇気がある旦那さんだったんだな。

でも、相手はおとなしく引き下がったわけじゃないんでしょう？」

「ええ。夫は顔面以外のとこを殴打され、蹴りも入れられたそうです。十文字という組員は、『やくざが堅気《かたぎ》になめられたら、おしまいだ。そのうち必ずてめえをぶっ殺す』と捨て台詞《ぜりふ》を吐いて、仲間たちと立ち去ったというんですよ」

「そうですか」

「ひょっとしたら、放火犯は十文字信《まこと》とかいう暴力団の組員なのかもしれません。夫の話だと、その男は本気で怒ってる様子だったらしいの」

「やくざは、殺人が割に合わないことを知ってます。ぶっ殺すと凄《すご》んでも、本気でご主人を殺す気はなかったんだと思うな」

「風巻さん、そうは言い切れないんではありませんか。最近の若いヤー公はすぐにキレちゃいますからね。それこそ見境がなくなる」

酒見が会話に加わった。

「きみは、十文字って奴を知ってるのか？」

「よく知ってます。傷害容疑で二年半ほど前に十文字を検挙《アゲ》たことがありますんでね。そのときは、対立してる別の組織の準幹部をぶっ飛ばしちゃったんですよ。目つきが気に入らないという理由だけでね」

「凶暴な奴なんだな」

「ええ、狂犬みたいな男ですよ。やくざは面子《メンツ》に拘《こだわ》りますから、堅気になめられたと感じたら、キレるでしょうね」

「そうだとしても、五軒のハンバーガーショップに火を点ける理由があるのかい？」

「十文字は、ほかの四つの店でも同じようなことをして、店長に出入り禁止を言い渡されたのかもしれませんね。だから、五店に次々に放火したんじゃないのかな」

「一応、十文字って組員の動きも探ってみるか」

風巻は酒見に言って、未亡人に問いかけた。

「そのほかにご主人が仕事中にトラブルに巻き込まれたことはあります？」

「それだけだと思います」

「アルバイト店員とは、いい関係だったんだろうか」

「下の人たちと何かでトラブったことは一度もないはずです。亡くなった夫は、年下の人たちにもちゃんと気を配ってましたので」

「そうですか。会社に対して、何か不満を洩《も》らしてたことは？」

「管理職手当はいらないから、残業代が欲しいよなんて冗談半分に言ってましたね。ほとんど毎日、二十時間近くお店で働いてましたんで、一日分の賃金を勤務時間で割ると、時給千円ちょっとなんですよ。だけど、夫は会社にサラリーのことで文句を言ったことはありませんでした。過労で、だいぶ疲れてはいましたけどね」

優香が答えた。

話が途切《とぎ》れた。それを汐《しお》に風巻たちは暇《いとま》を告げた。警察車輛に乗り込む。

「関口組の事務所は、道玄坂二丁目にあるんですよ。そこに向かいます」

酒見がアリオンを発進させた。

渋谷に戻ったのは、三十五、六分後だった。仁友会の五次下部団体である関口組の事務所はみすぼらしかった。酒見が覆面パトカーを降り、三階建ての古ぼけた組事務所の中に入っていった。

風巻も助手席から出た。ちょうどそのとき、関口組の事務所から酒見が現われた。

「十文字は、まだ自宅にいるそうです」

「そう。家《ヤサ》はわかってるんだね？」

「ええ。十文字の塒《ねぐら》は、神泉町《しんせんちょう》にあります。井の頭線の神泉駅から五、六百メートル離れた賃貸マンションに住んでるんです。部屋は一〇四号室だったかな」

「愛人《レコ》と同棲してるのか？」

「十文字は女好きだから、いろんな相手を部屋に引っ張り込んでるみたいなんですよ」

「羨《うらや》ましげな口調だね」

風巻は酒見をからかって、先にアリオンの助手席に坐った。

酒見が慌《あわ》ただしく運転席に乗り込む。覆面パトカーが走りだした。

五分ほどで、十文字の自宅マンションに着いた。

風巻は車を降りると、何気なく一〇四号室のベランダを見た。

サークルハンガーから、タイガーマスクが垂《た》れている。酒見も、そのことに気づいた。

「きのうの放火は、十文字の仕業じゃありませんかね」

「いや、違うだろう。放火犯だったら、わざわざ通りに面したベランダにタイガーマスクを干したりしないさ」

「あっ、そうですね。十文字は大人のくせに、プロレスごっこをしてるんでしょうか」

「そうじゃないとしたら、誰かが十文字に濡衣を着せる目的で、こっそり一〇四号室のベランダの洗濯ロープにサークルハンガーを吊《つ》るしたんだろうな。ベランダの柵《さく》に足を掛ければ、楽に引っ掛けられそうじゃないか」

「ええ、そうですね。タイガーマスクを吊るした奴がいたら、そいつが連続放火事件の犯人なんでしょう」

「ああ、多分な」

「十文字に鎌をかけてみますか」

「そうしよう」

二人はマンションのエントランスロビーに入った。

出入口は、オートロック・システムにはなっていなかった。エレベーターも設置されていない。マンションは三階建てだった。

酒見が一〇四号室のインターフォンを鳴らした。

ややあって、スピーカーから男の声が流れてきた。

「誰だい？」

「渋谷署の酒見だよ。十文字、ちょっと訊きたいことがあるんだ。二、三分、つき合ってくれないか」

「いま、ちょっと取り込んでるんだ。出直してもらえねえかな」

「連れ込んだ女とじゃれ合ってたんだ？」

「うん、まあ。酒見さん、野暮な真似《まね》しないでよ」

「粋《いき》に振る舞いたいが、こっちも時間がないんだ。出てきてくれ」

酒見が命じた。

スピーカーが沈黙した。象牙色《ぞうげいろ》のドアが半分ほど開けられ、トランクス一枚の二十四、五歳の男が姿を見せた。

十文字は総身彫《ほ》りの刺青《いれずみ》で肌を飾っていた。凶暴そうな面構《つらがま》えだった。

「連れの旦那は？」

「本庁の風巻さんだよ。われわれは、連続放火事件の捜査中なんだ」

「そういえば、ハンバーガーショップが五店も放火されたよな」

「そのことなんだが、おまえ、ハンバーガーショップの店長をやってた牛尾を仲間と痛めつけたことがあるな。ばっくれたら、損だぜ」

「ちょっと軽くはたいただけだよ。牛尾って奴が店内でナンパしてるとき、偉そうに説教しやがったんでな」

「組の仲間とハンバーガーショップで厭がらせをして、牛尾店長をぶっ飛ばしただけか？　そっちは、牛尾さんをぶっ殺すって凄んだらしいな。堅気《ネス》になめられたんで、店ごと牛尾店長を焼き殺したんじゃないのかっ」

「酒見さん、あんた、まさかおれがハンバーガーショップに火を点けたと疑ってるんじゃねえよな!?」

「そうじゃないのかっ」

「冗談も休み休み言ってくれ。おれは渡世人《とせいにん》だぜ。銭《ぜに》にならねえ犯罪《ヤマ》なんか踏まねえよ。そんなこと、あんたもわかってるはずじゃねえか」

「まあね。しかし、そっちはキレると、見境がなくなる。それにな、ベランダに干してあるタイガーマスクも気になったんだよ」

「タイガーマスク!? なんだい、そりゃ?」

「昨夜《ゆうべ》、ハンバーガーショップに放火した犯人は虎の仮面を被ってたんだ」

「おれ、そんなマスク持ってねえぜ」

「それじゃ、一〇四号室のベランダに干してあるタイガーマスクは誰が吊るしたのかな?」

「そんなこと知らねえよ。どこかの誰かがおれを放火犯に見せかけたくて、おかしなマスクを洗濯ロープに吊るしたんだろう」

「思い当たる奴は?」

風巻は、酒見よりも先に訊《き》いた。

「いないね。けど、おれの知り合いなんじゃねえのか」

「組の連中は、牛尾店長と揉めたことを知ってるよな?」

「幹部は知らねえはずだけど、若い者《もん》はたいがい知ってるよ。あの野郎をぶっ飛ばしたとき、遠巻きに見てる奴らもいたから、かなりの人間がトラブってることはわかってたんじゃねえの? そんなことよりさ、おれは絶対に牛尾の店に火なんか点けてねえぜ。もちろん、ほかの四店にもな」

「そうか」

「やくざのおれを連続放火魔に仕立てようとした奴がいるとは上等じゃねえか。旦那、そいつを逮捕《パク》ったら、真っ先におれに教えてくれ」

「どうする気なんだ？」

「半殺しにしなきゃ、気が済まねえ」

「まだチンピラだな」

「なんだと!?」

「凄んでないで、早くベッドに戻ってやれ」

「おっ、粋なことを言うじゃねえか。わかったよ。そうすらあ」

十文字が好色そうな笑みを浮かべ、玄関のドアを閉めた。

「風巻さん、少し十文字をマークしてみましょうよ。十文字を犯人に仕立てようとした人物が浮かび上がってくるかもしれませんから」

「そうだな」

風巻は相槌《あいづち》を打って、一〇四号室からゆっくりと離れた。すぐに酒見刑事が追ってきた。

3

張り込んだ直後だった。

一〇四号室のベランダに十文字が姿を見せた。

風巻はフロントガラス越しに部屋の主の動きを見守った。

十文字はサークルハンガーからタイガーマスクを引き千切《ちぎ》るように外すと、道路に投げ捨てた。忌々《いまいま》しげな表情だった。十文字はすぐに居室《きょしつ》に戻った。

「あのタイガーマスクを回収して、鑑識に回したほうがいいな」

風巻は、運転席の酒見に言った。

酒見がうなずき、覆面パトカーから降りた。路上のタイガーマスクにハンカチを被せ、巧《たく》みに包み込む。馴《な》れた手つきだった。

じきに酒見はアリオンに駆け戻ってきた。運転席に坐ると、彼は同僚刑事に電話をかけた。通話は短かった。

「木下《きのした》って後輩にタイガーマスクを取りに来てくれって頼んだんですよ」

「そうか。マスクの頭の部分はニットだが、顔のとこにはプラスチックと金属が使われてるから、十文字の部屋のベランダにこっそりそれを吊り下げた奴の指紋や掌紋が付着してるかもしれないな」

「ええ、そうですね。張り込みを切り上げるとき、タイガーマスクを外して、署に持ち帰ろうと思ってたんですが、少しでも早いほうがいいでしょ？」

「そうだな」

風巻は酒見に断って、煙草に火を点けた。

酒見の同僚刑事が覆面パトカーでやってきたのは、およそ十分後だった。木下という若い刑事が灰色のティアナから降り、アリオンに歩み寄ってきた。

酒見がパワーウインドーを下げ、ハンカチにくるんだタイガーマスクを木下に手渡した。

「そいつをすぐ鑑識に回しておいてくれ。十文字以外の人間の指紋《モン》が出たら、A号照会も頼むぜ」

「わかりました。結果が出ましたら、ただちに酒見先輩にご報告します」

木下が敬礼し、覆面パトカーに戻った。ティアナが走り去った。

「いまの彼、学校の後輩なのか？」

「ええ、城南大のね。柔道部で三つ下だったんです。だから、いまも自分に何かと気を遣《つか》ってくれてるんですよ」

「そうか。体育会系クラブは社会人になっても、ずっと上下関係がついて回るからな」

「別に先輩風を吹かしてるつもりはないんですがね。木下は、やりにくいと思ってるかもしれません」

「そうかな」

会話が途切れた。

風巻たちは黙って張り込みつづけた。酒見の懐《ふところ》で刑事用携帯電話が鳴ったのは、およそ四十分後だった。発信者は木下刑事のようだ。

やがて、通話が終わった。

「風巻さん、収穫がありましたよ。タイガーマスクから、放火の前科のある男の指紋が付着してたそうです」

「詳しいことを教えてくれないか」

「はい。そいつは磯辺拓海《いそべたくみ》という名で、現在、三十四歳です。元介護士です。八年前、磯辺は杉並区内にあるケア付き老人ホームで働いてたんですが、勤め先に火を放って、二人の入居者を焼死させてるんですよ」

「なんだって、そんなことをしたんだ？」

「磯辺はかなり頭のぼけてる入居者に泥棒呼ばわりされたことに腹を立てて、衝動的に放火してしまったようですね。その相手が焼死することを願ってたんでしょうが、当の老女は難を逃《のが》れたらしいんです。それで、まるで関係のない二人が犠牲になってしまったみたいですよ」

「当然、その磯辺は実刑判決を喰《く》らったんだな？」

「ええ。六年七カ月ほど服役して、すでに仮出所してます」

「そう。で、いまは何をやってるんだい？」

「わかりません。木下に磯辺のことを調べるように言いましたんで、そのうち何か報告があるでしょう」

「そうだろうな」

「磯辺は放火の快感を知ってしまって、五店のハンバーガーショップに火を点けたんですかね？　放火は癖になるらしいから」

「まだ何とも言えないな。ただ、歪《ゆが》んだ性癖だけで五店舗に連続的に火を点けるとは思えないんだよ」

「放火癖は一種の病気でしょうから、磯辺って奴が一連の事件《ヤマ》を踏んだんじゃないのかな」

「そうなんだろうか」

風巻は口を閉じた。

磯辺なる人物が仮に連続放火魔だとしたら、なぜ暴力団組員の十文字に濡衣を着せようとしたのか。十文字は、磯辺が連続放火事件の犯人だと見抜いていたのだろうか。そして、元介護士を脅迫していたのか。

そうだとしたら、二人には前々から接点があったにちがいない。元介護士と組員は、いったいどこで知り合ったのだろうか。同じ刑務所で服役中に知り合ったのか。

風巻はあれこれ推測しながら、張り込みを続行した。いたずらに時間が流れる。十文字はいっこうに部屋から出てこない。

木下が酒見に電話をかけてきたのは、午後六時過ぎだった。電話を切ると、酒見が弾《はず》んだ声で告げた。

「磯辺は現在、冷凍車の運転手をやってることがわかりました。それから渋谷のセンター街にあるドーナッツショップの店長をやってる湯浅翔《ゆあさしょう》という三十三歳の男と幼馴染みだったことも判明したんですよ」

「そうだったのか」

「湯浅が店を任されてるドーナッツショップは十数年前にセンター街にできたんですが、放火されたハンバーガーショップがオープンした七年前から客を奪われっ放しで、売上は下降線をたどる一方だったらしいんですよ」

「だから、その湯浅が競合相手である渋谷駅周辺の五店のハンバーガーショップがなくなればと考え、磯辺に火を点けてもらった。きみは、そう筋を読んだわけだ？」

「ええ、そうです。繁盛《はんじょう》してたハンバーガーショップが五店も焼け落ちれば、自然の流れでドーナッツショップにふたたび客が戻ってくるはずです。売上は数倍になるでしょう。ドーナッツショップの各店長は毎月、本社から一定の売上ノルマを課せられてるんでしょうから、長いこと低迷状態だったら、湯浅は店長でいられなくなると思うんです」

「格下げされるだろうな、間違いなく。だからといって、売上を飛躍的に伸ばしたいという理由だけで、商売仇《がたき》のハンバーガーショップを五店も幼馴染みの磯辺に放火させる気になるかね」

「なりませんか？」

「ドーナッツショップの店長というポストは、そういう犠牲を払ってまで堅持したくなるほど魅力があるだろうか。店長といえば、確かに聞こえはいいが……」

「ええ、そうですね」

「湯浅という店長も、〝名ばかり管理職〟だったのかもしれないぞ。そうだとしたら、会社の発展のためにそこまで自己犠牲を払う気にはなれないんじゃないのか？」

「ま、そうでしょうね。となると、磯辺に放火を依頼したのは湯浅翔ではないようだな」

「おれは、そんな気がしてるんだ」

　風巻は言った。

「でも、実行犯は磯辺臭いですよね。タイガーマスクには、磯辺の指紋が付着してたわけですから」

「その疑いは濃いと思うよ」

「徳岡課長に連絡して、磯辺拓海に任意同行を求めるべきでしょうね」

酒見が呟《つぶや》き、上着の内ポケットからポリスモードを取り出した。上司に連絡し、磯辺を任意で渋谷署に呼んでほしいと頼んだ。

「課長はどう言った？」

風巻は、ポリスモードを折り畳んだ酒見に問いかけた。

「すぐ磯辺に任意同行《ニンドウ》を求めるそうです」

「そうか。磯辺が観念して、何もかも素直に吐いてくれればいいが、一筋縄《ひとすじなわ》ではいかなそうだな」

「でしょうね。放火の前科《マエ》があるから、五件の放火をあっさり認めたら、今度は八、九年は服役しなくちゃならなくなります」

「ああ、そうなるだろうな」

「磯辺が署に着いたら、少しは捜査が進展するでしょう。少し楽観的ですかね？」

「かもしれないぞ」

「ですよね」

酒見が自分の額を手で叩いた。

その数秒後、十文字がけばけばしい化粧をした二十三、四歳の女と一緒に自宅マンションから出てきた。キャバクラ嬢だろうか。

二人は円山町《まるやまちょう》に向かって歩きだした。

酒見がアリオンを発進させ、低速で十文字たちを尾《つ》けはじめた。二人は三百メートルほど歩き、ラブホテル街の外れにある焼肉店に入った。

酒見が覆面パトカーを焼肉店の少し手前に停めた。そのまま、ふたたび張り込みはじめる。

十文字たち二人が店から出てきたのは、小《こ》一時間後だった。二人は、店の前で左右に別れた。

酒見がアリオンを走らせはじめた。

十文字は組事務所に三十分ほど顔を出し、百軒店《ひゃっけんだな》の外れにあるビリヤード店に入っていった。酒見はビリヤード店から数十メートル離れた路上に捜査車輌を停止させた。

それから間もなく、一台のスクーターがビリヤード店の前に横づけされた。ライダーはスクーターに跨《また》がったままだ。

ビリヤード店のドアが開き、十文字が姿を見せた。

スクーターの男が無言で小さく折り畳んだ幾枚かの万札を十文字に渡した。十文字も黙ったまま、相手に甘栗の袋を手渡した。赤い袋だった。

「スクーターの男は、十文字から何か薬物を買ったんだろう。中身は甘栗じゃないと思うよ」

風巻は言った。

「スクーターの男は何者なんでしょうか？」

「男の正体を突きとめよう」

「わかりました」

酒見が緊張感を漲《みなぎ》らせた。十文字が店の中に引っ込んだ。

スクーターが走りはじめた。

アリオンがスクーターを追尾《ついび》する。スクーターは円山町の坂道を下《くだ》り、文化村通りに出た。道玄坂下交差点の少し手前で左折し、センター街に入った。

スクーターは、ドーナッツショップの前で停まった。ライダーはフルフェイスのヘルメットを外すと、店の従業員通用口を潜《くぐ》り抜けた。

「スクーターの男は、店長の湯浅なんじゃないですか？」

酒見が言った。

「ああ、多分ね。横顔しか見えなかったが、二十代じゃなさそうだったからな」

「湯浅に十文字から薬物を買ったかどうか探りを入れてきます」

「酒見君、それはやめたほうがいいな」

「どうしてです？」

「こっちの勘が外れてたら、人権問題にもなりかねない。車をビリヤード屋に戻してくれないか」

「十文字に揺さぶりをかけるんですか？」

「そうだ」

風巻は短く応じた。

酒見が覆面パトカーを道玄坂に向けた。百軒店の飲食街は、道玄坂の途中に入口がある。アリオンは百軒店の通りに入り、ほどなくビリヤード店の前で停止した。

風巻たち二人は店内に足を踏み入れた。

十文字は奥のビリヤードテーブルで、キューを構えていた。常連客たちとナインゲームに興《きょう》じているようだ。十文字が風巻と酒見に気づき、露骨に眉根《まゆね》を寄せた。

「そんなに渋い顔するなよ」

酒見が十文字の肩を軽く叩いた。

「用件を言ってくれや」

「ドーナッツショップの店長は、いつからの客なんだい？」

「えっ、客だって!?」

「空とぼけるなって。十数分前、湯浅に薬物を売ったな。甘栗の赤い袋を手渡したとこを見てたんだよ」

「湯浅の野郎、自白《ウタ》いやがったんだな。ふざけやがって」

「やっぱり、そうだったか」

「きっ、汚《きたね》えな。おれを引っ掛けやがったんだなっ」

十文字がキューを床に叩きつけた。居合わせた男たちの視線が集まった。

「なんでもないんだ。プレイをつづけてくれよ」

風巻は客たちに笑顔を向けた。

「袋の中身は大麻樹脂か、コカインだな？」

酒見が十文字に訊いた。

「おれは、湯浅にサプリメントを只《ただ》で上げただけだよ。あいつ、働きすぎで、いまにもぶっ倒れそうだからさ。あっ、それから貸してた二万円を返してもらったんだ」

「十文字、おまえと遊んでる暇はないんだよ」

風巻はやくざ者を睨みつけた。

十文字が睨み返してきた。風巻は目に凄みを溜《た》めた。先に視線を外したのは十文字だった。

「売ったのは、睡眠薬と向精神薬《こうせいしんやく》だよ」

「そういう薬は医師の処方箋《しょほうせん》が必要なはずだ。薬事法違反だな。いつから湯浅に売ってる？」

「一年半ぐらい前からだ。湯浅は過労で不眠症になって、心も不安定になっちまったんだよ。だから、ハルシオンを毎晩服《の》まねえと、一睡もできねえんだ。それから、向精神薬の力を借りねえと、店の仕事もできなくなってるんだよ。かわいそうな奴だよな」

「湯浅とは、どこで知り合ったんだ？」

「奴の店だよ。笑われるだろうけど、おれ、ドーナッツが大好きなんだ。で、湯浅の店にちょくちょく行ってたわけよ」

「ドーナッツ好きのやくざか。ちょっと笑えるな」

「うるせえや！　おれたちだって、人間なんでえ。ドーナッツ好きだっていいじゃねえかっ」

「ごもっともだね。悪かったよ。ところで、湯浅は放火された五店のハンバーガーショップのことで何か愚痴《ぐち》めいたことは言ってなかったか？」

「店の周辺に五軒もハンバーガーショップができたんで、売上が大きくダウンしたといつもぼやいてたよ。それから、会社に発破《はっぱ》をかけられ通しなんで、頭がおかしくなりそうだとも言ってたな」

「そう」

「あっ、そうか。もしかしたら、連続放火は湯浅の野郎がやっちまったと疑ってるんじゃねえの？　でも、あいつにはそれほどの度胸はねえよ。湯浅は気が小さい奴なんだ」

「湯浅の幼馴染みに放火の前科がある男がいるんだよ。磯辺拓海って名なんだが、聞き覚えは？」

「知らねえな。そういう友達《ダチ》がいるなら、湯浅はそいつにハンバーガーショップに火を点けさせた可能性もあるわけか」

「そうだったとしたら、なぜ湯浅はそっちに放火の濡衣を着せようとしたんだろうな。そっちはベランダにタイガーマスクを吊るした憶《おぼ》えはないと言ってたね？」

「ああ」

「横流しされた睡眠薬や向精神薬の値段が高すぎると湯浅が文句を言ったことは？」

「一遍《いっぺん》もないよ、そんなことはな。おれたちは割に仲がよかったんだよ。だから、あいつには相場より安くハルシオンや向精神薬を売《バイ》してやってた。そのことを兄貴に知られると面倒なことになるんで、ほかの客たちにはハルシオンなんかを高く売ってたんだよ。湯浅はそのことを知ってたんで、おれに感謝してくれてたんだがな」

「そういうことなら、湯浅がそっちを連続放火事件の犯人に仕立てようと謀《はか》ったんじゃなさそうだな」

風巻は言った。

「そういうことになるか」

「ハンバーガーショップの関係者と揉めたことは？」

「そういう奴はいねえけど、辻寛って奴に妙なことを頼まれたことはあるな」

「それはどんなことなんだ？」

「辻は、別の店の店長を始末してくれる組員はいないかって相談を持ちかけてきたんだよ。どうも辻は毎日、売上金の一部を抜いてたみてえだな。二、三万ずつさ。それをアルバイト店員に気づかれて、系列店の店長に告げ口されたらしいんだ。それで、その店長の口を封じたかったんだろうな。けど、おれはまともには取り合わなかったよ」

十文字が言った。

その系列店の店長が焼け死んだ牛尾由孝だとしたら、仕組まれた放火殺人になるのではないか。風巻は慄然《りつぜん》とした。

推測通りだとしたら、辻寛は磯辺と接点があるのだろう。そして、磯辺に連続放火をさせ、不都合《ふつごう》な牛尾を焼殺させたにちがいない。

「風巻さん、とりあえず十文字と湯浅を薬事法違反で緊急逮捕しましょう」

酒見が言って、素早く十文字に前手錠を打った。

一瞬の出来事だった。十文字は抗《あらが》う余裕もなかった。

風巻は十文字の片腕を取って、店の外に連れ出した。酒見が急いで覆面パトカーの運転席に入った。

風巻は先に十文字を後部座席に押し込み、かたわらに坐った。

「湯浅の逮捕に向かいます」

酒見がギアをD《ドライブ》レンジに入れた。そのとき、彼の懐で刑事用携帯電話が鳴った。

木下刑事からの連絡だろう。

「おれと湯浅のことは見逃してくれよ。薬物の闇ルートには国立病院の医科長も絡《から》んでるから、大変なスキャンダルになっちまうんだ」

十文字が言った。

「だからって、そっちの言う通りにすることはできないな」

「そこをなんとか……」

「無理だな」

風巻は突っ撥《ぱ》ねた。

「木下からの電話でした。磯辺を任意で引っ張ったそうです。では、センター街に行きます」

酒見が車をスタートさせた。

風巻は背凭《せもた》れに上体を預けた。

4

メロディーの音《ね》が一段と高くなった。

風巻は片腕を伸ばして、目覚まし時計のアラーム・ミュージックを止めた。上大崎の自宅マンションの寝室だ。

午前七時半だった。前夜、風巻は午前零時まで渋谷署にいた。十文字と湯浅は取調室で薬事法に触《ふ》れたことを認めた。薬物を横流ししていた医師も捕まった。

しかし、任意同行を求められた磯辺拓海は強《したた》かだった。

五件の放火をなかなか認めようとはしなかった。ようやく放火の事実を認めたのは、昨夜十一時半ごろだった。

だが、動機は明らかにしなかった。また背後関係についても、曖昧《あいまい》な供述を繰り返した。

犯行を認めたことで、磯辺は署内の留置場の独居房に入れられた。感触で、被疑者が放火の依頼人を庇《かば》っている様子は感じ取れた。

風巻はベッドに腰かけて、寝起きの一服をする気になった。

煙草が健康を害することは百も承知していたが、朝の最初の一本目は格別にうまい。

深く喫《す》いつけるたびに、心がリラックスする。それがたまらない。

風巻は紫煙《しえん》をくゆらせながら、連続放火事件の首謀者《しゅぼうしゃ》の絞り込みに入った。

これまでの流れを分析《ぶんせき》すると、磯辺に放火を依頼したのは辻と思われる。辻は売上金の一部を着服していたことをアルバイト店員に覚《さと》られてしまったようだ。

アルバイト店員が、その不正行為を焼死した牛尾由孝に告げ口したのだろう。

だが、それだけの理由で、辻は牛尾を焼き殺させる気になるものだろうか。もっと別の事柄が犯罪の引き金になったのではないか。

辻は会社に辞表を出したものの、再就職先はまだ決まっていない。今後の見通しも明るいとは言えないだろう。

そんなことで、自暴自棄《じぼうじき》になったのか。それで、かつての勤め先を困らせる気になったのだろうか。そして、たまたま牛尾は逃げ遅れて焼死しただけなのか。

そうとは思えない。二件目の事件のときだけ実行犯は、ポリタンク二杯分のガソリンを店の床に撒いてから火を放っている。店長だった牛尾由孝を焼き殺すことが目的だったと考えるべきだろう。

一連の事件の黒幕が辻寛だとしたら、なぜ彼はそこまで牛尾を憎んだのか。

それぞれハンバーガーショップの店長を任されていたわけだから、出世絡みの確執《かくしつ》があったとは考えにくい。金の貸し借りを巡《めぐ》ってトラブルがあったのだろうか。牛尾の妻の優香の話では、そういうことはなかったという。

ほかに考えられるのは、恋愛問題だろう。

辻は何年も前から、独身時代の優香に熱い想《おも》いを寄せていたのか。しかし、自分の気持ちは相手に受け入れてもらえなかった。

愛《いと》しい女性は選《よ》りに選って同じ系列店の牛尾店長と結婚し、しかも娘も産《う》んだ。

負けず嫌いな男なら、屈辱感の混《ま》じった敗北感に打ちのめされるだろう。

といって、もはや恋仇《こいがたき》に勝つ術《すべ》はない。そんなことで、辻は短絡的なことを考えてしまったのではなかろうか。

風巻はそう思いながら、短くなったセブンスターの火を消した。

その直後、サイドテーブルの上でポリスモードが打ち震えた。就寝前にマナーモードに切り替えておいたのだ。

風巻は刑事用携帯電話を手に取り、ディスプレイを見た。発信人は渋谷署の酒見刑事だった。

「磯辺拓海が観念して、放火の依頼人を吐いたようだな。そうなんだね？」

風巻は通話キーを押すなり、早口で確かめた。

「いいえ、そうじゃないんですよ。磯辺が三十分ほど前に独居房で自費購入した弁当を食べて、死んでしまったんです」

「えっ!?」

「検視官は、弁当のおかずに農薬のパラチオン溶液が混入されてたんだろうと言ってます。磯辺は放火の依頼人に毒殺されたんではありませんかね」

「多分、そうなんだろうな。磯辺が喰《く》った自弁は署指定の仕出し弁当屋から運ばせたんだろう?」

「はい、そうです。『一膳屋《いちぜんや》』という近くの指定業者から和食弁当を取ったんです。鶏《とり》の唐揚げと里芋《さといも》の煮物の中にパラチオン溶液が注入されてました」

酒見が答えた。

犯罪被疑者は拘置所に身柄を移される前は警察署に留置されていても、自費で好みの食事を摂《と》ることができる。カツ丼でも幕の内弁当でも食《しょく》せるわけだ。ただし、指定業者から出前してもらう規則になっている。

「仕出し弁当屋が猛毒の農薬をおかずに混入するわけない。犯人は出前の者に何らかの形で接触して、磯辺が注文した和食弁当を確かめてから、隙《すき》を見て毒物を注入したにちがいないな」

「風巻さんの推測通りです。うちの木下たち二人が『一膳屋』に聞き込みに行ったんですが、出前の青年は署の近くで三十代の男に呼びとめられたらしいんですよ。そいつは磯辺の親類の者だと名乗り、和風弁当のおかずに二本の海老フライを追加させてほしいと言ったそうなんです」

「出前の男は、車に積んである磯辺の和風弁当を岡持ちから取り出したんだね？」

「ええ、そうです。出前の若者は路上禁止ゾーンにライトバンを駐《と》めたんで、周りを気にしてて、海老フライを持ってた男の手許《てもと》をよく見てなかったらしいんですよ」

「そう。おそらく、そのときに男はパラチオン溶液を唐揚げと里芋に注射器か何かでこっそりと混入したんだろう」

「自分も、そう思います。磯辺の縁者と称した奴は上等なトンカツも弁当に入れてやりたいんだが、失業中の身なんで海老フライ二本しか買えなかったんだと出前の青年に言ったそうですよ」

「そいつは、辻寛だろうな」

「風巻さんがそうおっしゃったんで、自分も確信を深めました。同じように辻寛ではないかと……」

「酒見君、辻寛は牛尾由孝の妻の優香に横恋慕《よこれんぼ》してたのかもしれないぞ」

「古風な言い方をしますね。要するに、人妻に惚《ほ》れてたってことなんでしょ？」

「そうだ。横恋慕ということじゃなく、もしかしたら、辻は独身時代の優香と恋愛関係にあったのかもしれないな」

「そうだったとしたら、優香未亡人は辻に見切りをつけて、焼け死んだ牛尾に乗り換えたってことになりますね」

「乗り換えたというと、なんだか打算的な響きがあるが、優香は自分の人生を辻に預けることに不安を感じて別れる気になったんだろう。その後、未亡人は亡くなった牛尾由孝と出会って、恋心を懐《いだ》くようになったんじゃないのかな」

「そうなのかもしれませんね。優香は独身時代、本社の営業部で働いてたんです。傘《さん》下《か》の系列店の店長たちとは仕事で接する機会もあったでしょう」

「酒見君、未亡人に電話をして、結婚前に辻寛と交際してたかどうか確認してくれないか」

「わかりました。追って連絡します」

「よろしく！」

風巻は電話を切り、ふたたび煙草をくわえた。二本目の煙草を喫い終えた直後、酒見から電話がかかってきた。

「やっぱり、風巻さんの読み通りでした。優香未亡人はOL時代、辻寛と一年ほど交際してたそうです。しかし、つき合ってるうちに二人の価値観がことごとく異《こと》なってることがはっきりしたんで、次第に気持ちが冷めてしまったんだと……」

「別れ話を切り出したのは、未亡人のほうだったんだね？」

「ええ、そう言ってました。辻は彼女の心変わりを詰って、半年ほどストーカーめいたことをしてたみたいですね」

「辻は未練《みれん》を断ち切れなかったんだな」

「そうなんでしょう。未亡人は、素敵な女性ですからね。自分が辻だったら、しばらく諦《あきら》められないかもしれないな。それはそうと、辻につきまとわれて困ってるとき、偶然、亡くなったご主人が通りかかったらしいんですよ」

「そうか。牛尾由孝は店長仲間の辻を窘《たしな》めたんだね？」

「はい、そういう話でした。そのことがきっかけで未亡人は亡くなったご主人と交際するようになって、およそ二年後に結婚したんだそうです。辻はひどくショックを受けて、三週間も仕事を休んだらしいんですよ」

「よっぽど未亡人に惚れてたんだろうな」

「ええ、そうなんだと思います。そんな相手が牛尾さんの子を産んだとき、辻は産院の周《まわ》りをうろついてたというんですよ。牛尾さんの子供を憎たらしく思って、何か危害を加える気だったんじゃないのかな」

「惚れ抜いた女性が自分以外の男の子供を産んだと知ったら、素直には祝福する気にはなれないだろう。狭量だけどさ」

「そうでしょうね」

「しかし、なんの罪もない赤ちゃんに危害を加えようと考える神経は、とてもまともとは言えない。辻は優香未亡人に去られたときから、少しずつ心のバランスを崩してたのかもしれないな」

「ええ、考えられますね。それはともかく、自分、これから風巻さんのご自宅に行きます。一緒に辻の住まいに行ってくれますね？」

「おれは、もういいだろう？　磯辺に五件の放火をやらせたのは、ほぼ辻寛に間違いないよ。二番目の放火で、憎い牛尾由孝は焼け死んだわけだから、目的は果たせたわけだ。しかし、そこで放火をストップさせたら、やがて捜査当局に自分が怪しまれることになる。前にも言ったと思うが、それだから、辻は磯辺に放火させつづけたんだろう」

「ええ、そうだったんでしょうね」

「おれの役目は終わったも同然だ。酒見君、徳岡課長に状況証拠が揃《そろ》ったと報告して、辻寛に任意同行を求めろよ。もたもたしてると、被疑者に逃亡されるかもしれないぞ」

「風巻さんは、自分に手柄を譲る気でいるんでしょうが、ちっとも嬉《うれ》しくありません。お情《なさ》けで白星を上げたと同僚たちに思われるのは、自分のプライドが許しません。風巻さんと自分が辻を全面自供させるまで、何がなんでもつき合ってもらいます」

「きみの拘りやプライドはわかるが、おれは正規の捜査員ってわけじゃないんだ。このあたりで退場しないと、徳岡課長や刑事課の連中の立場がないじゃないか」

「そのへんのことはお気遣《きづか》いなく……」

「え？」

「事件が解決しても、風巻さんの特命は表沙汰にはできません。ですんで、表向きの手柄は渋谷署の刑事課が立てたことになるわけです」

「そうなんだが、海がおれを呼んでるんだよ。きょうは典型的な秋晴れだから、相模湾で船釣りをしたいんだ」

「趣味を満喫《まんきつ》するのは明日か、明後日《あさって》にしてください。非公式捜査でも事件が落着するまでは、あなたにも責任があるはずです」

「わかったよ。部屋で待ってる」

風巻は終了キーを押し、折り畳んだ刑事用携帯電話をサイドテーブルの上に置いた。寝室を出て、洗面所に向かう。

風巻は身仕度《みじたく》をしてから、インスタントコーヒーを淹れた。レーズン入りのプチ・フランスパンを食べ終えたとき、部屋のインターフォンが鳴った。

来訪者は酒見だった。

「被疑者《マルヒ》は、品川区二葉《ふたば》四丁目の自宅アパートにいます。マンション販売会社の営業マンを装《よそお》って、在宅してるかどうか確認したんですよ。テレビの音声が聞こえてきたから、いまのところ逃亡の恐れはないでしょう」

「安心するのは、まだ早いな。磯辺の交友関係を洗われたら、いずれ自分にも捜査の手が伸びてくるだろう。そう判断して、連続放火事件の主犯は逃亡の準備をしてるのかもしれないからな」

「そうか。急ぎましょう」

「ああ」

風巻は自分の部屋を出て、エレベーターに乗り込んだ。覆面パトカーはマンションの斜め前のガードレールに寄せられていた。

二人はアリオンに乗り込んだ。

酒見の運転で、辻の自宅アパートに向かう。上大崎から西五反田を抜けて、第二京浜国道を進む。都営浅草線の中延《なかのぶ》駅の先を左折し、二葉四丁目に入った。

目的の軽量鉄骨造りの二階建てアパートは、上神明《かみしんめい》小学校の真裏にあった。『メゾン二葉』というアパート名だった。

酒見が捜査車輛を『メゾン二葉』の隣家のブロック塀《べい》の横に停める。風巻たちは車を降りた。

「被疑者の部屋は二〇五号室です」

酒見が歩きながら、小声で告げた。風巻は無言でうなずいた。

二人はアパートの敷地に入り、外階段の昇降口に急いだ。ステップに足を掛けようとしたとき、階上から三十代の男が駆け降りてきた。トラベルバッグを手にしている。

「辻、逃げても無駄だよ」

酒見が相手を見上げた。

「警察だなっ」

「そうだ」

「くそーっ！」

辻がトラベルバッグを頭上に掲《かか》げ、そのまま投げつけてきた。

風巻は酒見を横に押しやり、階段の下でトラベルバッグを受け止めた。ずしりと重い。

辻が身を翻《ひるがえ》した。外廊下を戻りはじめた。自分の部屋に逃げ込む気なのか。

「酒見君、早く追え！」

風巻は急《せ》かして、数歩退《さ》がった。

酒見が階段を駆け上がりはじめた。風巻は辻の旅行鞄《かばん》を提《さ》げながら、二階に上がった。二〇五号室の前で、辻と酒見が揉み合っている。

「辻、もう観念しろ！」

風巻は声を張った。

そのとき、辻が肩口で酒見を弾《はじ》いた。酒見がよろけて、尻餅《しりもち》をついた。

辻が外廊下の柵《さく》を跨《また》ぎ、庭に飛び降りる素振りを見せた。だが、高さに身が竦《すく》んだようだ。

風巻は、辻のトラベルバッグを庭先に落とした。

「旅行鞄は先に落としてやったぞ。後《あと》は、そっちが飛び降りればいいんだ。着地に成功すれば、逃亡は可能だろう。しかし、脚《あし》を骨折したら、まず逃げられないな。選択肢は二つだ。好きなほうを選べよ」

「磯辺は殺したくなかったんだ。あいつは、おれの彼女を奪った牛尾を焼き殺してくれたわけだからな。でも、仕方なかったんだよ。磯辺がおれに頼まれて五店のハンバーガーショップに火を点けたことを警察で吐いたら、こっちも一巻の終わりだからさ」

「優香さんを奪われたと言ったが、事実はそうじゃないだろうが！　そっちは彼女に去られたんで、牛尾由孝を逆恨みしてたんじゃないのかっ」

「おれは、死ぬほど優香に惚れてた。だから、彼女と結婚した牛尾が憎くてたまらなかったんだ。牛尾は優香にガキまで産ませたんだぜ。とうてい赦《ゆる》せないよ」

「まるで女房を誰かに寝取《ねと》られたみたいな言い種《ぐさ》だな。身勝手も甚《はなは》だしい。さて、どうする？」

「飛び降りるつもりだったんだが、下を見たら、足が竦んじゃって……」

「逃げたいんだろっ。だったら、早く飛び降りろよ！　手伝ってやるからさ」

立ち上がった酒見が言って、辻の左の肩を摑んだ。と、辻が酒見の右腕にしがみついた。

「頼むから、早くおれを引っ張り上げてくれーっ。自力では、柵の向こう側に戻れないんだ」

「磯辺を毒殺した男が小娘みたいなことを言うなっ。人殺しに情《じょう》をかける気はないね。怪我したくないんだったら、自分で柵を跨ぎ越えるんだな」

「もう頼むかっ」

辻は酒見を睨《ね》めつけると、垂直に庭に舞い降りた。着地し損《そこ》ねて、横に転がった。

「ばかなことを……」

酒見が絶句した。

辻が起き上がり、旅行鞄を胸に抱えた。数メートル歩いたが、ふたたび地べたに転がった。

左脚を骨折したようだ。もう逃げることはできないだろう。

「自分、まさか辻が飛び降りたりはしないだろうと思ってたんで、ついきついことを言ってしまったんですよ」

「わかってる」

「迂闊《うかつ》でした」

「酒見君に罪はないよ。辻が短気だったのさ。きみは、救急車の手配を頼む」

風巻は外廊下を駆け、鉄骨階段を下りはじめた。